DESTINS

Isabelle Hébert

DESTINS

tome 2

Invisible parmi nous

Roman historique

Hurtubise

Catalogage avant publication de Bibliothèque et Archives nationales du Québec et Bibliothèque et Archives Canada

Titre : Destins / Isabelle Hébert.
Noms : Hébert, Isabelle, 1973- auteur. | Hébert, Isabelle, 1973- Invisible parmi nous.
Description : Mention de collection : Roman historique | Sommaire incomplet : t 2. Invisible parmi nous.
Identifiants : Canadiana 20220000603 | ISBN 9782897818470 (vol. 2)
Classification : LCC PS8615.E302 D47 2022 | CDD C843/.6—dc23

Les Éditions Hurtubise bénéficient du soutien financier du gouvernement du Québec par l'entremise du programme de crédit d'impôt pour l'édition de livres et de la Société de développement des entreprises culturelles du Québec (SODEC). L'éditeur remercie également le Conseil des arts du Canada de l'aide accordée à son programme de publication.

Financé par le gouvernement du Canada | Canada

Illustration de la couverture : Jean-Luc Trudel
Conception graphique de la couverture : Sabrina Soto
Mise en pages : Andréa Joseph [pagexpress@icloud.com]

ISBN 978-2-89781-847-0 (version imprimée)
ISBN 978-2-89781-848-7 (version numérique PDF)
ISBN 978-2-89781-849-4 (version numérique ePub)

Dépôt légal : 3e trimestre 2022
Bibliothèque et Archives nationales du Québec
Bibliothèque et Archives Canada

Diffusion-distribution au Canada :
Distribution HMH
1815, avenue De Lorimier
Montréal (Québec) H2K 3W6
www.distributionhmh.com

Diffusion-distribution en France :
Librairie du Québec / DNM
30, rue Gay-Lussac
75005 Paris
www.librairieduquebec.fr

Imprimé au Canada
www.editionshurtubise.com

Personnages

Famille Senécal
(Waterville)

Agathe Senécal: Fille d'Héléna et Léon Senécal (18 ans)
Célina Senécal: Fille d'Héléna et Léon Senécal (16 ans)
Léon Senécal: Père d'Agathe et Célina
Héléna Senécal: Mère d'Agathe et Célina
Josette Senécal: Sœur d'Agathe et Célina (22 ans)
Gérald Senécal: Frère d'Agathe et Célina (20 ans)
Philippe Senécal: Frère d'Agathe et Célina (14 ans)
Oscar Senécal: Frère d'Agathe et Célina (12 ans)
David Senécal: Frère d'Agathe et Célina (10 ans)
Murielle Senécal: Sœur d'Agathe et Célina (10 ans)
Émile Senécal: Frère d'Agathe et Célina (8 ans)
Mariette Senécal: Sœur d'Agathe et Célina (6 ans)
Hilda Vachon Boudrias: Mère d'Héléna
Curé Pomerleau: Curé de Waterville
Joséphine Cormier: Amie et collègue d'Héléna
Benjamin Thibault: Ami et collègue de Gérald
Théodore Blanchet: Ami et collègue de Gérald et fils du forgeron à Saint-Barnabé
Pellerin: Propriétaire du Market

Grace-Elizabeth Lachance : Propriétaire du Beauty Shop
Notaire Veilleux : Notaire de Waterville

Famille Roy
(Saint-Simon-des-Neiges)

Joseph Roy : Père de Jean
Jean Roy : Fils de Joseph et époux de Paule
Paule Roy : Épouse de Jean
Elzéar Roy : Fils de Jean et Paule Roy (11 ans)
Laura Roy : Fille de Jean et Paule Roy (9 ans)
Marie Roy : Fille de Jean et Paule Roy (6 ans)
Sophie Roy : Fille de Jean et Paule Roy (1 an)
Thomas Roy : Fils de Jean et Paule Roy (1 an)
Edmond Legrand : Jeune veuf, voisin des Roy
Thérèse Tardif : Vieille fille du village
Simone Tardif : Mère de Thérèse
Adélard Tardif : Père de Thérèse
Onésime Doucet : Propriétaire du magasin général
Huguette Doucet : Propriétaire du magasin général
Curé Boucher : Curé de Saint-Simon-des-Neiges

Village de Saint-Barnabé

Curé Viens : Curé de Saint-Barnabé
Alphonse Bouchard : Propriétaire du magasin général
Aline Bouchard : Propriétaire du magasin général
Charles Blanchet : Forgeron
Fabienne Blanchet : Épouse du forgeron
Docteur Desgagné : Médecin de Saint-Barnabé
Grégoire Filion : Boucher

Germaine Filion : Épouse du boucher
Arsène Filion : Fils de Grégoire et Germaine Filion
Philippe Lamothe : Agriculteur
Marie-Ange Lamothe : Épouse de Philippe
Jude Lamothe : Fils de Philippe et Marie-Ange
Noël Lamothe : Fils de Philippe et Marie-Ange
Ferdinand Joanette : Agriculteur
Madeleine Joanette : Épouse de Ferdinand
Léonie Joanette : Défunte d'Edmond Legrand
Omer Legrand : Agriculteur, père d'Edmond Legrand
Anna Legrand : Mère d'Edmond Legrand
Albert Legrand : Frère aîné d'Edmond Legrand
Lucette Legrand : Épouse d'Albert
Séverine Legrand : Sœur d'Edmond Legrand

Village de Saint-Édouard

Paul : Le commis de la gare
Pierrette Ouellet : Responsable du tri du courrier
Olivette Côté : Ménagère du curé de Saint-Édouard

Chapitre 1

Mercredi 12 août 1908, le train filait à vive allure vers Waterville. Le curé Boucher était impatient d'atteindre sa destination afin d'avoir une conversation avec les parents Senécal. Après avoir observé les deux sœurs, Agathe et Célina, il était convaincu que ces deux jeunes filles avaient un bon fond. Leur malchance résultait de la surveillance médiocre de leurs parents, tout simplement. Elles s'étaient accueillies avec amour, compréhension et chaleur au moment de leurs retrouvailles, la veille. Cela avait attendri le prêtre. Elles semblaient s'être promis support et protection au premier regard. Elles seules pouvaient comprendre ce que l'autre avait enduré. Maintenant, à les regarder dans le train, il était facile de deviner qu'elles n'avaient pas les mêmes attentes envers la vie. Agathe regardait par la fenêtre avec une curiosité avide et une naïveté touchante, alors que Célina dévisageait les gens qui les entouraient avec méfiance.

Agathe regardait le paysage défiler et n'en revenait tout simplement pas. Au moment de passer du côté américain, elle s'était attendue à être dépaysée. Mais les arbres qui bordaient le chemin de fer, des conifères et des feuillus, étaient semblables à ceux que bûchaient les hommes de son village d'adoption, les Roy et Edmond.

De son côté, Célina observait les voyageurs et essayait de s'imaginer ce qui avait bien pu décider ces gens à tout quitter et tenter leur chance aux États-Unis. Elle avait perdu cette naïveté qui embellit tout. Elle cherchait à savoir qui fuyait et qui allait vers une vie meilleure. À force d'observer, elle avait pu départager les familles des jeunes femmes portant des vêtements trop amples. Cela lui faisait mal à l'estomac. Elle se rappelait trop bien son propre départ de l'orphelinat avec des hardes trois fois trop grandes pour elle. Aujourd'hui, elle se demandait si ce n'était pas là une façon qu'avaient les sœurs de les marquer au fer rouge. Lorsqu'elle se tournait vers Agathe, elle était étonnée de la douceur et de l'espoir qui émanaient d'elle. Quoi qu'il lui soit arrivé, sa sœur avait eu la chance de rencontrer des gens qui l'avaient aidée à conserver sa naïveté.

Le train s'approchait de la gare de Waterville et une inquiétude sourde envahissait l'esprit du prêtre. Ce dernier, dans sa hâte de soustraire Agathe à une situation épineuse avec le bel Edmond, n'avait pu avertir le curé Pomerleau et la famille Senécal de leur arrivée hâtive. Il espérait que l'effet de surprise ne serait pas trop grand et que l'accueil n'en soit pas moins chaleureux. Il fouilla dans son missel où il avait glissé un petit bout de papier contenant l'adresse des Senécal, rue Ticonic. Puisqu'il aurait à s'y rendre par ses propres moyens, il espérait que ses habits sacerdotaux lui seraient utiles pour attirer la charité dont il aurait besoin.

Les rails faisaient un bruit d'enfer à l'approche de la gare. Cela donna le signal aux voyageurs de se lever et de récupérer leurs bagages ; le curé Boucher signifia aux jeunes filles d'en faire autant.

Une fois hors du wagon, il emmena Agathe et Célina à l'écart, le temps d'analyser la situation.

— J'ai pas eu le temps d'avertir votre famille ni le curé Pomerleau. Alors on va demander notre chemin. On cherche la rue Ticonic.

Les deux sœurs se rapprochèrent et se prirent par la main. Agathe regardait autour d'elle, examinant les détails de cette gare et de ses habitants comme on découvre un lieu de villégiature, alors que Célina prenait peur devant les regards des employés masculins sur elles.

— Venez par ici, mesdemoiselles ! J'ai trouvé un gentil commis qui parle français et qui va nous indiquer le chemin jusque chez vos parents, dit le prêtre.

Sa tenue vestimentaire lui avait bel et bien accordé les privilèges auxquels il était habitué. Ce pays étranger n'était pas l'endroit de perdition tant redouté. Le commis leur apprit qu'ils devaient prendre le trolley qui s'arrêtait devant l'adresse en question.

— Ça va être facile à trouver, mon père. C'est le logement au-dessus du Waterville Market. C'est là que le bonhomme Pellerin accueille les nouveaux arrivants. Mais à cette heure-ci, en pleine semaine, vous trouverez pas grand monde à maison.

Et le commis les laissa devant le trolley en leur souhaitant la bienvenue tout en cherchant à accrocher le regard d'Agathe sans succès.

Les voyageurs descendirent devant le Waterville Market. Le curé dont le visage ruisselait de sueur se demandait comment il allait trouver l'énergie de monter les escaliers situés sur le côté du bâtiment.

— J'y vais, monsieur le curé, annonça Agathe sans aucune appréhension.

Le curé Boucher regarda la jeune femme monter avec assurance et bonheur et remercia Paule Roy d'avoir su rebâtir la confiance en soi de sa protégée. Si cette dernière arrivait à s'en sortir, ce serait grandement grâce à son influence.

— Allô ? Y a quelqu'un ? demanda Agathe en frappant contre la porte-moustiquaire.

Une petite femme brune tenant un jeune garçon dans ses bras arriva en lui souriant.

— Qu'est-ce que je peux faire pour vous, mademoiselle ? demanda la jeune mère.

— On m'a dit que ma famille habitait ici…

— Je reste ici depuis pas long. Vous cherchez la famille qui vivait ici avant nous autres ?

— Je cherche la famille Senécal.

— Je connais pas le nom de ceux qui étaient ici avant moi, mais vous pouvez aller voir en bas chez Pellerin. Lui, y va pouvoir vous renseigner, dit la mère de famille en refermant la porte.

Agathe descendit l'escalier songeuse. Ses parents auraient déménagé ? Seraient-ils de retour à Saint-Rémy ? Une crampe au bas-ventre lui apprit qu'elle ne souhaitait pas ce scénario.

— Y restent plus ici ! La dame m'a dit d'aller voir au market, dit Agathe.

— Le market est juste ici, dit Célina en se dirigeant vers la porte du commerce.

En entrant, la jeune femme poussa un cri.

— Oscar ! Qu'est-ce que tu fais ici, mon tocson ? demanda Célina, heureuse de trouver un visage familier.

— Tocson ! s'exclama Agathe à son tour.

La scène de retrouvailles faisait plaisir à voir. Le curé Boucher en fut ému.

— Maman l'avait dit que vous alliez revenir, mais j'la croyais pas ! dit le garçon qui était en plein quart de travail.

— Vous habitez plus en haut ? demanda Célina.

— Non, on a une maison, astheure ! annonça-t-il fièrement en bombant le torse.

— On a une maison ? demanda Agathe qui s'imaginait vivre à la campagne dans les environs.

— On est pas des crottés, comme dit m'man !

— Depuis quand maman parle de même ? demanda Agathe, suspicieuse.

— Depuis que p'pa est à l'hôpital, leur apprit Oscar.

Devant ce flot de détails, le curé Boucher mit fin à la discussion avant que toute l'histoire familiale soit divulguée sur la place publique.

— Est-ce que tu peux nous dire elle est où votre maison, jeune homme ? s'enquit le prêtre.

Oscar donna l'information au prêtre ainsi que la route à suivre pour s'y rendre en trolley.

— À cette heure-là, m'man est à la factory ! À part Murielle qui travaille pas les mercredis, y a personne à la maison.

— Ben voyons, tocson… Murielle a juste dix ans ! Où est-ce qu'elle pourrait bien travailler ? demanda Agathe, inquiète de la nouvelle vie de sa famille.

— Elle travaille au salon de coiffure avec Josette. Pis Josette, elle apprend à couper les cheveux et les barbes. Elle aime ben ça ! expliqua le jeune homme, tout content de pouvoir parler de leur nouvelle vie.

Devant ces informations, le curé prit peur. Pourquoi une jeune fille de dix ans travaillait-elle si la famille Senécal avait les moyens de s'acheter une maison ?

Le curé, Agathe et Célina entreprirent de faire le trajet à pied vers la nouvelle demeure des Senécal. L'homme d'Église était outré. Cette famille faisait travailler ses enfants un peu partout dans une ville qu'elle ne connaissait pas. Entourés d'étrangers. La morale s'en allait à la dérive.

Il arrivait au bon moment pour la redresser. Les gants blancs qu'il s'était promis de mettre pour discuter avec eux, il venait de les ranger. Il n'était pas le seul à éprouver de vives émotions. Agathe venait en très peu de temps d'apprendre que sa mère s'était métamorphosée et que son père était à l'hôpital. Que s'était-il passé pendant son absence ? Quels autres malheurs s'étaient abattus sur sa famille par sa faute ? Pour sa part, Célina s'angoissait devant la perspective de retrouver le nid familial. Elle avait assisté à la descente aux enfers des siens lors de son départ pour l'orphelinat. Dans quel pétrin étaient-ils tous et dans quoi s'était-elle embarquée ? Comme Pierrette lui manquait !

Le prêtre s'arrêta devant une maison blanche à un étage dont la devanture était garnie d'un large balcon. Il y avait des chaises berçantes près de la porte, trahissant une vieille habitude d'habitants. Ce détail, aussi insignifiant soit-il, redonna espoir au curé qui voyait là une preuve que cette famille n'avait pas tout oublié de leur vie d'avant.

— C'est là, dit le curé.

— C'est ben loin… On aurait dû prendre le trolley, pauvre vous. Vous êtes tout en sueur ! dit Célina.

Le curé se garda bien de répondre. Il avait eu besoin d'exercice pour se recomposer un air. Il frappa à la porte, mais personne ne vint ouvrir. Cela l'inquiéta. Où était donc Murielle ?

— On n'a pas le choix. On va aller en arrière Au moins, on sera à l'ombre en attendant que quelqu'un revienne à la maison, décréta Célina.

Devant la détermination de la jeune femme, le curé s'inclina. Il aurait souhaité aller visiter le curé Pomerleau en attendant, histoire de se réserver un endroit où dormir.

Le cortège contourna la façade de la maison et longea le mur de côté pour atteindre la cour. Là, sur le balcon, une jeune fille était penchée au-dessus d'une grosse cuve en bois. Elle frottait des sous-vêtements sur une planche de métal.

— Murielle, ma belle ! s'écria Agathe.

La petite se retourna et reconnut ses deux sœurs. Elle laissa sa lessive en plan et s'élança sur Agathe qui était comme une deuxième mère pour elle.

— Agathe ! Célina ! Vous êtes arrivées !

Mais l'enthousiasme de la jeune fille s'éteignit immédiatement à la vue de l'homme qui était avec ses sœurs. Un étrange sentiment accompagnait toujours la vue d'un curé. Lors de leur départ de Saint-Rémy, elle se rappelait que ses parents avaient souvent eu à parler au curé, et à chaque fois cela avait donné lieu à d'épiques confrontations.

— Murielle, je te présente monsieur le curé Boucher. C'est lui qui nous a accompagnées pour pas qu'on se perde, expliqua Célina qui avait bien compris la réaction de sa jeune sœur.

Murielle se détendit et accueillit le curé. Elle lui indiqua un siège à l'ombre en le priant de s'y asseoir. Ensuite, elle insista pour montrer tout de suite la chambre des filles à ses sœurs et leur indiquer leur lit respectif.

— C'est Josette qui veut que vous dormiez dans ces lits-là. Ils sont mieux placés pour aller aux toilettes pis il fait moins chaud la nuit. Rapport que la fenêtre est juste là, dit la jeune jumelle en pointant la fenêtre de la chambre.

Les deux sœurs défirent leurs bagages et changèrent de vêtements.

— Je le sais pas pour vous autres, mais moi, la Josette, elle a fini de me dire quoi faire pis où aller ! déclara Célina.

Agathe n'ajouta rien. Elle avait très bien compris l'allusion que faisait sa sœur, mais elle n'avait pas envie de gâcher leurs retrouvailles. Il y aurait un temps pour cette discussion.

Les filles descendirent rejoindre le curé Boucher. Sans attendre, Agathe se mit à la lessive et Célina entreprit de faire la cuisine. Murielle céda sa place avec joie, soulagée d'avoir l'aide de ses grandes sœurs pour effectuer la longue liste de tâches que sa mère lui avait laissée.

À l'écart, le curé observait la dynamique qui existait entre les trois filles. Elles semblaient très bien s'entendre même si elles étaient très différentes. Oui, la place d'Agathe était auprès des siens. Elle aurait aussi été auprès d'Edmond. Il ne doutait plus de sa bonté. S'il avait eu des doutes à son endroit, c'était uniquement parce qu'elle avait semblé insister pour concrétiser les fréquentations avec Edmond. La pauvre était tout simplement en train d'essayer de survivre. Personne ne souhaitait vivre sa vie dans l'insécurité et l'errance. Le curé aurait aimé le comprendre plus tôt et lui accorder sa confiance. La vie qui s'offrait à elle à l'époque n'était en rien enviable. Mais ici, auprès des siens, avec ce qu'elle avait appris aux côtés de Paule, Agathe arriverait à se faire un bel avenir. Un avenir qu'elle pourrait choisir sans urgence.

Le curé Pomerleau faisait sa ronde à l'hôpital, comme tous les mercredis. Il répandait la bonne parole aux malades et distribuait l'extrême-onction aux mourants.

— Monsieur le curé, on a un patient qui bat de l'aile. Aussitôt qu'il prend du mieux, il rechute. Ça lui arrive constamment. Peut-être que vous feriez mieux de lui administrer l'extrême-onction…

— Garde, savez-vous que le fait d'administrer les derniers sacrements à un malade peut lui faire peur, le décourager et même le faire mourir ?

— Moquez-vous pas de moi, monsieur le curé ! Ce patient-là, ça fait longtemps qu'il doit quitter l'hôpital et dès qu'il est à quelques jours de recevoir son congé, il rechute. Le docteur comprend pas pourquoi.

— Bon, bon, bon, je veux bien aller lui parler, mais l'extrême-onction, c'est pas une procédure médicale. C'est un sacrement de dernière instance !

Cette mise au point faite, le curé se laissa guider vers le patient à la guérison incertaine.

— Monsieur Senécal ! Comment allez-vous aujourd'hui ? entama le prêtre.

Ce paroissien récalcitrant ne lui avait jamais semblé trop porté sur les bondieuseries. Il craignait une rebuffade de sa part. C'est donc avec énormément d'appréhension qu'il prit place sur le siège des visiteurs.

De son côté, Léon se demandait s'il ne valait pas mieux faire semblant de dormir. Puis il se rappela soudain que ce prêtre pourrait être venu lui donner des nouvelles du retour de ses filles. La curiosité l'emporta. Mais le prêtre n'avait pas de nouvelles fraîches. Pourtant, Héléna lui avait dit que le curé Boucher leur confirmerait sa venue par l'intermédiaire du curé Pomerleau. Il dut donc écouter les belles paroles du directeur de conscience pendant d'interminables minutes. Devant ce déluge de paroles, le père de famille se sentit subitement très fatigué et faible. Devant la blancheur de son visage, le curé s'alarma.

— Garde ! Venez vite ! appela le curé Pomerleau.

Il recula pour laisser de la place aux infirmières qui accouraient au chevet du patient.

— Il va falloir aller chercher le docteur, décida l'une d'elles. Il est en train de nous faire une autre attaque ! Il vaudrait mieux contacter la famille…

— Je connais la famille, je vais au moins aller chercher sa femme, elle travaille à la Hathaway, dit le curé.

L'homme d'Église dut affronter la secrétaire de la Hathaway Shirt Factory, une femme insensible et revêche comme il en avait rarement vu à l'extérieur d'un presbytère. Sa propre ménagère semblait chaleureuse en comparaison de cette employée égoïste. Après quelques minutes de pourparlers, la secrétaire consentit à aller chercher Héléna sur le plancher des ouvrières, endroit qu'elle ne fréquentait que très rarement à cause de son allergie à la poussière qui se dégageait du tissu.

— Est-ce que vous pouvez me dire où je peux trouver Héléna Senécal ? demanda l'employée de bureau à la première couturière à sa portée.

— C'est elle là-bas… Celle qui fait ben du bruit avec sa machine. Elle va trop vite. Elle va finir par la casser ! On y dit, mais elle écoute pas pantoute, pestait la couturière, frustrée par l'efficacité de sa collègue.

Quand Héléna reconnut le curé Pomerleau à la réception, son visage s'illumina. Peut-être venait-il lui donner la date d'arrivée de ses filles ? Elle attendait avec impatience que le curé Boucher lui donne des nouvelles maintenant que son nid était prêt. Mais devant la mine sombre du prêtre, Héléna déchanta.

— Qu'est-ce qui s'passe qui soit si grave pour que vous veniez me parler directement ici ?

— J'arrive de l'hôpital commença le curé.

Immédiatement, Héléna sentit le sol se dérober sous ses pieds. Elle se signa et ferma les yeux.

— Votre mari est au plus mal… Il paraît qu'il rechute souvent et que…

Devant l'expression misérable de la mère de famille, le curé se tut un moment. Cette pauvre femme risquait de se retrouver seule à la tête de sa famille nombreuse, et comme la plupart des veuves, elle semblait incapable d'assumer cette tâche toute seule.

— Bon, je vais avertir votre patron. Est-ce qu'il y a quelqu'un qui pourrait aller chez vous après le travail pour mettre vos enfants au courant ? demanda le prêtre.

— Madame Cormier sait où j'habite, elle peut aller voir mes enfants après son shift… dit la pauvre femme qui alla récupérer son sac et avertir sa collègue.

En un rien de temps, elle rejoignit le curé. Que se passait-il au juste ? Pourquoi Léon ne prenait-il pas du mieux ? Le pire était fait et c'est elle qui s'était chargé de tout. La question du logement était réglée et bientôt leur famille serait réunie. Il n'avait rien eu à faire. Il pouvait maintenant se rétablir et rentrer. Il était temps pour lui de reprendre sa place. Pourquoi refusait-il de le faire ? Toutes ces responsabilités sur ses épaules, c'était trop lourd à porter pour elle. Bien sûr, au début, elle avait apprécié pouvoir être la reine de la maison. Elle y avait mis de l'ordre. Mais maintenant que tout était réglé, elle ne souhaitait qu'une chose : la guérison de son homme. Il lui tardait de pouvoir partager la charge et les responsabilités avec lui. Elle aurait voulu pouvoir lui redonner les guides et revenir à son rôle d'épouse, de mère et d'employée. Cela lui semblait plus que suffisant.

Le voyage vers l'hôpital se fit dans un silence chargé d'émotions. De son côté, le curé se préparait à soutenir cette famille. Depuis leur arrivée, il n'avait pas eu la chance d'aller vers eux. Il se promettait bien de rectifier la situation.

Ces nouveaux arrivants avaient besoin de lui autant que ses autres ouailles, il n'aurait jamais dû se laisser impressionner par l'air revêche du chef de famille.

Héléna, elle, gérait ses émotions comme elle en avait pris l'habitude depuis son arrivée à Waterville : avec colère. Elle avait l'intention de le secouer, son Léon. La récréation était terminée ! Il avait eu amplement le temps de la ravaler, sa fierté. Maintenant il lui faudrait continuer à vivre. Elle arriva à l'hôpital dans un état d'agitation qu'elle n'avait que rarement ressenti dans sa vie.

— Vous voilà enfin… dit l'infirmière à l'intention du prêtre. Il va falloir procéder à l'extrême-onction.

Le curé Pomerleau s'exécuta. Le mourant marmonnait faiblement des paroles incohérentes que seule Héléna comprit. Elle s'approcha de son mari.

— Fais-moi pas ça, Léon. Fais-moi pas ça ! J'suis pas capable toute seule pis j'veux pas…

Comme seule réponse à cette déclaration, Léon se retourna vers elle avec un regard perdu et faible. Il semblait vouloir lui dire qu'il n'arrivait pas à reprendre pied. Il ferma les yeux. Le prêtre lui appliqua les saintes huiles en récitant son texte :

— Que par cette onction de l'huile sainte et sa très douce miséricorde, Dieu vous pardonne ce que vous avez fait de mal par les yeux, par les…

Léon n'entendit pas le reste. Il émit son dernier souffle sous le regard soudain incrédule d'Héléna. Femme forte et fière, elle ne pleura pas. Elle prit la main de son mari et l'embrassa pour une dernière fois. C'est le curé Pomerleau qui lui prit le bras pour qu'elle se relève et qu'elle cède la place aux infirmières. Il lui offrit ses plus sincères condoléances.

— Va falloir passer voir la directrice au bureau… dit une infirmière.

— Si ça vous dérange pas, madame Senécal se retrouve avec huit enfants à charge et sans mari. C'est peut-être pas le moment de l'accabler avec ça. Je me porte garant, rassura le prêtre. Mais pour l'instant, on va la laisser traverser son épreuve avec l'aide du Tout-Puissant. Il sera toujours temps de parler d'argent après.

Dehors, le curé Pomerleau héla un paroissien à qui il demanda de les raccompagner.

— C'est dix, monsieur l'curé dit la mère de famille.

Le curé regarda la veuve, perplexe. De quoi parlait-elle ?

— Tout à l'heure, vous avez dit huit enfants, mais c'est dix... J'ai mes deux filles qui vont venir nous rejoindre d'une semaine à l'autre. Vous comprenez, maintenant qu'on est installés, on va pouvoir les accueillir.

Qui aurait cru que pour faire revenir ses deux filles auprès d'elle, Héléna devrait payer le prix ultime, celui de la mort de son mari ?

Pendant ces événements, à la maison familiale des Senécal, les deux sœurs avaient eu le bonheur d'accueillir les plus jeunes qui revenaient de l'école. Il s'agissait de David, le jumeau de Murielle, Émile et Mariette. Ces derniers avaient obtenu le droit d'étudier pour que Josette puisse aller travailler. Héléna aurait souhaité pouvoir faire étudier tous ses enfants, mais les conditions dans lesquelles ils vivaient ne s'y prêtaient pas. Peu de temps après l'arrivée des écoliers, Philippe était revenu de son travail de concierge à l'Opera House. Plus âgé que les autres, il avait une idée plus claire de la situation familiale et il connaissait la raison du départ de ses sœurs et du déracinement de leur famille. Un seul regard vers Agathe fit comprendre à cette dernière qu'il ne leur en voulait pas. Il les accueillit avec affection et enthousiasme.

Gérald, de retour de la gare où il avait passé la journée à réparer des wagons sous les ordres de son patron impatient, avait découvert l'arrivée de ses sœurs avec une grande joie. En les serrant dans ses bras, il se promit en son for intérieur de mieux les protéger à l'avenir. Il avait mis du temps à comprendre les tenants et aboutissants de toute cette situation et il en était venu à une conclusion : si l'un d'eux tombait, c'était toute la famille qui tombait. Il ne restait que Josette qui rentrait plus tard que les autres, car elle recevait sa formation de coiffeuse après les heures de travail.

— Ah ben, c'est m'man qui va être contente ! s'était exclamé Gérald.

Il se tourna vers le curé et le remercia chaleureusement de les avoir accompagnées à bon port.

— J'aurais souhaité m'entretenir avec vos parents, monsieur Senécal. Du moins, avec votre mère, car j'ai cru comprendre que votre père séjourne à l'hôpital en ce moment. Rien de grave, j'espère ? demanda le curé Boucher.

Gérald emmena l'homme à l'écart pour pouvoir le mettre au courant de tous les développements concernant la situation de ses parents en sol américain.

— Mais à cette heure-là, la mère est arrivée d'habitude, constata Gérald.

Dehors, sur le trottoir, Joséphine Cormier hésitait à aller frapper chez sa collègue et amie Héléna. Comment dire à une famille déjà éprouvée que leur mère était partie d'urgence à l'hôpital pendant l'après-midi et accompagnée du curé Pomerleau, de surcroît ? Elle rassembla son courage et monta le petit escalier menant à la porte d'entrée. Elle frappa, mais les habitants de la maison ne l'entendirent pas, car des cris de joie et des rires remplissaient la cuisine. Elle frappa une seconde fois, plus fort. C'est Gérald qui vint finalement ouvrir.

— Madame Cormier ? Qu'est-ce que vous faites là ? Y est rien arrivé à ma mère, j'espère ? s'alarma-t-il.

La pauvre femme ne savait par où commencer.

— Je te rassure, mon grand, ta mère a pas eu d'accident de travail, si c'est ça qui t'inquiète. Non, elle est partie à l'hôpital pour voir ton père cet après-midi…

— Ben voyons… Pourquoi elle est partie en plein après-midi ?

— Le curé Pomerleau est venu la chercher… J'en sais pas plus.

Gérald remercia son ancienne voisine. Le curé Boucher vint le rejoindre. Son air préoccupé ne lui échappa pas.

— Qu'est-ce qui se passe, Gérald ?

— Le curé est venu chercher ma mère à la factory cet après-midi. Il l'aurait accompagnée à l'hôpital pour voir mon père… C'est une amie de ma mère qui vient de m'avertir. Là, je sais pas trop quoi faire, avoua le jeune homme.

— Veux-tu aller rejoindre ta mère directement à l'hôpital ?

À cet instant, la porte d'entrée s'ouvrit sur une Héléna complètement décomposée. Elle était accompagnée du curé Pomerleau. À la vue du prêtre qu'elle ne connaissait pas, elle ne comprit pas ce qui se passait dans sa maison.

— Maman, vous êtes là ! Qu'est-ce qui est arrivé au père ? Euh… j'vous présente le curé Boucher. Il a raccompagné les filles jusque chez nous, bafouilla Gérald déboussolé par tous les événements.

Oubliant les politesses d'usage, Héléna accourut dans la cuisine où elle trouva Agathe et Célina. Elles avaient passé des tabliers pour faire le service du repas. Ses belles filles, là, parmi les leurs, se mélangeant agréablement aux autres. Elles servaient tout le monde comme si elles n'avaient jamais quitté le nid. Incrédule, elle s'approcha d'elles. Les deux filles, intimidées, ne savaient plus comment agir. Leur mère, semblant sortir de sa torpeur, les agrippa fortement et les attira à elle avec autorité, les calant au creux de ses bras. Le souffle coupé, elle leva la tête vers le ciel et remercia silencieusement son Créateur.

— Mes p'tites filles ! souffla-t-elle entre deux hoquets de larmes.

Agathe et Célina s'agrippèrent à leur mère ainsi que l'une à l'autre. Ce trio émouvant ébranla le curé Boucher au-delà de ses attentes. Il se dirigea vers l'homme d'Église resté près de la porte d'entrée.

— Je me présente, je suis le curé Boucher et j'ai raccompagné les filles Senécal jusqu'ici. On est arrivés aujourd'hui. Êtes-vous le curé de la paroisse ?

— Oui, c'est bien moi. Madame Senécal venait juste de me parler de ses deux filles qui devaient arriver sous peu, dit ce dernier en acceptant la poignée de main, ému lui aussi par la scène.

Devant l'absence de commentaire supplémentaire de la part du curé Pomerleau, le curé Boucher en conclut que son collègue n'était au courant de rien.

Avant que trop de mots ne soient dits, que trop de confidences ne soient faites, Gérald décida d'intervenir auprès de sa mère.

— Ben oui, m'man, sont revenues vos filles ! Laissez-les respirer un peu, elles sont fatiguées par le long voyage qu'elles ont fait avec le curé Boucher… Pis allez-vous me répondre ? D'où vous sortez à cette heure-là ?

La mère de famille se mit à pleurer, de désespoir cette fois. C'est le curé Pomerleau qui prit le relais.

— Les enfants, on revient de l'hôpital. Aujourd'hui, voyant que votre père s'affaiblissait, le personnel m'a demandé d'aller chercher votre mère pour qu'elle puisse venir le voir avant son… grand voyage. Les enfants, votre père s'est battu courageusement jusqu'au bout, mais il a rendu l'âme. Votre mère était à son chevet. Il n'est pas parti seul, il était accompagné de son épouse et des saintes paroles de l'Évangile.

Tout de ce discours sonnait faux aux oreilles d'Héléna. Son mari ne s'était pas battu courageusement ! Il s'était replié sur lui-même après avoir compris à quel point il avait manqué à son devoir de père. À quel point il avait perdu le respect de sa femme. À quel point il était devenu un handicap, et cela bien avant son attaque en ce fameux dimanche.

À l'annonce du décès de leur père, les enfants se rallièrent autour de leur mère pour lui apporter soutien et affection. Les deux prêtres sortirent de la maison afin de les laisser vivre ce moment intimement.

— Je pense qu'ils ont besoin de se retrouver… Venez avec moi au presbytère. Vous pourrez y passer autant de nuits que nécessaire. J'insiste ! dit le curé Pomerleau.

Les deux prêtres étaient encore sur le balcon à bavarder lorsque Gérald sortit les rejoindre.

— Monsieur l'curé… Comment on fait ici aux États pour ravoir le corps de son père ? Ma mère voudrait l'exposer dans maison…

— Le curé Boucher et moi on va s'occuper de tout, mon garçon. Dis à ta mère de préparer une base, on va lui trouver une tombe. Vous êtes des nouveaux arrivants, vous n'avez pas de famille ici, vous pouvez compter sur votre prêtre, ajouta le curé Pomerleau qui voyait là l'occasion idéale de se rapprocher de ces paroissiens négligés.

— Vous êtes ben aimables. Au nom de ma mère, je vous remercie ben gros. Savez-vous si son boss va lui donner congé pour ça ? demanda le jeune homme.

— Je m'en charge aussi. Va vite rejoindre ta famille, elle aura besoin de toi à partir de maintenant, conseilla le curé.

Gérald retourna auprès des siens en doutant que sa mère ait besoin de lui. Il entra dans la cuisine sur la pointe des pieds et prit place autour de la table où tout le monde était déjà assis. Le repas terminé, il annonça son intention d'aller chercher Josette au salon de coiffure.

L'exposition du vieux Léon Senécal n'avait duré qu'un seul jour. Le temps chaud rendait une longue exposition difficile. Le fait que la famille Senécal ne comptait que peu d'amis dans leur nouvelle ville y était aussi pour quelque chose. Outre le curé Pomerleau, le curé Boucher et Joséphine Cormier, seuls quelques collègues d'Héléna, de Gérald et de Léon vinrent prier au corps. Le père de famille fut mis en terre le vendredi après un long sermon comme les aimait le défunt.

Josette s'était faite discrète pendant toute cette période. Elle affichait un grand malaise que certains auraient pu attribuer au fait d'avoir perdu son père, mais la vérité était tout autre. Elle se sentait coupable et se savait fautive. Et elle savait qu'elle devrait avoir une discussion avec ses sœurs. En attendant, elle suivait le cortège funèbre en silence et se faisait toute petite.

— Bon, j'vais devoir rentrer chez nous, dit le curé Boucher à la sortie du cimetière.

— Pouvez-vous dire à Paule que je suis ben arrivée pis que je m'ennuie ben gros d'elle et que je l'oublie pas? demanda Agathe.

— C'est certain que je vais lui faire ton message. C'est une sainte femme, cette Paule. Elle mérite que tu la gardes dans tes prières, affirma le prêtre.

— Elle est depuis longtemps dans mes prières pis elle va y être pour toujours. Un gros merci à vous pis à votre cousine aussi. Une vie, un destin, ça tient à pas grand-chose.

— Tout ça, c'est l'œuvre de Dieu, ma fille. Nous, on est juste ses messagers, oublie pas ça.

Le prêtre embrassa Agathe et Célina sur le front. Il retourna ensuite au presbytère avec le curé Pomerleau pour prendre ses effets personnels et repartir par le premier trolley. Il se retourna une dernière fois pour regarder la famille Senécal. Ce qu'il vit lui plut. La mère était entourée de ses filles, au centre, et les garçons formaient un cercle autour d'elles. Le message avait fini par passer sans qu'il ait eu à donner un sermon, finalement.

Chapitre 2

— Paule ! Mais vous avez donc ben l'air fatiguée ! s'exclama Huguette Doucet en voyant la mère de famille gravir difficilement les marches du parvis de l'église de Saint-Simon-des-Neiges.

Paule avait perdu sa complice, son Agathe, cela faisait déjà un mois. Depuis, il y avait eu les foins et les confitures de framboises. Le potager familial continuait de donner généreusement et il fallait gérer une grande quantité de légumes quotidiennement. Avec l'aide de Laura et Marie, la pauvre femme avait réussi, de peine et de misère, à rester à jour. La visite qu'elle avait faite à ses parents, après le départ d'Agathe, n'avait rien donné. Elle y était allée pour présenter ses jumeaux et demander l'aide d'une de ses sœurs, mais en vain. Sa mère avait trop besoin d'elles pour s'en priver. Elle n'arrivait pas à accepter que Paule ait omis de lui parler de sa grossesse.

— Tu viendras pas me faire croire que tu m'as écrit une première lettre pour m'annoncer que t'étais enceinte pis une deuxième pour la naissance de tes p'tits… Pis que moé, ta mère, j'aurais reçu aucune des deux lettres ! J'comprends très bien que tu t'étais mise dans une situation délicate avec la p'tite, mais ça aussi, tu pouvais me l'écrire. J'aurais compris, tu sauras ! Mais là…

La vieille mère avait marqué une pause, soupesant le pour et le contre, et par esprit de vengeance elle avait tranché :

— Non ! Je peux pas me passer de Rosa ni de Fernande. Tu demanderas au curé de t'aider.

Et sur ses mots, la mort dans l'âme, Paule avait quitté Saint-Fernand, son village natal, et était rentrée chez elle avec sa petite famille.

— Ta mère a fait sa tête dure, ma Paule, mais si le curé lui avait demandé un service, tu peux être sûre qu'elle aurait fait comme toi. Là, elle est choquée, mais elle va se calmer, lui avait dit son père au moment de son départ.

La brave Paule avait alors accepté son sort et consenti à ce que sa fille Laura retarde sa rentrée scolaire pour lui venir en aide, comme l'avait fortement suggéré Jean, son mari. Les jours suivants, elle avait regardé avec regret son Elzéar et sa petite Marie partir pour l'école pendant que Laura passait son tablier pour laver la vaisselle de leur déjeuner. Elle avait le cœur gros pour sa courageuse grande fille.

Mais en ce dimanche du 13 septembre, devant le commentaire de la propriétaire du magasin général, Paule devait se rendre à l'évidence ; même avec le renfort de sa fille âgée maintenant de neuf ans, elle n'y arriverait pas.

— Mais voulez-vous ben me dire ce qu'elle a pensé, votre parente ? Elle est partie en plein dans le temps où il y a le plus à faire sur une ferme ! ajouta madame Doucet avec toute l'indiscrétion qui la caractérisait.

— Parce que vous, derrière votre comptoir au magasin général, vous savez ce qu'il y a à faire sur une ferme ? demanda Joseph.

— Vous saurez, monsieur Roy, que j'ai été élevée sur une terre moi aussi ! lui apprit l'imposante commerçante, les poings sur les hanches.

— Vous m'en direz tant! répondit le beau-père de Paule en quittant le groupe pour aller retrouver ses compagnons veufs.

— Paule… vous voyez ben que vous en arrachez, même avec l'aide de votre grande, continua la femme.

La tentation de demander à cette indiscrète de se mêler de ses affaires était grande. Elle était au bord de l'épuisement et s'ennuyait à mourir de sa protégée. Mais Paule, femme modérée, usa plutôt de diplomatie. Elle savait que cette commère ne demandait qu'à être consultée, alors aujourd'hui, elle avait décidé de lui faire un cadeau.

— Je vous obstinerai pas là-dessus, Huguette… Ma grande est vaillante, mais avec ses neufs ans, c'est vrai que j'aurais besoin de plus d'aide. Qu'est-ce que vous pouvez m'conseiller? demanda Paule.

Cette question illumina immédiatement le visage de la commerçante.

— À votre place, je demanderais de l'aide à des jeunes filles qui habitent dans l'village. C'est pas les filles en âge d'aider qui manquent dans la paroisse!

Étonnée, Paule sourit avec reconnaissance à Huguette.

— Mais vous avez ben raison! Avez-vous des suggestions?

— Y en a des pelletées. Prenez juste la deuxième des Tardif, Thérèse…

— Vous pensez qu'elle accepterait? demanda Paule, le cœur rempli d'espoir.

— V'nez, on va aller voir sa mère, elle est juste là!

Et la commère se dirigea sans aucune hésitation vers Simone Tardif qui discutait avec madame Niquet, la directrice de la chorale.

— Madame Tardif! J'ai avec moi une p'tite mère ben fatiguée qui aurait besoin de vous emprunter votre Thérèse pour un bout.

Simone pensa immédiatement que ce serait une bonne chose pour sa fille d'aller prendre l'air.

— C'est pour vous, Paule ? demanda la mère de Thérèse.

— Si ça vous met pas dans l'besoin… oui, j'aimerais ça avoir Thérèse dans la journée. Pis inquiétez-vous pas, ça serait juste pour quelques mois. Après la boucherie, j'vous la retournerais.

— Vous seriez prête à la payer combien pour cet ouvrage-là ? demanda l'habitante.

— Je vais vous avouer que j'y ai pas pensé… Huguette vient juste de me donner l'idée, s'excusa Paule qui n'était pas certaine de pouvoir payer la jeune femme.

Il lui faudrait surtout en parler avec son mari et son beau-père. Ce n'était pas gagné, car Jean insistait beaucoup pour que Laura la seconde. Les épaules de la jeune mère de famille s'affaissèrent et son regard redevint abattu. Voyant la détresse de Paule, Huguette intervint :

— Si tu veux mon avis, Simone, ta fille devrait y aller même gratis. Oublie pas qu'elle coiffe Sainte-Catherine cette année pis qu'en face de chez Paule, y a un beau veuf avec une terre. Mais là… j'suis pas en train de te dire quoi faire avec tes enfants. Pense surtout pas ça ! insista Huguette en vérifiant l'ordre de son chignon.

— Vu d'même… Paule, ma fille va être chez vous demain matin pour faire un essai. Si elle aime pas ça, elle pourra toujours revenir à la maison. Après tout, on est pas loin.

Paule remercia avec une infinie gratitude sa voisine. Elle se laissa guider par la commerçante vers un autre groupe de femmes. Elle avait soudain le cœur beaucoup plus léger.

— C'est comme ça qu'on négocie, ma Paule ! Pose-toi plus la question pourquoi c'est moi qui passe les commandes pis qui gère les cordons de la bourse au magasin, dit fièrement Huguette qui venait de régler deux problèmes en même temps, celui de Paule et celui de Thérèse.

L'office du curé Boucher parut interminable à Jean qui n'avait qu'une hâte: enlever son faux col qui lui serrait le cou. De retour dans le boghei, Paule lui raconta comment, avec l'aide de madame Doucet, elle avait obtenu que Thérèse Tardif vienne la seconder à compter du lendemain.

— Ta fille va pouvoir retourner à l'école, ma mère poule, dit Jean avec un sourire moqueur.

— Vous avez dit quoi? Aller travailler gratis, comme une esclave, chez les Roy? Mais m'man, j'aime même pas ça, les enfants! Qu'est-ce que j'vais aller faire là? demanda Thérèse.

— Tu vois pas qu'y a plus gros à gagner que de l'argent? Tu sauras qu'Edmond va souvent chez les Roy. Il te ferait un bon mari. Y a déjà une terre à lui. Pis pour toute te dire, tu rajeunis pas, trancha la mère de famille.

— J'vois pas le rapport pantoute! Le Edmond m'a l'air mou, en plus. Pis moi des hommes de même, j'ai pas de respect pour ça... En plus, j'suis pas votre esclave que vous pouvez prêter à gauche pis à drète.

— Mais tu pourrais avoir un chez-vous pis une famille à toi. D'ici un an, ton frère Jean-Baptiste va marier la belle Henriette pis ils vont venir s'installer chez nous. Te vois-tu vivre à leurs crochets pour le reste de ta vie? Tant que moi je vais être là, ça va aller, mais c'est après par exemple... Si tu penses que je te prends pour une esclave, tu vas voir que ça peut être pire.

La jeune femme resta pensive tout le long du dîner. La perspective de s'occuper d'enfants ne l'enchantait guère, mais devenir l'esclave personnelle de la belle Henriette non plus. Plus tard en après-midi, elle alla donner son accord à sa mère.

— Tu le regretteras pas ! Faut que tu penses à toi pis à ton avenir.

Le lendemain matin, Adélard Tardif déposa Thérèse chez les Roy. À la vue de la jeune fille sur son balcon, Paule apprit avec soulagement à sa Laura qu'elle pouvait aller chercher son cartable dans sa chambre. En ce beau lundi matin, elle pourrait retourner à son école de rang.

Paule accueillit sa jeune compagne avec enthousiasme. Les enfants la saluèrent en quittant la maison des Roy à la hâte. Laura marchait rapidement et sans se retourner, soucieuse d'échapper à ce destin peu enviable qui avait été le sien depuis le départ d'Agathe. Effectivement, elle avait beaucoup d'aptitudes pour s'occuper des jumeaux, mais elle avait besoin de vacances et c'est à l'école qu'elle allait passer les siennes. Tout à coup, étudier lui semblait bien plus agréable qu'en juin dernier.

— Thérèse, j'te présente Thomas et Sophie, dit fièrement la mère de famille en désignant ses jumeaux qui étaient déjà habillés et nourris. On va les mettre dans leur parc dehors pis on va pouvoir cueillir des pommes à côté d'eux autres. On va en profiter pour commencer les compotes pis les tartes. J't'en donnerai pour ta mère ! dit Paule avec toute la générosité du monde.

La jeune femme s'approcha de la chaise haute où était assise la petite Sophie qui se mit à pleurer en la voyant. C'était une fillette timide et l'aspect et le comportement de Thérèse ne contribuaient en rien à la rassurer. Son visage à la peau sèche et à la pilosité visible ne faisait pas d'elle un premier prix de beauté, et son regard froid et hostile avait de quoi effrayer un enfant. Lorsqu'elle prit la petite fille dans ses bras, tout dans sa manière de faire laissait paraître une indifférence totale envers elle. Mais Paule était prête à de nombreux sacrifices pour permettre à Laura de retourner à l'école, alors elle prit Thomas et dirigea Thérèse vers l'extérieur, près des pommiers. Elle déposa Thomas dans le petit parc et invita Thérèse à faire de même avec Sophie.

— Elle pleure-tu tout le temps d'même, votre fille ? demanda Thérèse un peu refroidie par l'accueil de la jumelle.

— Elle est gênée avec les nouvelles personnes...

Les deux femmes s'activèrent à cueillir toutes les pommes qui étaient mûres. La vaillance de Thérèse compensait largement pour ses lacunes avec les enfants. Lorsque les paniers en osier furent bien remplis, Paule alla chercher Joseph et Jean pour qu'ils leur viennent en aide pour les rentrer dans la cuisine d'été. Thérèse reprit Sophie qui se remit à geindre aussitôt.

— Colle-la plus fort sur toi, elle aime ça être cajolée, lui conseilla Paule.

Thérèse obéit et serra la petite bien contre elle et la cajola en frottant son duveteux menton sur le front du bébé qui se mit à rire. Cela détendit la jeune femme et rassura la mère. Le reste de la journée fut occupé à peler et faire cuire les pommes. En fin d'après-midi, les pommes cueillies dans la journée avaient été mises en pot et quelques belles tartes refroidissaient sur le rebord des fenêtres de la cuisine d'été. Thérèse refusa celles que Paule lui proposa.

— Nous autres aussi on est dans les pommes chez nous, ma mère doit en avoir fait toute une série. Ça fait que j'vais vous laisser ça pour vos jeunes.

— Est-ce qu'on se revoit demain, Thérèse ? demanda la mère de famille avec beaucoup d'espoir.

— Ben oui ! J'peux ben revenir, répondit la jeune femme, désireuse de voir le bel Edmond de proche.

Depuis sa cuisine, Edmond vit Adélard Tardif passer avec sa fille Thérèse sur le chemin. En ce mardi, la jeune femme était plus à l'aise à l'idée de s'occuper des jumeaux.

— Moi, tant qu'y chignent pas, je vais y aller. Mais dès qu'ils vont quémander pis lirer, ça va être fini ! avait déclaré Thérèse la veille au souper.

Edmond fut plutôt surpris lorsque le boghei des Tardif tourna dans la cour des Roy. La jeune femme allait certainement remplacer Agathe pour les travaux d'automne. C'était normal puisque Paule était débordée. Mais pourquoi avoir choisi la rugueuse Thérèse comme aide ? Il semblait y avoir, dans le village, au moins une bonne douzaine de jeunes filles capables de faire ce travail. Il vit là une stratégie du curé Boucher pour lui enlever la belle Agathe de la tête. Il se rappelait trop bien la discussion qu'il avait eue avec le prêtre avant Pâques. Il lui avait parlé de trésors cachés ou oubliés et avait parlé de la petite Mathurin et de la Tardif.

— Ah ben non, par exemple ! Comme c'est là, j'pourrai même pus aller chez les voisins… se dit le veuf à voix haute.

En y regardant de plus près, il vit que la jeune femme avait fait des efforts. Elle était un peu fardée et, même de loin, on voyait qu'elle portait du rouge à lèvres !

— Ah ben, j'ai mon voyage ! s'était exclamé Edmond devant ce triste spectacle. Sa mère pourra ben l'attriquer comme une Jézabel, c'est pas ça qui va m'attirer !

Le veuf ne décoléra pas de la journée. Certaines matrones s'étaient mises en tête de le caser, car elles disaient qu'il était trop jeune pour finir vieux garçon. Edmond n'était pas sourd. Il avait entendu des bribes de conversations ici et là sur le parvis de l'église depuis le départ de la belle Agathe. Il lui était impossible d'aller acheter quoi que ce soit au magasin général sans se faire rappeler l'inventaire des filles à marier du village. Il avait même commencé à faire faire ses commissions par Jean ou Joseph. Non, il en avait assez de devoir se cacher.

Finalement, une solution toute simple s'imposa à lui. Il irait passer une fin de semaine chez ses parents, et lorsqu'il reviendrait de là, il laisserait courir le bruit qu'il s'était fait une fiancée. Oui, c'était la meilleure des solutions. Ça lui achèterait la paix pour quelque temps. Il guetta l'arrivée du boghei du père Tardif en fin d'après-midi. Après le départ de Thérèse, Edmond traversa le chemin et alla rejoindre les hommes qui étaient affairés à l'étable.

— Ah ben, un revenant ! s'exclama Jean, beaucoup plus accueillant que lors de ses fréquentations avec Agathe.

Quant à Joseph, il battait froid au veuf à qui il en voulait encore de n'avoir rien fait pour retenir Agathe auprès de Paule.

— Excusez-moi, j'ai été très occupé sur ma terre.

— On comprend ça, Edmond, le rassura Jean. Qu'est-ce qu'on peut faire pour toi ?

— J'me demandais si j'pouvais te confier mes animaux parce que j'irais voir ma famille à Saint-Barnabé. Ça fait ben longtemps que je les ai pas vus.

— Tu penses être parti combien de temps ? demanda Jean.

— Je partirais samedi matin après le train et je reviendrais dimanche après-midi. À temps pour le train de fin de journée, dit-t-il.

Joseph salua les hommes et retourna à la maison. Il avait une folle envie de brasser son voisin encore aujourd'hui. Il enleva ses chaussures sur le balcon et entra dans la cuisine d'été où l'odeur des tartes aux pommes lui changea les idées.

— Qu'est-ce qui vous ramène de si bonne heure, le beau-père ? demanda Paule en pleins préparatifs du souper.

— Le tarla d'en face est venu parler avec ton mari. Il est en train de lui demander de garder ses animaux, rapport qu'y veut aller visiter sa famille, lui apprit le vieil homme.

— C'est vrai que ça fait longtemps qu'y est pas retourné chez eux.

Les jumeaux se réveillèrent de leur sieste.

— Continue de me faire à manger. Je vais aller chercher ma descendance. Faut ben que je m'en occupe aussi de ces petits, décida le vieux grand-père.

Maintenant âgés de six mois, les bébés riaient aux éclats lorsque leur grand-père faisait des grimaces.

Une fois sorti de l'étable des Roy, Edmond rentra chez lui et planifia le reste de sa semaine. Il se surprit à compter les jours qui le séparaient de son petit voyage improvisé. Il y avait près d'un an qu'il n'était pas retourné chez ses parents. Depuis la fin de l'automne précédent exactement. À partir de l'hiver, il n'avait pas renouvelé l'expédition. Pourtant, Saint-Barnabé était tout près. Il aurait pu y aller plus régulièrement, même en hiver. Il se promettait de mieux faire à l'avenir. Il se rendait compte que sa solitude lui pesait. Il avait laissé partir Agathe vers son destin et il souhaitait sincèrement qu'elle profite bien de la ville et de ses attraits. Il savait qu'il avait fait le bon choix. Elle avait encore tant d'expériences à vivre avant de s'enterrer avec un veuf comme lui. Il lui souhaitait tout le bonheur du monde. Mais cela ne l'empêchait pas de s'en ennuyer et d'avoir des moments de profonds regrets.

Le vendredi arriva enfin. Edmond prit soin de faire ses bagages d'avance. Il se coucha tôt dans l'espoir que le temps passe plus vite. Il se leva vers cinq heures et prit le temps de déjeuner. Il fit sa vaisselle et rangea sa cuisine avant d'aller faire son train. À son retour à la maison, il remplit la cuve et fit une toilette complète. Il n'était pas question d'arriver négligé chez sa mère. En se regardant dans le miroir, il réalisa qu'il aurait dû prendre le temps de se faire couper les cheveux. Si Thérèse n'avait pas passé toute sa semaine chez les voisins, il aurait sans doute demandé à Paule de les lui couper. Tant pis ! Peut-être que sa mère lui rendrait ce service pendant son court séjour.

Dehors, le ciel était sans nuage. Il alla atteler son cheval à son boghei et prit la route. En chemin, il vit des fermiers s'occupant de leur terre. Un peu plus loin, il aperçut des enfants juchés sur des branches de pommiers, cueillant les fruits sous la supervision de leur mère. Cela lui rappela qu'il devrait passer son lundi à s'occuper de ses pommiers à son tour. Il se surprit à penser à Agathe et au bonheur qu'il aurait eu à rentrer chez lui le soir, après une grosse journée dans les champs, pour la retrouver souriante, un bon repas préparé pour lui, les cordes à linge remplies de vêtements sentant bon le savon… Finalement, peut-être craignait-il de se remarier ? Sa défunte était bien gentille elle aussi lors de leurs fréquentations. Après leur mariage, elle était tombée enceinte rapidement. S'était ensuivie une série de fausses couches jusqu'à ce qu'une grossesse prometteuse advienne enfin. Le médecin avait alité la mère à partir du deuxième mois de sa dernière grossesse. Il n'avait donc pas connu le partage de tâches très longtemps. Ce travail d'équipe que tous les autres habitants semblaient vivre. Il avait rapidement dû faire tout le travail seul. Échaudé, Edmond n'était pas enthousiaste à l'idée de prendre un autre risque.

Même si la belle Agathe semblait vaillante et robuste, qu'est-ce qui lui garantissait qu'elle ne se métamorphoserait pas en créature fragile et capricieuse une fois passée la bague au doigt ? Il se rappelait l'avoir trouvée fragile la première fois qu'on la lui avait présentée. Il avait eu le réflexe de vouloir la protéger. Ce même réflexe, il l'avait eu tout au long de sa vie en présence de sa défunte, Léonie Joanette, sa voisine à Saint-Barnabé. Léonie avait-elle donné des signes de fragilité ? Ou était-ce simplement un réflexe normal pour un homme fort de vouloir protéger une femme ?

Sur ces pensées, le jeune veuf arriva au village de son enfance. Dans la rue principale, il salua d'abord le propriétaire du magasin général, le vieil Alphonse Bouchard, qui était assis sous le porche de son commerce. Plus loin, il vit Adrienne Gervais, la ménagère du curé Viens, qui secouait un tapis énergiquement avec toute la puissance de ses bras musclés. Elle ne remarqua pas les grands signes que lui faisait Edmond. Il poursuivit donc sa route. Un peu plus loin, il aperçut le fils aîné du boucher, Arsène Filion, en train de nettoyer une cuve à grande eau, sur le côté ombragé de la boucherie. Arsène le reconnut et le salua. Cela fit chaud au cœur d'Edmond. Il se sentait si seul qu'il en avait oublié qu'il avait déjà fait partie d'un groupe, d'une population, d'une famille. Cet Arsène, il l'avait bien connu sur les bancs d'école. Ils avaient fait les quatre-cents coups dans la classe de madame Emerise, qui avait eu la malchance d'être leur maîtresse d'école.

De l'autre côté de la route, en face de la boucherie, il y avait le docteur Desgagné qui grimpait dans son boghei. Il sortait de la forge. Le vieux Blanchet, le forgeron, se serait-il encore brûlé ? C'était bien connu dans le village, Charles Blanchet était si distrait. Mais quand même ! Il aurait dû finir par dompter le feu après tout ce temps. Du moins c'est ce que disaient les commères à chacune de ses mésaventures.

Le boghei d'Edmond longea la route qui, à cette hauteur, devenait rurale. La forge marquait la fin du village. Ensuite, ce n'étaient plus que des champs. La première ferme à la sortie était celle des Lamothe. Elle était du même côté de la route que la forge. Marie-Ange et Philippe Lamothe étaient de bons voisins. Edmond avait grandi avec leurs deux fils, Jude et Noël. Le plus vieux, Jude, tenait son prénom du saint patron des causes désespérées. Ses parents avaient dû beaucoup le prier pour pouvoir fonder une famille. Noël, lui, était tout simplement prénommé selon sa date de naissance, le 25 décembre. Les parties de pêche en compagnie de ces deux lurons avaient été mémorables. Edmond déplorait de n'avoir pas pu se faire des amis à Saint-Simon. Il avait éprouvé tellement de plaisir enfant, parmi les habitants de Saint-Barnabé. Mais dans un nouveau village, les anciens se méfient toujours un peu et il peut être difficile de s'intégrer. Edmond n'était pas d'une nature expressive ni celui qui faisait le plus de vagues, il passait donc souvent inaperçu, pour son plus grand malheur.

Quelques arpents plus loin, il arriva entre deux fermes, situées de part et d'autre du chemin. Celle de droite appartenait à Ferdinand et Madeleine Joanette, ses beaux-parents. Celle de gauche appartenait à ses parents, Omer et Anna Legrand. Edmond hésita un instant. Convenait-il mieux de passer chez ses beaux-parents d'abord pour ensuite aller voir les siens ? Il ne s'était pas posé la question avant de partir. Il se trouva bête de ne pas y avoir pensé plus tôt. De quoi avait-il l'air au beau milieu du chemin en plein soleil ? Le veuf n'eut pas à se questionner longtemps, car de la fenêtre de la cuisine d'été, sa mère Anna l'avait repéré. Elle sortit sur le perron et le héla.

— Ah ben, de la belle visite rare ! s'exclama-t-elle en s'essuyant les mains sur son tablier.

D'un pas énergique, la petite femme brune descendit les quelques marches qui la séparaient de la cour et traversa la route. Les yeux brillants de joie, elle grimpa dans le boghei de son fils pour le serrer dans ses bras.

— J'en reviens pas ! s'exclama-t-elle en reculant sur le siège pour mieux voir son garçon. Mais ça fait donc ben longtemps que t'es pas venu par icitte ! Dis-moi-le si j'me trompe, mais j'ai ben l'impression que tu t'en viens m'annoncer une nouvelle… dit la mère en baissant le ton comme pour encourager la confidence.

— Non, m'man, j'ai rien de nouveau. Je m'ennuyais de vous pis de votre poulet et vos patates. Je m'excuse de pas être venu avant. J'ai pas d'excuses J'étais juste ben occupé sur ma terre.

La mère n'était pas dupe. Elle se doutait bien que son fils lui cachait quelque chose. Mais elle était persuadée qu'il lui en parlerait en temps et lieu.

— Envoye, arrive à maison ! Je suis pressée. Apparence qu'y faut que je tue un poulet !

Dans la cuisine d'été, Edmond retrouva sa grande sœur Séverine. Cette sœur non mariée était une véritable soie. À vingt-neuf ans, la jeune femme habitait chez ses parents avec la famille de son frère Albert, l'aîné de la fratrie. Albert et son épouse Lucette avaient cinq enfants âgés entre huit et deux ans. Séverine passait ses journées à seconder sa mère et sa belle-sœur aux différents travaux de la ferme et de la maison.

— Lucette, descends avec les p'tites. On a de la visite ! s'écria Anna en ouvrant la porte communicante entre la cuisine d'été et le reste de la maison.

— M'man, Lucette pis les filles sont au verger, lui apprit Séverine.

La grande sœur servit un thé à son frère et à sa mère et s'éloigna pour laisser les deux en tête à tête. Anna aimait beaucoup parler avec ses enfants. Elle appelait ça « leur tirer les vers du nez ». Elle n'avait pas son pareil pour soutirer des confidences. Tout le monde au village le reconnaissait et sa famille la redoutait.

— Pis, mon Edmond, qu'est-ce qui se passe de beau à Saint-Simon ? T'es-tu ben avancé dans tes travaux ?

La mère de famille savait qu'il lui fallait faire de grands détours pour arriver à ce que son fils se confie à elle. Elle allait donc lui parler de choses qui le mettraient à l'aise, comme les travaux de la ferme.

— J'suis pas en retard, mais j'suis pas en avance non plus. En m'en venant, j'ai vu que ben du monde vide une partie du jardin pis travaille à faire leurs compotes de pommes. Moi, faudrait que je commence à y penser.

— T'es seul... Alors ça se comprend que t'aies du retard, mon Edmond...

La mère laissa passer un silence pour voir où irait la conversation. Devant le silence de son fils, elle dut reprendre le fil de son interrogatoire.

— Pis, vas-tu toujours à la pêche ? T'aimais tellement ça aller pêcher quand t'étais garçon.

— J'ai pas trop eu le temps. En plus, j'ose pas m'aventurer sur le lac tout seul... répondit Edmond dont le manque d'enthousiasme alarma l'instinct maternel d'Anna.

— Ben, il te reste la chasse... T'aimais ça aussi aller à chasse. Y vas-tu des fois ?

— J'ai posé des collets cet hiver pour ramasser des lièvres.

À cette pensée, il revit la cuisine des Roy et la belle Agathe. Le regard triste qui avait assombri le visage du veuf en apprit beaucoup à sa mère. Son fils avait changé depuis qu'il avait quitté le nid familial. Lorsqu'il avait hérité du bien de cet oncle sans enfant, tout le monde s'était réjoui pour lui. Une ferme et tout ce qu'il faut pour s'en occuper, et tout ça gratuitement. C'était tout un cadeau pour un jeune homme. Sans ça, il lui aurait fallu des années avant d'atteindre ce niveau d'aisance. Grâce à cet héritage, il avait pu épouser sa belle Léonie. Mais son bonheur avait été de courte durée. Et aujourd'hui, il ne semblait pas reprendre le dessus. Sa mère s'était attendue à ce qu'il lui annonce qu'il allait se remarier. Cela aurait expliqué pourquoi il n'était pas venu les visiter de l'hiver. Dans sa tête, seules des fréquentations pouvaient accaparer un homme de son âge. Après tout, son fils était bel homme. Et il fallait l'avouer, un jeune veuf avec une terre bien à lui, c'était tout un candidat. Elle s'étonnait qu'aucune mère n'ait jeté son dévolu sur lui pour l'une de ses filles. Si un tel candidat avait existé à Saint-Barnabé, elle n'aurait pas hésité une seconde et elle lui aurait présenté sa Séverine.

Il était vrai que se faire une place dans un nouveau village était difficile. Les nouveaux venus restaient des étrangers longtemps dans une paroisse. Les autres se méfiaient. Anna avait eu la chance de naître dans le même village que ses parents, ses grands-parents et son mari Omer. Lorsqu'ils s'étaient mariés, ils n'avaient pas connu l'isolement.

— Papa et Albert sont où ? demanda Edmond pour changer de sujet.

— Tu connais ton père… Aujourd'hui, on s'occupe des pommes comme tout le monde, donc il bricole dans l'étable pour pas venir nous aider, comme à chaque année ! Pis Albert, il répare la charrette.

Edmond prit congé de sa mère et alla rejoindre les hommes dans les bâtiments. Anna le regarda marcher lentement et sans entrain. Elle conclut que son fils avait besoin d'elle. Il traînait avec lui une lourdeur et une langueur qui devenaient contagieuses. La mère secoua la tête pour en chasser les idées noires et alla mettre ses bottes pour se rendre au verger. Avec de l'aide, ils finiraient sûrement la cueillette avant la fin de l'après-midi.

— Ah ben, de la belle visite ! Ta mère est-tu au courant ? demanda Omer en laissant tomber son râteau pour aller serrer son fils dans ses bras.

— J'avais même pas encore viré dans la cour qu'elle grimpait dans mon boghei ! répondit Edmond.

Père et fils rirent de bon cœur. Albert, alerté par les rires, vint les retrouver.

— J'vais aller me changer pis je vais venir vous donner un coup de main, décida Edmond.

— On va plutôt aller donner un coup de main aux femmes avec les pommes. Sinon on va encore en entendre parler, dit le père de famille, visiblement dompté.

C'est avec beaucoup de joie qu'Anna accueillit ses trois hommes dans le verger. Ensemble, ils s'appliquèrent à vider les pommiers au son des chansons d'Anna. Les femmes, habituées à chanter en travaillant, avaient mis au point des harmonies dignes de la chorale de Noël à la messe de minuit. Edmond s'essuya discrètement les yeux. Il y avait longtemps qu'il n'avait pas entendu sa famille chanter. Il y avait longtemps qu'il n'avait pas fait partie d'un groupe aussi heureux. Chez les Roy, il avait toujours senti une sorte de barrière, une gêne, un interdit. Il lui avait fallu revenir dans sa famille pour comprendre à quel point le climat qui l'accueillait les samedis soir lors de ses fréquentations avec Agathe était tendu et emprunté. Il avait pourtant mis beaucoup d'énergie à faire fondre les réticences des Roy à son égard. Il avait même négligé Agathe pour tenter de les gagner à sa cause. Mais il n'avait jamais senti le bonheur simple d'être parmi un groupe soudé et accueillant. C'est ce que représentait sa famille en ce moment. Ils étaient tous heureux en travaillant et en chantant. Et lui n'avait pas besoin de plaire, de dire ou de faire. Sa présence parmi le groupe ne lui coûtait pas d'efforts. Il n'avait qu'à être. Qu'avait-il fait aux Roy pour qu'ils se méfient autant de lui ? Il avait beau chercher, il ne trouvait pas.

Les Legrand s'installèrent dans la cuisine d'été où tout le monde se mit à peler les pommes. Anna sortit sa grosse marmite de la remise et la récura. Lucette, la femme d'Albert, alla chercher les pots et les couvercles. Séverine fit chauffer l'eau pour ébouillanter les bocaux afin de les rendre stériles. Il vint à l'esprit d'Edmond qu'Agathe se serait plu dans cette cuisine. Elle y aurait trouvé sa place parmi ces femmes vaillantes et avenantes. Le grand bonheur que provoqua cette pensée lui confirma à quel point il était malheureux sans elle.

Dans la soirée, il alla rendre visite à ses beaux-parents. L'accueil fut tout aussi chaleureux que celui de ses parents. Ils passèrent leur veillée à se rappeler des souvenirs du temps où il fréquentait Léonie. Sans qu'il ne puisse s'expliquer pourquoi, cela finit par agacer Edmond. Il trouva un prétexte pour retourner auprès des siens.

Ses parents étaient assis selon leur habitude, dehors sur la galerie. Ils contemplaient les étoiles ; rien de bien excitant, mais ce bonheur tranquille, cette complicité rassurait Edmond. Voir ses parents encore heureux ensemble après toutes ces années était inspirant.

— Comment vont les Joanette ? demanda Omer.

— Comme d'habitude.

— T'as l'air fatigué, Edmond. Je t'ai préparé une paillasse dans le salon, lui dit sa mère.

— Vous avez raison, m'man, je vais aller me coucher. Allez-vous pouvoir me couper les cheveux demain avant la messe ?

— Ben certain ! Ça va me faire plaisir à part de ça ! J'avais hâte que tu m'en parles, ricana la mère, espiègle.

Edmond n'eut pas de mal à s'endormir dans le confort du nid familial. Le lendemain matin, sa mère vint le réveiller pour lui couper les cheveux. Elle l'encouragea à raser sa barbe. Elle avait toujours préféré son fils sans barbe. Il avait de si belles fossettes…

Sur le parvis de l'église, il reconnut tout le monde et tout le monde le reconnut. Il se mêla à différentes conversations et prit plaisir à se rappeler de bons souvenirs d'enfance avec Arsène Filion, Jude et Noël Lamothe. Sa mère qui le regardait du coin de l'œil tout en discutant avec les Joanette trouvait son fils transformé en comparaison du jeune homme incertain et amorphe qui était arrivé chez elle la veille. Elle prit une décision et quitta son groupe pour aller rejoindre son mari, occupé plus loin à parler avec d'autres paroissiens.

— Omer, j'pense que j'vais partir avec Edmond cet après-midi… Qu'est-ce que t'en penses ?

— J'pense que tu devrais emmener Séverine avec toi. Mais dis-y pas que tu le trouves triste, par exemple. Dis-y que tu t'en viens l'aider à vider son jardin pis s'occuper de ses pommes, répondit son mari qui lui confirmait par la même occasion qu'il était aussi inquiet qu'elle.

D'un signe de tête, Anna le remercia et entra dans l'église pour assister à l'office. Elle passa l'heure complète à prier pour son Edmond et en profita pour demander au Seigneur de trouver une bonne femme pour s'occuper de son fils, car à distance, il lui était impossible de veiller sur lui. Elle se signa et alla rejoindre les autres pour rentrer à la maison.

— Edmond ! Séverine pis moé, on va s'en retourner avec toi si t'as pas d'objection. On va aller t'aider avec tes pommes pis ton jardin. Qu'est-ce que t'en dis, mon garçon ? demanda la mère bien décidée à partir avec son fils quoi que ce dernier réponde.

— Ben… Si ça dérange pas personne, c'est certain que… bafouilla Edmond avec gêne.

— La belle-mère, laissez-moi Séverine. Comment je vais faire avec les p'tits ? s'insurgea Lucette.

— Je pars pas pour un mois, Lucette ! Edmond va me ramener samedi prochain, hein Edmond ?

Le fils accepta avec joie. Pour toute la semaine, il allait avoir de la compagnie. Quel soulagement ! Après avoir vécu dans ce doux brouhaha pendant deux jours, il n'allait pas se retrouver seul.

Lorsque la sieste dominicale fut terminée, il attela son cheval à son boghei et fit monter Séverine et sa mère. Le chemin du retour lui sembla plus court. Sa mère avait tout un tas d'histoires à lui raconter en passant devant les maisons du village.

— Le vieux Charles est ben en peine ! Sa Fabienne est malade… entreprit sa mère sur le ton de la confidence. Son fils est parti aux États. Ç'a l'air que lui, une belle forge avec une clientèle fidèle, ça l'intéresse pas ! En plus, c'est pas le seul à vouloir s'en aller en ville ou bedon aux États. Je le sais pas ce qu'ils ont, les jeunes. On dirait que notre village est pas assez bon pour eux autres…

— Pourtant, s'ils savaient comment on est ben chez nous ! Ailleurs, c'est jamais pareil, répondit Edmond, pensif.

— Toi, tu le sais, hein mon garçon ? demanda discrètement sa mère pour le laisser poursuivre ses pensées.

— Oui, je le sais.

Ils arrivèrent quelques minutes plus tard. Edmond fit visiter sa terre et sa maison pour la première fois à sa famille.

— C'est propre ! Tu tiens ben maison ! s'étonna Anna.

Edmond alla faire son train et laissa sa mère et sa sœur à la maison pour qu'elles puissent s'installer et commencer à faire le souper. Il vit Jean qui le héla.

— J'ai ben cru que t'arriverais pas à temps pour ton train ! Je m'en venais pour le faire à ta place.

— Je suis revenu avec ma mère pis ma sœur, répondit Edmond. Elles sont venues pour me donner un coup de main. Viens que j'te présente.

Désireuse de connaître l'entourage de son fils, Anna en profita pour inviter les Roy à jouer aux cartes le lendemain soir.

— On va ben finir par comprendre c'qui va pas icitte, hein Séverine ? demanda la mère de famille.

Finalement, la partie de cartes eut lieu chez les Roy. Durant la soirée, Anna et Paule eurent beaucoup de plaisir à échafauder toutes sortes de stratégies pour battre les hommes aux cartes. Séverine se dérida et participa avec joie aux différentes feintes. La soirée se terminant, les trois femmes s'installèrent dans la cuisine d'été pour discuter un peu.

— Dites-moi donc, Paule… vous auriez pas une jeune femme à présenter à mon garçon ? Me semble que c'est pas bon pour un homme de vivre seul, chuchota Anna pour ne pas être entendue des hommes qui étaient assis sur la galerie.

— Je lui en ai pourtant présenté une… Agathe est une parente à moi qui était venue m'aider après la naissance des jumeaux. Ils se sont même fréquentés pendant un bout.

En voyant le regard d'Anna, Paule regretta aussitôt d'avoir parlé. Il était évident qu'Edmond avait caché ses fréquentations à sa mère.

— Mon fils m'a pas dit ça Mais je m'en doutais un peu. Sinon pourquoi il serait pas venu nous voir à Saint-Barnabé ? Inquiétez-vous pas. J'y dirai pas que vous m'en avez parlé, dit la mère d'Edmond, satisfaite d'avoir enfin une piste.

Ainsi son fils avait fréquenté quelqu'un et il ne lui en avait rien dit. Pourquoi ? Avait-il quelque chose à se reprocher ? Paule, voyant que la mère de son voisin était absorbée dans ses pensées, décida de faire diversion en s'adressant à Séverine. Les deux femmes parlèrent de leurs vies et cela tira Anna de ses pensées :

— Pis pour ma fille ? Vous connaîtriez pas un célibataire ? Quelqu'un de bien, là !

— Y a mon beau-frère Armand ! Lui, c'est un vieux garçon. Il vit à Montréal. Y est ben vaillant. On sait jamais. En tout cas, j'ai espoir de le caser un jour.

— Ç'a ben d'l'allure ! Qu'est-ce que t'en dis, Séverine ? demanda la mère.

— J'en dis qu'il se fait tard pis qu'il faudrait penser à rentrer…

Finalement, les Legrand prirent congé. Une fois couchée, Anna se promit d'aller au fond des choses. Elle userait de finesse, mais son fils allait se confier, qu'il le veuille ou non.

Le reste de la semaine fut bien rempli entre les pommes, le jardin et l'installation d'Edmond dans la cuisine d'hiver. C'est complètement épuisée qu'Anna prit place sur une chaise berçante face à son fils en ce vendredi soir, veille de son départ pour Saint-Barnabé.

— Pis, mon garçon ? Ça a fait du bien qu'on vienne t'aider, ta sœur pis moi ?

— Oui m'man ! Encore un gros merci à vous deux. Je vais vous avouer que je commençais à me traîner les pieds un peu. Y a vraiment beaucoup de choses à faire sur une terre.

— Justement ! interrompit Anna. Tu penses pas que ça serait le temps que tu te cherches quelqu'un ?

La mère de famille marqua un temps d'arrêt. Elle attendait les confidences qui ne venaient pas.

— Y a personne qui pourrait faire ton affaire au village ?

— Selon monsieur l'curé, la propriétaire du magasin général pis toutes les autres commères, y a deux vieilles filles qui devraient m'intéresser.

— Y doit pas y avoir juste des vieilles filles dans ce village-là ? As-tu regardé comme il faut ?

— Voyons, m'man ! Vous me voyez avec une p'tite jeunesse ? Moi, un veuf ?

— T'es pas encore un vieux, à ce que je sache. T'es un beau veuf dans la vingtaine avec une terre ben à toi. T'es tout un cavalier ! Toutes les filles à marier seraient chanceuses que t'ailles accrocher ton fanal chez elles les bons soirs.

— Vous me trouvez pas trop vieux pour une p'tite jeunesse de dix-huit ans ?

— Ben non !

Cette déclaration laissa Edmond pensif. La conversation bifurqua sur d'autres sujets, à la grande déception d'Anna qui aurait aimé que son fils lui parle de cette Agathe. Elle n'était pas dupe à propos de la jeunesse de dix-huit ans. Son fils n'avait pas sorti ça de nulle part. Mais la soirée se termina sur une partie de cartes et beaucoup de bâillements. C'est déçue que la mère de famille alla se coucher. Les confidences n'étaient pas venues.

Le lendemain, Edmond resta à coucher dans la grande maison familiale après avoir reconduit sa mère et sa sœur.

— Edmond, tu viendras me chercher la semaine prochaine. Je retournerai chez vous. Il reste des légumes dans ton jardin, annonça Anna le dimanche matin.

Chapitre 3

Le mois de novembre était clément à Waterville en cette année 1908. Avec une température tournant autour des huit degrés, la famille Senécal ne souffrait pas du froid. Il était encore possible de se promener le dimanche avec une grosse veste bien épaisse, la tête découverte. Depuis l'arrivée d'Agathe et Célina aux États, une certaine routine s'était installée dans la modeste maison. Les deux filles travaillaient aux côtés de leur mère à la Hathaway Shirt Factory depuis le mois d'août. Bien qu'affectées à différents départements, les trois femmes mangeaient et voyageaient ensemble, matin et soir.

— En tout cas, c'est une bonne couturière ton Agathe, Héléna ! J'en reviens pas comment elle apprend vite ! s'était émerveillée Joséphine Cormier un beau dimanche matin sur le parvis de l'église de Waterville.

La jeune femme avait été à la hauteur de la réputation que lui avait faite sa mère. Agathe travaillait à la finition des chemises pour hommes alors que Célina était au repassage en attendant qu'une place se libère à la confection. Bien entendu, le poste le plus convoité, celui de l'inspection du produit fini, était réservé aux plus anciennes. Héléna avait bien remarqué ce que Joséphine lui avait souligné à son entrée à la factory. Ce poste, aucune Canadienne française ne l'occupait. Il s'agissait d'une injustice parmi bien d'autres selon son amie. Il n'y aurait aucune façon d'accéder à des postes mieux payés pour elles, mais elles ne se plaignaient pas. Elles étaient contentes de pouvoir contribuer au bien-être de leur famille. D'ailleurs, la venue des filles avait aussi permis à Murielle de rejoindre son jumeau à l'école. Bien que l'horaire d'Héléna soit toujours aussi chargé, la vie lui semblait plus légère. Avec quatre femmes capables de se partager les tâches, le ménage, l'entretien de la maison et la confection des repas étaient plus faciles.

De son côté, Josette avait terminé sa formation au Beauty Shop de Grace-Elizabeth Lachance. Cette dernière en avait profité pour axer la formation de Josette sur les coupes pour hommes afin de lui refiler cette clientèle qu'elle n'appréciait pas tellement à cause du peu de pourboires qu'elle générait. En cumulant les anciennes tâches laissées par Murielle ainsi que ses nouvelles responsabilités de barbière, Josette s'était vu octroyer une petite augmentation de salaire. Très petite. Sa patronne profitait bien de la situation, allant même jusqu'à prendre un samedi de congé sur deux, laissant tout le travail à Josette.

— J'aimerais ça, moi aussi, avoir un samedi de congé sur deux… J'pourrais faire mon ménage comme il faut et faire à manger. En plus, c'est elle qui empoche tous les profits, maugréa Héléna.

Cette injustice, la mère la remettait sous le nez de sa fille Josette à chaque occasion. Ce gros sans-gêne des patrons ne la surprenait pas, mais que cela vienne d'une Canadienne française d'origine la choquait encore plus.

— On dira ben ce qu'on voudra, m'man, mais la vie en ville, c'est plus facile, intervint Gérald.

— Parle pour toi ! Parce que moi, j'ai pas vu ça pantoute ! s'exclama Héléna, surprise du commentaire de son fils.

Gérald pouvait-il être aveugle au point de ne pas se rendre compte de la quantité de travail supplémentaire dont la mère de famille avait hérité ? Il était vrai que pour un homme, la vie pouvait sembler plus facile. Gérald ne travaillait plus au champ et ne dépendait plus de la pluie et du beau temps pour ce qui était des récoltes. Le travail qu'il effectuait à la gare était différent et moins exigeant physiquement, c'était un fait. Mais les longues heures pour de modestes gages ne lui semblaient pas une amélioration à son sort. Pour ce qui était du travail des femmes, Héléna restait catégorique : il semblait s'accumuler plutôt que s'alléger.

— J'ai pas remarqué que je travaillais moins, continua Héléna. Pis vous autres, les filles, avez-vous l'impression de moins travailler qu'en campagne ? demanda-t-elle à ses trois plus vieilles.

Les sœurs se consultèrent du regard et firent une moue indécise. Gérald en rajouta :

— M'man, au mois de novembre, vous faisiez boucherie pour l'année en plus de votre jardin qui vous occupait tout l'automne pour vos conserves. Ici, en ville, vous avez pas besoin de faire ça. Si vous voulez de la viande ou autre chose, vous allez à la boucherie ou au market.

— Oui Gérald, je sais. Mais la viande, on me la donne pas. Ça non ! Pis je le sais pas, moi, c'est quel morceau du bœuf qu'il me vend, ton gars à boucherie. Je préférais m'occuper de ma viande pis de mon jardin moi-même pis faire ma saucisse avec mes épices.

La mère de famille ferma les yeux et se remémora son coffre à viande qu'elle gardait dans la remise, près de la cuisine d'été. Le bonheur qu'elle éprouvait lorsqu'elle allait choisir sa viande pour le repas du lendemain. Les repas, à cette époque, mijotaient longtemps sur le vieux poêle et répandaient toutes sortes de bonnes odeurs. Aujourd'hui, elle cuisinait vite fait des repas à peine comestibles avec des produits de moindre qualité. Car nourrir une famille nombreuse comme la sienne coûtait très cher en ville. Cela aussi, il fallait en tenir compte.

— Mon Gérald, ça doit être une affaire de goûts ! conclut Héléna, lassée de cette discussion avec son fils.

Depuis la mort de Léon, Gérald ne savait plus sur quel pied danser avec sa mère. Il semblait jouer le rôle de protecteur de la famille, mais il restait assez discret. À chaque fois qu'il tentait de donner son opinion, il se faisait rabrouer par sa mère qui en profitait pour rappeler son autorité sur lui. Le jeune homme s'en trouvait souvent humilié devant ses frères et sœurs. Cette situation lui était désagréable au plus haut point. Il tentait alors d'imiter Agathe qui se faisait toujours la voix de la raison dans le calme et la bienveillance. Mais cela ne semblait pas lui réussir. Le cours de ses pensées fut interrompu par son jeune frère Oscar, qui arrivait du Market après sa journée de travail.

— M'man ! On a reçu de la malle à notre autre logement en haut du market. Monsieur Pellerin aimerait qu'on donne notre bonne adresse au monde. Il dit qu'y a pas juste ça à faire de jouer au facteur pour nous autres, dit le garçon, encore tout à l'envers d'avoir été semoncé par son patron devant les clients.

— Tu lui diras… ah, laisse donc faire ! se ravisa Héléna. Donne-moi la malle.

Oscar lui tendit deux lettres. La première provenait du bureau du notaire Veilleux. Elle l'ouvrit à la hâte. Bien qu'elle n'ait pas eu d'ennuis depuis la mort de Léon, Héléna redoutait les lois américaines en matière d'héritage. Elle en avait perdu le sommeil. Joséphine Cormier lui avait bien expliqué qu'elle avait droit à un héritage même si elle était une femme. Mais Héléna n'avait confiance en personne. Qu'est-ce qu'elle connaissait, la Joséphine? Elle n'avait jamais perdu son mari elle et ne s'était jamais retrouvée dans sa situation. La veuve parcourut la lettre et ne comprit rien de ce qu'elle y lut. Elle se calma et relut le document. Le notaire Veilleux lui expliquait que son mari n'avait pas laissé de testament. Cela compliquait les choses un peu et il lui demandait de venir à son étude pour en discuter, dès que possible.

— Qu'est-ce qui se passe, maman? demanda Agathe qui avait remarqué le changement d'expression de sa mère.

Elle prit le temps de s'asseoir devant elle pour lui accorder toute l'attention nécessaire. La jeune femme avait remarqué que ce geste apaisait sa mère qui autrement avait tendance à se mettre dans tous ses états très rapidement.

— Le notaire veut me voir. Ton père aurait pas laissé de testament.

La mère n'en ajouta pas davantage.

— On va y aller ensemble, voir le notaire, voulez-vous? offrit Agathe qui se faisait apaisante. On va en parler avec lui. Il doit sûrement y avoir des solutions, vous pensez pas? Ça doit pas être la première fois que ça arrive. Pis regardez: cette lettre-là vient de Saint-Rémy! Vous devriez la lire. Y a peut-être des nouvelles de grand-maman, dit la jeune femme en tendant la seconde enveloppe à sa mère.

Héléna parcourut la missive et s'essuya le visage. Cette lettre provenait effectivement de sa mère, Hilda, qui lui donnait des nouvelles de la paroisse. Toute la famille allait bien et la maladie qui l'avait rendue si faible l'hiver précédent avait fini par guérir. Il s'agissait d'une mauvaise grippe qui avait failli venir à bout de sa forte constitution. Mais elle allait mieux maintenant et c'était tout ce qui comptait. Elle annonçait également qu'elle avait l'intention de venir les visiter sous peu. Cette nouvelle réjouit Héléna, elle qui ne pensait plus jamais revoir aucun membre de sa famille.

— Qu'est-ce qu'y a, m'man ? demanda Célina, anxieuse.

Héléna avait fermé les yeux et tenait la missive pressée contre son cœur.

— Ta grand-mère va venir nous voir très bientôt ! s'exclama Héléna qui se mit immédiatement à rêver d'un beau Noël entourée de sa mère et de ses enfants.

Hilda allait sûrement apporter un peu de joie pour ce premier Noël sans Léon. Il y aurait de merveilleuses odeurs dans la cuisine et une bonne oreille toujours à l'écoute. Seule sa mère pourrait initier cette conversation, celle qu'elle repoussait depuis le retour de ses filles. Celle qui avait le pouvoir de rétablir la paix entre Célina et Josette. Car seule Célina paraissait révoltée. De con côté, Agathe semblait sereine et en paix avec son passé.

Mais en présence de sa mère, pourrait-elle poser les questions qui lui brûlaient les lèvres ? Celles concernant ses petits-enfants qu'elle ne connaîtrait jamais. Depuis le retour des filles, il semblait y avoir un accord tacite qui voulait qu'on mise sur l'avenir plutôt que de ressasser le passé. L'influence d'Agathe semblait imposer cette entente. Il est vrai que son Agathe avait une autorité naturelle qui lui venait d'une bienveillance que la mère ne comprenait pas. Comme elle avait changé, sa fille ! Et pour le mieux, malgré tout le malheur qu'elle avait vécu dans sa courte vie. Depuis son retour, elle se montrait à l'écoute de ses frères et sœurs, surtout de Josette. À l'image de sa grand-mère Hilda Boudrias née Vachon, Agathe était l'oreille et l'épaule nécessaires à l'équilibre de toute la famille Senécal. Les plus petits se tournaient vers elle naturellement depuis toujours.

— Oscar, tu diras à Pellerin que j'ai pas le temps d'envoyer notre nouvelle adresse à ta grand-mère pis que ça se peut qu'une autre lettre d'elle retontisse au market. Dis-y que ça sera la dernière fois. Pis pour le notaire Veilleux, c'est lui qui a notarié la vente de notre maison, ça fait que je comprends pas parce qu'il a notre nouvelle adresse, lui… Mais qu'y prenne son mal en patience, ton boss ! déclara la mère de famille qui en avait assez de s'excuser pour tout et pour rien.

— Grand-maman Boudrias va venir nous voir ? demanda le jeune Oscar, incrédule.

Durant les jours suivants, un grand ménage se fit dans la petite maison de la famille Senécal. Il n'était pas dit que sa mère arriverait dans une soue à cochons. Alors tout fut frotté. Les rideaux lavés et repassés. N'ayant pas la date précise de son arrivée, on fit comme si l'aïeule allait frapper à la porte d'un jour à l'autre. Héléna avait décrété que sa mère dormirait avec elle dans sa chambre. Cela leur permettrait d'avoir de longues conversations le soir. Sa mère avait le don de tout remettre en perspective. Elle avait cette faculté de prendre du recul pour mieux analyser les situations. C'était en sa présence qu'Héléna avait pris les meilleures décisions de sa vie.

C'est totalement éreintée que la famille Senécal arriva à l'église le dimanche suivant. Gérald, comme à son habitude, était allé rejoindre ses collègues. Josette était allée saluer Grace-Elizabeth, Agathe et Célina s'étaient machinalement retrouvées dans le cercle de femmes présidé par Joséphine Cormier. Héléna traînait de la patte derrière ses enfants. Il lui fallait le reconnaître, elle ne rajeunissait pas. Tout ce ménage l'avait épuisée. Phénomène rare, après son grand ménage, la mère de famille avait eu un moment de déprime. Son intérieur maintenant propre, il lui semblait évident que ses meubles n'étaient pas d'une première jeunesse. Elle se mettait à la place de sa mère qui avait connu la belle ferme des Senécal. Que penserait-elle de cette maison modeste un peu délabrée ? Cette comparaison avait presque réussi à venir à bout de la joie qu'elle ressentait de la revoir. C'est l'arrivée du notaire Veilleux près d'elle qui la sortit de ses pensées moroses.

— Bon dimanche, madame Senécal, vous allez bien ? débuta l'homme de loi.

À la vue de cet homme élégant, Héléna se rappela la lettre qu'elle avait reçue plus tôt dans la semaine. Elle s'en voulut immédiatement de ne pas y avoir donné suite. Comment avait-elle pu oublier ? Cet héritage était central au bien-être de sa famille.

— Monsieur le notaire ! Je m'excuse de pas être encore venue vous voir dans votre bureau… balbutia la pauvre femme.

— Ne vous excusez pas, chère madame ! J'imagine bien qu'une ouvrière ne peut pas prendre congé uniquement pour venir me voir à mon étude, la rassura-t-il. J'espérais pouvoir vous parler avant le début de l'office. Avez-vous deux minutes ?

— Ben sûr ! répondit la matriarche en cherchant son Agathe des yeux. Donnez-moi une seconde, j'vais aller chercher ma fille, elle va peut-être pouvoir comprendre ce que vous me direz pis me l'expliquer par après.

— Ce ne sera pas nécessaire, vous allez voir c'est tout simple. Comme votre mari n'a pas laissé de testament, je dois porter votre cause dans une sorte de tribunal. Ici on appelle ça *Probate Court*. Ils vont vous octroyer les biens de votre mari par défaut, dit-il, certain que son explication était claire.

Devant le regard perdu d'Héléna, le notaire se rendit compte qu'il devait donner une explication encore plus accessible. Il héla sa femme Mélinda. La petite brune aux allures de grande dame s'approcha du duo. Elle s'imaginait bien qu'une cliente avait besoin de plus amples explications. Elle avait l'habitude de vulgariser les propos de son mari qui semblait incapable de donner des explications claires au commun des mortels.

— Qu'est-ce qu'il y a ? demanda-t-elle.

— Madame Senécal ici présente est la femme de mon client qui est décédé sans laisser de testament. Peux-tu lui expliquer…

La brave épouse interrompit son mari et prit la peine, avec des mots simples, d'expliquer à la veuve le concept de la *Probate Court*. Elle la rassura sur les chances d'obtenir son bien sans difficultés. Le seul inconvénient était le temps d'attente. La femme du notaire en profita pour lui offrir ses condoléances, chose que son mari oubliait systématiquement.

— Ah, j'comprends maintenant ! fit Héléna, rassurée.

Elle remercia le notaire et son épouse avant de s'éloigner. Elle alla rejoindre ses filles et Joséphine Cormier.

— Fais attention, Héléna, ça se peut que le notaire te charge un peu plus pour avoir travaillé le jour du Seigneur ! blagua sa collègue. Est-ce qu'il y a un problème ?

— Non, tout est beau, il m'a tout expliqué. Ça va aller, Joséphine. Merci, t'es ben aimable…

Une chose ne changeait pas en ville. Les gens étaient aussi curieux. De l'autre côté du parvis de l'église, Gérald discutait des travaux à venir à la gare avec ses amis Paul Devaux et Benjamin Thibault.

— C'est ta sœur à côté de ta mère ? s'enquit Benjamin.

— Tu parles de laquelle ? J'ai cinq sœurs, mon Ben ! répondit Gérald, un peu méfiant.

— La blonde avec la robe bleue là-bas... dit l'employé des trains en pointant dans la direction d'Agathe.

Il reçut immédiatement une claque magistrale sur le bras.

— Oui, c'est ma sœur ! Pis fais ben attention parce que je ris pas avec ça. Mes sœurs, c'est précieux pour moi comme tu peux pas t'imaginer, ajouta le jeune homme pour expliquer sa violente réaction.

— Je voulais juste savoir quel âge elle a pis si elle a commencé à recevoir, dit tout bas le jeune homme en se frottant le bras, surpris par la réaction de son ami.

— Elle vient d'avoir dix-huit ans. Pis non, elle ne reçoit pas encore à son âge, décréta Gérald.

— Avec un frère comme toi, elle est pas prête de recevoir non plus, plaisanta Paul Devaux, pour détendre l'atmosphère.

Le troupeau de fidèles entra dans le temple pour l'office. Gérald était encore énervé du commentaire de son collègue. Il se retourna à quelques reprises pendant la messe pour s'assurer que le jeune mécanicien ne regardait pas Agathe à la dérobée. Il vint alors à l'esprit de Gérald que d'autres jeunes hommes pouvaient regarder ses sœurs. Il se mit à observer tout le monde autour de lui. Ses mouvements attirèrent l'attention de sa mère qui lui jeta un regard noir.

Dehors, le vent s'était levé, signe que la pluie s'annonçait. Les fidèles quittèrent le temple rapidement sans prendre le temps de se saluer. La famille Senécal arriva à la maison de justesse avant le début de l'averse.

— Enlevez votre beau linge, pis venez manger, dit la mère de famille.

Elle alla dans sa chambre et se changea rapidement. Ensuite, elle se dirigea vers la cuisine où elle commença à mettre la table. Le repas de midi était toujours léger : Héléna préférait faire un gros souper le dimanche. Elle avait le temps de bien le préparer et elle adorait le laisser mijoter tout l'après-midi pendant la sieste dominicale. Les odeurs répandues donnaient faim aux membres de la famille. Parfois, elle se levait aux petites heures le dimanche matin pour préparer sa pièce de bœuf avant de la mettre à mijoter.

— M'man, qu'est-ce qu'il voulait le notaire ? demanda Agathe.

— Il voulait me dire que pour l'héritage, y aura pas de problème. Tout va me revenir, mais avant, il faut qu'il aille dans une cour spéciale pour que le juge me donne tout, expliqua simplement la mère de famille.

— Vous devez être soulagée ? J'vous l'avais dit qu'il y avait une solution, conclut Agathe.

Assis dans un coin, Gérald broyait du noir. Il n'aurait droit à rien de l'héritage de son père en plus de devoir surveiller les hommes autour de ses sœurs.

— Veux-tu ben me dire, Gérald, ce que t'avais à t'retourner comme ça pendant la messe ? demanda Héléna à son fils.

— C'est juste que mon ami Benjamin Thibault a demandé si Agathe recevait, pis quel âge elle avait… Vous savez ce que ça veut dire ? Il y en a un qui va finir par approcher, conclut Gérald, le visage fermé.

Héléna se retourna vers sa fille Agathe et scruta son visage pour y déchiffrer sa réaction. La jeune femme semblait embarrassée.

— Qu'est-ce que tu dis de ça, Agathe ? demanda la mère qui croyait déjà connaître la réponse.

— Je viens juste d'arriver pis… si je vous encombre pas, j'aimerais mieux pas être fréquentée, dit Agathe pour qui le souvenir d'Edmond venait de refaire surface.

Avec Edmond, elle s'était sentie en confiance et en sécurité durant leurs fréquentations. Il était doux et d'une nature pacifique. En sa présence, elle savait qu'elle ne risquait rien. Edmond avait une beauté intérieure et extérieure, avec ses petites fossettes qui lui donnaient un air d'enfant sage, qui avait su venir à bout des réticences de la jeune victime qu'elle était. Aucun autre homme ne pourrait le remplacer à ses yeux et avoir cet effet apaisant et réconfortant. Certaines nuits, il lui arrivait encore de rêver de leur famille nombreuse. Mais l'annonce de l'intérêt de ce jeune homme, ce Benjamin Thibault, la laissait dans un état d'agitation et de crainte.

— T'es pas obligée de te laisser fréquenter si t'en as pas envie. Pis non, tu m'encombres pas pantoute ! déclara sa mère.

Si Agathe avait su que pour la ravoir, Héléna avait osé affronter Léon, elle n'aurait nourri aucun doute quant à sa place parmi les siens. Un jour, elle devrait lui raconter toute l'histoire. Ce jour-là, peut-être qu'Agathe perdrait encore plus de respect pour ce père orgueilleux.

— Gérald, dis à ton ami que t'as une sœur plus vieille, intervint Célina en regardant Josette du coin de l'œil.

Josette regarda sa sœur droit dans les yeux, mais n'eut pas le courage de répliquer à cette impertinente. Elle savait bien qu'elle avait mérité amplement son mépris. Agathe vint s'asseoir près de Josette et lui prit la main.

— Ça fait un an depuis Jacques… dit-elle.

Josette détourna la tête et se mit à pleurer. Il était clair que le moment était mal venu pour poursuivre cette conversation. Il s'avéra donc qu'aucune des filles Senécal ne serait fréquentée par ce Benjamin Thibault.

— Dis-y rien, Gérald ! conclut Héléna en tapotant l'épaule de Josette.

Chapitre 4

À Saint-Simon, Paule coulait enfin des jours plus paisibles. L'automne avait été houleux. En ce début de décembre, sa routine était enfin redevenue vivable. Après avoir reçu l'aide de la rugueuse Thérèse pendant quelques semaines, la mère de famille s'était résignée à sortir sa Laura de l'école pour une courte durée. L'entente entre Paule et son aide n'avait tout simplement pas été possible. Thérèse ne faisait que critiquer Paule et s'emporter contre Thomas avec qui elle n'avait aucun atome crochu. Elle prêtait toutes sortes de mauvaises intentions au bébé qui se voyait grondé pour tout et pour rien. Par un beau matin de la mi-octobre, n'en pouvant plus, Paule avait décidé de congédier la vieille fille aigrie.

— C'est même pas vrai qu'il vient ici souvent, le Edmond ! avait dit Thérèse.

Congédier la vieille fille représenterait peut-être plus de travail pour Paule, mais la mère de famille ne se voyait plus vivre dans cette atmosphère négative que traînait avec elle la désagréable jeune femme. Le soir même, Paule avait parlé à Laura.

— Demain, ma grande, on va aller voir ta maîtresse pis on va lui dire que tu vas manquer l'école jusqu'au milieu de novembre.

Devant le regard désespéré de sa fille, Paule avait fermé les yeux afin de pouvoir puiser la force nécessaire pour poursuivre son discours.

— On va lui dire que tu vas faire ton école à la maison pour pas que tu prennes du retard.

Devant les protestations de sa fille, Paule avait enchaîné :

— On va lui dire que, par après, tu vas manquer l'école juste une journée par semaine

Laura pleura à fendre l'âme. Paule avait véritablement tout essayé pour éviter d'en arriver là. Elle avait accepté l'aide de Thérèse Tardif qui s'était avérée fort utile au début. Puis, devant l'absence d'Edmond dans le paysage, la jeune femme avait rapidement commencé à déchanter et à se faire beaucoup moins aidante. Le plus difficile à supporter pour Paule était l'attitude de Thérèse envers Thomas qui était souvent à la limite de la maltraitance. Paule n'en dormait plus la nuit malgré ses journées éreintantes. Elle en avait discuté avec son mari, un soir. Il lui semblait que toutes ses tâches devenaient encore plus difficiles et plus lourdes lorsque Thérèse entrait dans sa demeure. À force d'entendre son aide critiquer tout ce qu'elle voyait autour d'elle et toutes les autres femmes de la paroisse, Paule en était venue à se remettre en question sur tout ce qu'elle faisait en sa présence. Sa belle confiance en elle avait fondu comme neige au soleil.

— T'as vraiment tout essayé, Paule, mais là, va falloir que tu te rendes au bon sens. La seule qui peut t'aider ici d'dans sans te rendre folle, c'est Laura. Ça sera pas pour toujours… lui avait dit Jean, lors de leur conversation sur l'oreiller.

Devant l'air buté de sa femme, Jean avait fini par lui proposer de faire l'école elle-même à Laura pour lui éviter de prendre du retard dans ses apprentissages. Cet argument avait réussi à convaincre la mère dévouée qu'elle était. C'est donc le lendemain que Paule avait donné son congé à Thérèse. Cette remarque à propos d'Edmond était celle de trop. Elle ne ressentit aucune gêne ni honte à faire comprendre à Thérèse que son aide n'était plus nécessaire. Cette partie-là fut facile à gérer. Crever le cœur de sa grande fille fut cependant plus difficile.

— Mais vous allez être ben trop fatiguée pour me faire l'école le soir, m'man ! s'était opposée la jeune fille.

— Oui, c'est vrai que je vais être fatiguée, mais je suis prête à faire ça pour pas que t'aies à payer le prix. On va s'organiser, tu vas voir, les jumeaux dorment l'après-midi.

— Pis tu comprends vite, toi, Laura, avait ajouté son grand-père qui était arrivé dans la cuisine en plein milieu de l'échange entre la mère et la fille. Quand tu vas à l'école, tu dois aider ta maîtresse des fois, non ? Au bout d'la journée, t'as-tu appris tant de nouvelles affaires ?

Devant cet argument, Laura était restée songeuse. Elle avait tenté de se remémorer les derniers jours d'école et elle devait donner raison à son grand-père. Dans sa petite école de rang, elle faisait partie des grandes qui aident l'institutrice. Elle ne faisait que très peu de travail pour elle-même. Il lui serait moins difficile de faire ce travail chez elle. Résignée, elle avait accepté.

— Je te promets qu'après la boucherie, je vais te garder juste les lundis. On va faire le lavage pis le pain ce jour-là, pis pour le reste, je vais m'arranger toute seule, l'avait rassurée Paule.

La rencontre avec l'institutrice avait été désagréable : la professeure se voyant obligée de partager sa planification de cours en voulait un peu à la mère de ne pas savoir s'organiser mieux. Après tout, Paule n'était pas la seule mère de famille nombreuse. Elle fit de multiples remarques en ce sens.

Paule lui expliqua que dans son cas elle avait des jumeaux dont elle devait s'occuper, mais la maîtresse ne comprenait pas la différence. Paule avait cessé de se justifier. Il s'agissait là d'une très mauvaise habitude qu'elle avait développée au contact de Thérèse.

— Ma Berthe disait tout l'temps que tant qu'on prend des décisions avec notre cœur pis pour le bien des autres, on s'trompe pas. Pis elle disait aussi qu'y a ben des façons d'faire la même chose. La meilleure façon, c'est celle que toi tu préfères, avait conclu Joseph lorsqu'il lui avait parlé de cette manie de se justifier.

Ces quelques paroles lui avaient fait un bien fou.

Pendant le restant du mois d'octobre, la mère et la fille s'étaient attaquées avec cœur aux derniers travaux. Lorsque la météo l'avait permis, on avait fait boucherie. La viande fut découpée et emballée soigneusement en un rien de temps et le coffre en bois bien installé au frais fermait très difficilement. À la mi-novembre, tel que promis, Laura était retournée à l'école, à jour dans tous ses apprentissages. Depuis, Paule avait retrouvé une certaine quiétude. Sa petite routine tournait autour des jumeaux, du rangement de la maison, des repas et du ménage. Tous les après-midi, elle faisait la sieste en même temps que ses bébés pour retrouver l'énergie nécessaire afin de terminer sa longue journée. Lorsque les enfants arrivaient de l'école, ils participaient à la confection du repas avec elle. Le seul regret de Paule était que ses travaux d'aiguilles devraient attendre que sa vitalité naturelle lui revienne.

De l'autre côté du chemin, chez Edmond Legrand, la vie avait continué. Après sa visite à sa famille en septembre, il avait ramené sa mère chez lui à quelques reprises pour l'aider à différents travaux dans son potager. Bien qu'il soit retourné souvent chez ses parents au courant de l'automne, il n'avait pas poussé sa chance jusqu'à demander l'aide des voisins à chacune de ses visites. Il avait pris l'habitude, le dimanche matin, de s'occuper de ses animaux très tôt et d'aller à la messe à Saint-Barnabé avec sa famille. Il en profitait pour prendre son repas de midi et faire sa sieste au domicile familial. Il rentrait ensuite à Saint-Simon pour s'occuper de ses animaux et y passer le reste de la semaine. Une fois sur deux, il revenait accompagné de sa mère qui voyait bien que son fils n'allait pas mieux. Elle attendait avec impatience cette confidence qui lui ferait comprendre la raison de cet état. C'est au cours d'un trajet de retour vers Saint-Barnabé, au début décembre, qu'Edmond se décida enfin à se confier à sa mère à propos d'Agathe.

— Mon fils, que tu viennes pas pendant tout ce temps-là nous voir, ça pouvait cacher juste deux choses. Soit t'étais malade, soit tu fréquentais une belle jeunesse. T'apprendras pas à un vieux singe à faire des grimaces ! avait répondu la mère, soulagée que son fils s'ouvre enfin.

De son côté, Edmond trouvait fascinant cette faculté qu'avaient les femmes de lire dans l'âme des membres de leur famille.

— Pis, pourquoi elle a refusé de te marier ? continua Anna.

— Elle a pas refusé, je lui ai pas demandé…

— Mais pourquoi ? Si elle était belle pis fine pis vaillante, qu'est-ce qui faisait pas ton affaire ? Il me semble que c'est là tout ce qu'un homme peut vouloir, non ?

— Ben, je… Elle s'en retournait rejoindre sa famille.

— Comme toutes les jeunes parentes qui viennent aider un certain temps, elles retournent chez elles, oui…

— Elle allait les rejoindre aux États. Elle aurait été trop loin d'eux et elle se serait ennuyée tout l'temps. J'voulais pas lui faire vivre ça, admit finalement Edmond.

Vivre loin de sa famille à la campagne n'était pas un cadeau à faire à quelqu'un.

— Ta Léonie s'était-elle déjà plainte de ça ? lui demanda sa mère.

Anna commençait à comprendre où son fils avait pu prendre une telle idée. Léonie et Edmond se connaissaient depuis toujours et leur union était écrite dans le ciel, mais si le fils avait consulté sa mère avant de se déclarer, il aurait eu quelques surprises. Anna avait toujours trouvé la jeune femme un peu faible et fragile. En fait, selon sa propre mère, Léonie était difficile à contenter. Une vraie capricieuse.

Ainsi donc, voilà ce qui avait troublé son fils. Sa confiance en lui avait été minée par sa défunte. Anna se signa immédiatement, car elle croyait fermement qu'il n'était pas bon de penser du mal des morts.

— Léonie s'ennuyait, oui. Je le sais qu'elle aurait été plus vaillante pis plus heureuse sur une terre à Saint-Barnabé.

Voilà, il l'avait dit. Si sa Léonie avait été décevante, c'était sa faute à lui, car il l'avait déracinée de son village et éloignée de sa famille.

Anna accueillit cette confession avec surprise et tristesse. Son fils se croyait responsable du destin de sa femme, de ses humeurs, de son état d'esprit, de son faible niveau de dynamisme. Edmond avait même déjà avoué se croire responsable de sa mort. Elle n'en revenait pas. Elle se signa de nouveau. Comment le rassurer sans dire du mal de sa défunte ?

— Est-ce que t'es en train de me dire que tu te penses toujours responsable de sa mort ? demanda la mère de famille avec le plus de calme possible.

— Oui, m'man. Si on avait été plus proche de sa mère, peut-être que…

— Es-tu en train de te prendre pour Dieu ? C'est Lui qui a décidé de la rappeler à Lui. T'as pas ce genre de pouvoir, mon garçon. C'est du blasphème, ça !

Edmond redressa les épaules et le dos sous la remontrance de sa mère. Il n'avait jamais vu cela sous cet angle. Pour qui se prenait-il, lui, Edmond Legrand ? Il n'avait pas le pouvoir d'influencer Dieu, sa mère avait raison.

— C'était pas la première femme à s'éloigner de sa mère pis à mettre des enfants au monde ! T'as rien à voir là-dedans, voyons !

— Vous avez raison, dit Edmond, rassuré par cet argument irréfutable.

— Ben certain que j'ai raison ! dit la mère en se signant encore une fois.

Les mots acerbes qui lui venaient en tête en pensant à Léonie ne sortiraient pas de sa bouche ailleurs qu'auprès du curé Viens à sa prochaine confession.

— Astheure, est aux États la p'tite jeunesse ? reprit Anna pour se changer les idées. Tu pourrais lui écrire pour voir si elle est contente de sa vie là-bas. Juste une lettre pour prendre de ses nouvelles. Ça serait seulement de la politesse.

Edmond accueillit favorablement cette suggestion. Il passa le reste du trajet à réfléchir à ce que pourrait contenir une telle missive. Il n'avait pas d'adresse, mais Paule l'aurait sûrement. Il s'agissait de sa parente, après tout.

— J'sais pas… mais pour moi, vivre en ville quand t'es pauvre, ça doit pas être le paradis que tu t'imagines, ajouta Anna.

— Le fils Blanchet en dit quoi ? C'est pas lui qui est allé aux États ?

— Entre ce que Théodore écrit et ce qui est vrai, y doit y avoir une verrat de marge!

— S'y était pas bien, y reviendrait! Y a une belle grosse forge qui l'attend à Saint-Barnabé.

— Faudrait qu'y ait l'argent pour revenir. Là-bas, les gens travaillent douze heures par jour pour quasiment rien. Il faut qu'y se mettent à plusieurs dans des p'tites chambres pour arriver. Ton oncle Bernard y est allé quand il était garçon. À Lowell. Lui, il a vite compris qu'un homme est libre juste s'il travaille pour lui-même, sur sa terre. Oui, il travaille d'une étoile à l'autre, mais c'est pour son bien à lui, pas pour enrichir les autres et se ruiner la santé. Si tu veux mon idée, c'est pas le paradis là-bas… Pis y faut être vraiment mal pris pour tout quitter et aller s'engager dans cet enfer, conclut la mère.

Anna croisa les bras pour rapprocher les pans de son manteau. Un petit vent glacial annonçait la première neige de la saison. Edmond restait pensif. Pour lui, la ville avait toujours eu un certain attrait. Il n'avait pas véritablement réfléchi à la vie d'une famille pauvre et nombreuse en ville. Comment vivaient les Senécal? Agathe lui avait déjà dit qu'elle avait quatre sœurs et cinq frères. À douze dans un petit logement avec des gages insuffisants, la pauvre jeune femme souffrait-elle? Mangeait-elle à sa faim? Sa mère lui avait trouvé un travail dans une manufacture. Elle devait donc travailler… Tout à coup, Edmond prit la réelle mesure de ce que pouvait être sa vie.

Les premiers flocons virevoltèrent dans le ciel, légers, semblant inoffensifs, comme toutes les premières neiges qu'on trouve féeriques.

— Il neige! dit Anna en surveillant son fils du coin de l'œil.

Devant son absence de réaction, elle ajouta:

— T'es en boghei ! Vaudrait mieux que tu t'en retournes à Saint-Simon après m'avoir ramenée à maison… On t'attend pour Noël ?

Le fils acquiesça. Il laissa sa mère sur le perron de la maison, salua de la main sa famille qui le regardait depuis la fenêtre et fit demi-tour avec son boghei.

Tout à coup, il était pressé de regagner son village. Il lui tardait de rentrer avant que les routes ne deviennent impraticables. Mais il avait aussi très envie de commencer cette lettre. Rien qu'une petite lettre de politesse pour s'assurer qu'Agathe allait bien. Peut-être lui répondrait-elle.

La route de retour lui sembla infiniment longue. Arrivé au village de Saint-Simon, il se rappela que ce dimanche 6 décembre était un dimanche de guignolée. Cette année, il avait refusé d'aider, prétextant qu'il serait à Saint-Barnabé. Il se ferait donc discret et regagnerait sa terre sans se faire voir des autres paroissiens. Il dételа sa bête et alla se changer. Il en profita pour mettre une grosse bûche dans le poêle et retourna vérifier l'état de sa sleigh afin de ne pas se retrouver mal pris puisque l'hiver annonçait bel et bien son arrivée. Il constata quelques réparations mineures à effectuer sur le véhicule. Ces réparations, il les ferait le lendemain. Le brave homme rentra chez lui, réchauffa les restes du repas de la veille, celui que sa mère avait cuisiné. Il s'attabla avec appétit. Le temps de manger et faire sa vaisselle, la petite neige fine du matin s'était transformée en véritable tempête de neige. Edmond ajouta une autre bûche d'érable dans son poêle et alla faire sa sieste dominicale. Il rédigerait la lettre pour Agathe plus tard.

— Tu devrais pas le suivre chez eux sans arrêt comme ça, Anna, les autres paroissiens de son village vont le prendre pour un vrai innocent incapable de se passer de sa mère! dit Omer Legrand qui commençait à trouver que sa femme s'absentait souvent.

— T'as raison, Omer… Mais si tu voyais le village! Le monde est occupé, pis y a pas vraiment d'amis dans place à part ses voisins d'en face, résuma Anna.

— Qu'il se remarie, ça va l'occuper! tonna Omer, découragé par la neurasthénie de son fils.

— Dis pas n'importe quoi! Y a pas de fille mariable dans ce village-là. Tiens, l'autre jour, je l'ai accompagné au magasin général pis y m'a présentée à la propriétaire. Elle a pas arrêté de me parler d'une Thérèse. Ben je l'ai vue, la Thérèse… Elle fait peur! Oui, peur, mon Omer! D'habitude quand on n'a pas été gâtée par la nature, on a au moins une belle façon. Elle, même pas. Elle a l'air assez bête! C'est pas mêlant, la bonne femme essaye de lui passer les restants des environs.

— Exagère pas, Anna! Séverine aussi c'est une vieille fille, pis c'est pas des restants, tenta de tempérer le père de famille.

— Non, tu comprends pas, des Séverine dans son village, y en a pas! trancha Anna.

— Voir qui a pas une fille dans le village qui soit à son goût, dit Omer incrédule.

— Rappelle-moi donc c'est quand la dernière fois que t'as visité ton garçon? Tu t'en rappelles pas, hein? La dernière fois que t'es allé à Saint-Simon, c'était pour porter le trousseau de Léonie avec son père. T'y es allé, pis t'es revenu aussi vite.

— Sa terre était d'aplomb, qu'est-ce que tu voulais que j'fasse de plus là-bas? demanda le père avec mauvaise foi.

— Ton fils s'ennuie. Tu devrais t'intéresser à lui, aller le visiter, suggéra Anna.

— S'il s'ennuie, qu'y mette ses bêtes en pension chez un habitant pis qu'y monte au chantier. Là, il va y avoir du monde pis de l'ouvrage pour le désennuyer, conclut Omer.

— Tu dis n'importe quoi ! Ça pas de sens d'aller au chantier quand t'as une terre ben à toi. Voyons, Omer…

— Ben qu'il se marie ! répéta Omer, excédé.

— Y a ben failli, mais imagine-toi donc qu'il se pensait pas un assez bon parti… Qu'est-ce que tu dis d'ça ?

— Mais où est-ce qu'il a pris une idée de fou comme ça ?

— Ça… je vais le garder pour moi, répondit la mère en se signant.

Omer comprit par ce geste que Léonie Joanette n'était pas étrangère à tout cela.

— Et cette fille, elle a pas voulu le marier ?

— Il lui a même pas demandé. Ça fait que la jeune est partie rejoindre sa famille. C'était une parente de ses voisins d'en face. J'y ai dit de lui écrire et d'essayer d'arranger tout ça, mais tu connais ton fils, ça va traîner…

— J'ai plus l'impression de l'connaître, justement.

— J'ai eu une idée… Il pourrait vendre sa terre à Saint-Simon et en racheter une à Saint-Barnabé, avança la mère pour voir ce que son mari en dirait.

— Ben voyons donc, ç'a pas de bon sens ! Un homme vend pas une terre payée parce qu'il s'ennuie de sa mère…

— C'est sûr que dit de même, ç'a pas l'air trop intelligent. Mais c'est pas fou non plus. Si tu le voyais à Saint-Simon… Il traîne d'la patte, je le reconnais pas. Quand il est sur le parvis de notre église, il a l'air heureux, il sourit. Il a l'air vivant et heureux, pis ça le rend beau.

— Voir que ça de l'allure de vendre une terre payée pis rentable, répéta Omer.

— Ce serait pour venir s'installer à Saint-Barnabé. Comprends donc, j'ai peur qu'y vende tout pis qu'il s'en aille en ville. Là, ce serait pire ! Surtout que la p'tite parente de ses voisins, elle est allée rejoindre sa famille aux États. À choisir, je préfère qu'il revienne par icitte. Je vais lui en parler à Noël.

Omer souffla la lampe et tourna le dos à sa femme. Il n'en revenait toujours pas. Vendre une belle terre pour en racheter une à Saint-Barnabé. N'était-il pas conscient de la chance qu'il avait eue d'hériter de ce bien ? Son fils devait se secouer. Ce garçon avait besoin qu'un homme lui parle dans le blanc des yeux. Il avait promis de venir à Noël. Il en profiterait donc pour lui parler. De son côté du lit, Anna était persuadée d'avoir trouvé la solution idéale. Elle s'endormit rapidement, rassurée.

En ce jeudi soir du 24 décembre, Edmond terminait sa toilette avant d'aller assister à la messe de minuit. Il avait hâte de retrouver les siens le lendemain. Ce soir, il allait tenter d'engager les services d'Elzéar Roy pour venir s'occuper de ses animaux pendant quelques jours en échange d'une petite rémunération. Si tout allait comme il le souhaitait, il l'engagerait jusqu'au 2 janvier. Ensuite, il reviendrait s'enterrer à Saint-Simon pour l'hiver. Peut-être suggérerait-il à ses voisins de bûcher ensemble pour l'hiver. De cette manière, il se sentirait moins seul.

Il arriva à l'église parmi les premiers fidèles. Il laissa sa sleigh dans la cour du magasin général et alla rejoindre un petit groupe de paroissiens qui, semblait-il, avaient déjà commencé à fêter.

— En veux-tu, le jeune ? demanda Onésime Doucet, le propriétaire du magasin général, en lui présentant une petite flasque d'alcool maison.

— Non merci, monsieur Doucet, sans façon, répondit poliment le jeune veuf.

Il fêterait bien assez le lendemain avec les siens. Ce soir, il avait besoin de toutes ses facultés.

— Ta femme le sais-tu, Onésime, que tu transportes ça dans ton bel habit du dimanche ? lui demanda un vieil habitué du magasin général.

Le propriétaire fit un air si horrifié que son auditoire éclata de rire.

— Vous riez ben fort, vous autres ! Ça me paraît pas trop catholique, votre affaire ! dit Joseph Roy en rejoignant le groupe.

La sleigh familiale des Roy était arrivée sans qu'Edmond ne s'en aperçoive. Il délaissa le groupe après avoir serré la main de Joseph et des autres. Il débuta avec le plus pressant, ses bêtes. Il trouva Elzéar en compagnie de ses amis d'école. L'entente entre les deux prit quelques minutes. Le jeune homme était heureux de pouvoir s'occuper des bêtes du voisin en plus de gagner de l'argent. Edmond alla valider le tout auprès de Jean qui s'empressa d'accepter. Son fils allait donc commencer à prendre de petites responsabilités. Il remercia Edmond d'avoir pensé à lui. Ce que Jean ne lui disait pas, c'est qu'il était surtout soulagé qu'il ne lui demande pas à lui de s'occuper gratuitement de ses bêtes pendant le congé qu'il s'autorisait. Jean accepta aussi l'idée de bûcher ensemble. Joseph verrait certainement là une belle occasion de diminuer la cadence de travail. Après tout, son père ne rajeunissait pas. Il ne restait qu'à aller voir Paule ; Edmond s'était gardé le plus difficile pour la fin.

— Agathe ? J'ai pas eu de ses nouvelles depuis qu'elle est partie. Le curé dit que sa famille a déménagé. Je l'sais pas s'il pourrait te donner sa nouvelle adresse. En tout cas, s'il te la donne, j'aimerais ça moi aussi lui écrire, répondit Paule.

— On pourrait peut-être lui écrire ensemble ? avança le jeune veuf, voyant là une occasion d'écrire sans se ridiculiser aux yeux de sa belle Agathe.

La lâcheté de cet homme laissa Paule sans voix. Heureusement que Jean lui avait confirmé qu'il était très efficace sur une terre, car elle l'aurait cru trop mou pour être un bon habitant. Elle profita du fait que sa petite Marie avait froid pour rentrer dans l'église et s'éloigner du navrant veuf sans lui répondre.

Edmond n'était pas plus avancé. Il allait devoir s'adresser au curé pour obtenir l'adresse d'Agathe. Il redoutait cette conversation avec le prêtre qu'il savait favorable à un remariage avec une des vieilles filles du village. Il ne se sentait tout simplement pas d'attaque en ce soir de Noël pour avoir cette conversation. En plus, le curé voudrait sûrement l'inviter à fêter avec lui par charité chrétienne, tous les deux étant seuls en ce soir de réveillon. Non, il attendrait avant de faire cette démarche. Nul besoin de passer en revue l'inventaire des trésors cachés de Saint-Simon ni d'accumuler les situations pénibles en cette soirée de réjouissances.

La messe terminée, on se souhaita un joyeux Noël et on rentra chez soi pour enfin goûter aux tourtières et aux ragoûts qui avaient embaumé les cuisines depuis quelques jours. Edmond rentra seul chez lui, sachant très bien qu'il serait gâté le lendemain par la cuisine de sa mère, de sa sœur Séverine et de sa belle-sœur Lucette. Il eut une petite pensée pour Agathe. Comment allait-elle fêter Noël cette année ? L'an dernier, elle avait aidé Paule à recevoir la famille Roy. Elle avait semblé fatiguée pendant la soirée, mais cela ne l'avait pas empêchée de danser avec lui. Il avait pu tenir sa taille fine et la faire virevolter. Elle était légère comme une plume ! Il se rappelait à quel point elle était belle avec ce joli rose aux joues. Danserait-elle avec quelqu'un cette année ? La jalousie l'empêcha de dormir pendant plusieurs heures. Il se promit d'écrire sa lettre dès le lendemain.

Hilda Vachon Boudrias était arrivée à la gare de Waterville le mercredi 16 décembre. La pauvre vieille sortait pour la première fois de son village natal de Saint-Rémy et elle avait trouvé le trajet éprouvant. Elle avait avisé son fils Napoléon, chez qui elle habitait depuis le décès de son mari, qu'elle n'avait pas l'intention de revenir si elle s'apercevait qu'Héléna avait besoin d'elle. Après tout, celle-ci était maintenant veuve avec dix enfants à charge, dans un pays étranger, de surcroît.

Elle alla au guichet et demanda son petit-fils qui, elle le savait, travaillait à la gare.

— Gérald Senécal ! dit la vieille dame avec autorité.

Le commis quitta son poste sous les soupirs d'impatience des voyageurs. Il revint quelques instants plus tard avec un employé de la gare qui parlait français.

— Oui, madame, qu'est-ce que je peux faire pour vous ? dit le jeune commis.

— Je veux parler à mon petit-fils. Il s'appelle Gérald Senécal. Il travaille quelque part dans la gare. Le connaissez-vous ? demanda Hilda.

Pour elle, si le jeune homme travaillait à la gare, il devait forcément connaître son Gérald.

— Pas personnellement, mais je sais qui c'est. Vous voulez lui parler ? demanda le jeune homme, incrédule.

Les employés n'avaient même pas le temps de manger à midi, alors recevoir de la visite... Cette dame ne devait pas connaître les conditions de travail de son petit-fils pour croire qu'une telle rencontre était possible en pleine journée.

— Je peux-tu lui parler ou vous restez planté là ? C'est quoi, votre nom ? demanda la vieille dame, faisant valoir l'autorité qui aurait dû lui être conférée naturellement vu son titre de grand-mère.

— Moi, c'est Blanchet. Théodore Blanchet, madame. Suivez-moi, on va aller voir son foreman. Vous verrez avec lui...

Il empoigna la valise bien remplie qui se trouvait aux pieds d'Hilda et se dirigea vers le bureau du chef de département où travaillait Gérald.

— C'est là, dit-il en pointant une porte close.

— Ça parle-tu français là-dedans ?

— Non. Pis moé j'parle pas anglais, dit Blanchet, mal à l'aise.

Hilda se redressa et poussa la porte avec fermeté.

— Hello ! Gérald Senécal ? dit-elle au petit homme chauve assis derrière le bureau.

Ce dernier releva la tête et dévisagea la vieille dame et son escorte d'un air contrarié. Que voulait cette femme et pourquoi cet employé était-il à ses côtés, les bras ballants, comme un idiot. La grand-mère répéta plus lentement :

— Gérald Senécal !

Enfin, l'homme comprit. Cette femme cherchait le grand jeune homme costaud qui se croyait supérieur aux autres employés à cause de sa formation de forgeron dont la gare n'avait que faire. Le patron se leva et alla voir sa secrétaire. Il lui demanda de faire patienter le duo pendant qu'il allait chercher le jeune homme.

— Grand-maman ! s'exclama Gérald en arrivant en vitesse.

Sans attendre la réaction de la vieille dame, il la souleva de terre et la fit tourner dans les airs.

— T'es fou ! Fais attention, tu vas toute me salir avec tes vêtements graisseux.

Le colosse ne l'écouta pas et lui fit faire un deuxième tour dans les airs, trop heureux de la revoir. Devant ces retrouvailles émouvantes, le patron donna finalement le reste de la journée à son employé afin qu'il conduise la visiteuse à bon port. Gérald aida sa grand-mère à monter dans un trolley et lui fit voir la ville de Waterville.

— Quand on est arrivés, on habitait juste là, dit Gérald en passant devant le market de la rue Ticonic. Astheure, on reste ailleurs, mais Oscar travaille encore là.

— Ben voyons donc, Oscar peut pas travailler, c'est rien qu'un enfant ! s'indigna la grand-mère.

Gérald conclut qu'il valait mieux laisser sa mère donner les nouvelles. Arrivés devant la maison des Senécal, Hilda recula. Certes, le petit-fils avait bien fait comprendre que posséder une maison à Waterville, ce n'était pas pour tout le monde. La plupart des immigrants du Québec vivaient dans de petits logements souvent insalubres, et bien des enfants devaient travailler pour permettre à leur famille de joindre les deux bouts. Si les Senécal pouvaient se permettre d'être propriétaires, c'est qu'ils étaient arrivés avec de l'argent.

— Vous habitez à onze là-dedans ? demanda la femme en remontant le col de son manteau pour se réchauffer.

— Oui, mais c'était pire quand on habitait au-dessus du market. Le père voulait pas attirer l'attention sur nous autres. Il disait que ça aurait l'air suspect de bien s'établir direct en arrivant, précisa le jeune homme en ouvrant la porte de la petite maison.

Il mit une bûche dans le poêle et alla déposer la valise de sa grand-mère dans la chambre de sa mère.

— Quand mon père est tombé malade, la mère a acheté la maison. En plus de la chambre de m'man, il y a deux autres chambres : une pour les filles pis une pour les gars. Vous, vous allez dormir avec la mère.

Le jeune homme approcha une chaise berçante du poêle pour que sa grand-mère puisse se reposer. Il la laissa regarder autour d'elle. Il était difficile de deviner ce qu'elle pensait. Elle regardait partout et ne disait rien. Sans doute comparait-elle cette demeure avec la belle maison de ferme où avait habité la famille Senécal avant les événements.

— Célina pis Agathe sont avec vous autres astheure ?

— Oui, elles sont arrivées le même jour que p'pa…

Gérald ne put finir sa phrase.

— Est-ce qu'il les a vues avant de… ?

— Non, maman le savait même pas que les filles étaient arrivées quand elle est allée le voir à l'hôpital.

— Je vois… laissa tomber la grand-mère bien lasse de toute cette souffrance.

La chaleur du poêle se répandit dans toute la demeure. Hilda put enfin enlever son manteau. Elle s'activa dans la maison. Comme à son habitude, Héléna entretenait bien sa maison. Avec tout le travail de manufacture en plus de l'entretien, sa fille devait se coucher très fatiguée. Mais elle était là maintenant et elle s'occuperait du lavage et de tout le reste. Elle n'était pas encore trop vieille.

— Gérald, j'ai l'impression que mon voyage m'a fatiguée. J'irais faire un somme avant que ta mère arrive.

Le petit-fils la guida vers la chambre qu'elle partagerait avec Héléna. Il lui offrit des couvertures supplémentaires et la laissa se reposer. Il sortit dégager les quelques centimètres de neige qui s'étaient accumulés depuis le matin sur le balcon avant. Il en profita pour dégager également la neige derrière la maison. Il avait tout à coup un grand besoin que cette maison reluise de propreté. C'était tout ce que la famille avait maintenant. La venue de sa grand-mère lui faisait prendre conscience de ce qu'ils avaient perdu. Tout ce que lui, Gérald, avait perdu : son métier de forgeron et la terre de son père. Les opportunités d'avenir ne manquaient pas à Saint-Rémy. Et dire qu'il avait rêvé de la ville malgré ses nombreuses possibilités. Que s'était-il imaginé ? Que le monde lui ouvrirait les portes, qu'il n'attendait que lui ? Aujourd'hui, il savait fort bien que la ville ne recelait pas autant de trésors même s'il disait le contraire à sa mère. En fait, il n'osait pas l'avouer, car c'était lui qui avait insisté pour aller aux États. Sa famille l'avait suivi sur les conseils du curé de Saint-Rémy. Mais c'était lui le responsable. Peut-être que s'il avait choisi Montréal ou Québec sa vie aurait été différente ? Il n'aurait probablement jamais la réponse à cette question.

Gérald intercepta les enfants revenus de l'école pour leur apprendre que leur grand-mère était là.

— On va la laisser dormir, ça fait que vous allez faire vos devoirs ben tranquilles à la table d'la cuisine.

Vers six heures, les ouvrières de la Hathaway Shirt Factory rentrèrent. À la vue du manteau de femme accroché au clou près de la porte, Héléna bondit de joie. Elle se précipita dans la cuisine, mais n'y trouva pas sa mère. Elle se dirigea dans sa chambre et la trouva bien endormie. Gérald vint rejoindre sa mère pour lui raconter comment la vieille femme s'était débrouillée pour le trouver à la gare. Hilda, toujours pleine de ressources, avait déjà commencé à répandre sa magie. Gérald semblait méconnaissable tant il était heureux de l'avoir retrouvée.

Vers sept heures, le reste de la famille arriva. Josette avait travaillé comme une forcenée toute la journée. À l'approche de la période des fêtes, beaucoup d'hommes venaient au Beauty Shop pour se faire couper les cheveux et se faire tailler la barbe. À deux, elles avaient dû mettre les bouchées doubles pour y arriver. Selon Grace-Elizabeth, c'était comme ça à chaque mois de décembre. Oscar, lui, devait vivre avec les clients frustrés qui auraient voulu se cuisiner tout un festin, mais qui, faute de moyens, ne pouvaient se permettre autre chose que leur menu ordinaire.

Les femmes changées en robe de semaine mettaient la table pendant que le souper se réchauffait. Lorsque le repas fut prêt, Héléna alla réveiller sa mère. En voyant son Héléna au-dessus d'elle, Hilda se leva d'un bond et prit sa fille dans ses bras.

— Ah, ma grande fille ! dit Hilda la voix chevrotante.

Cette façon de l'appeler avait toujours fait sourire Héléna. Depuis qu'elle était mère elle-même, elle l'appréciait d'autant plus.

La surprise fut grande pour Célina et Agathe ainsi que Josette, Oscar et Philippe qui n'avaient pas remarqué le manteau accroché.

— Grand-maman ! Avez-vous apporté du sucre à la crème ? demanda le petit Émile.

Cette question fit rire tout le monde.

— Je vous remercie ben gros d'être venue passer les fêtes avec nous autres, moman, dit Héléna, visiblement soulagée.

— J'ai pas vraiment de date de retour. Je vais rester aussi longtemps que t'auras besoin de moi.

La soirée s'écoula trop rapidement. Au moment du coucher, les plus jeunes avaient tenté de négocier une prolongation.

— Quand vous allez revenir de l'école demain, je vais vous attendre ici à maison avec des biscuits, déclara la grand-mère en accompagnant les enfants vers leurs chambres.

— Pis du sucre à crème ? demanda Émile.

— Ben non, pas du sucre à crème, mon grand ! C'est pas encore Noël. On est pas d'la famille royale, nous autres, pour manger du sucre à crème n'importe quand.

Héléna regardait sa mère monter l'escalier et remercia le ciel qu'elle soit venue. Elle était tellement heureuse qu'elle soit là pour s'occuper du retour de l'école. Elle qui était si nerveuse à partir de quatre heures de l'après-midi, car elle savait très bien que ses plus petits étaient sans surveillance et si vulnérables dans cette ville ne comptant que très peu d'amis. Savoir qu'Hilda serait à la maison pour leur ouvrir la porte, les accueillir, leur donner une collation, chauffer la maison, cela n'avait pas de prix pour elle. Depuis la mi-novembre, elle arrivait du travail vers six heures pour retrouver ses enfants frigorifiés, couchés dans leurs lits pour tenter de se réchauffer. Elle ne les autorisait pas à allumer le poêle. Comme toute bonne mère, elle se méfiait du feu.

— Au moins, ils sont dans maison, Héléna ! Mais imagine qu'ils arrivent pas à ouvrir la porte ? lui avait dit Joséphine Cormier qui avait un certain don pour rassurer les gens.

Le dimanche suivant, Hilda voulut se présenter au curé de Waterville avant la grand-messe. Elle avait fait le tour des connaissances de sa fille sur le parvis et insistait maintenant pour aller déranger le curé Pomerleau avant le début de l'office.

— Mais ça se fait pas, moman ! Le curé va être trop pressé.

— Justement, c'est le meilleur moment pour pas qu'il prenne trop de temps, pis comme ça, il posera pas de questions. Est-ce qu'il sait pour tes filles ? demanda Hilda.

— Je lui ai rien dit. S'il le sait, c'est le curé de Saint-Rémy qui lui a dit.

— Ça veut dire qu'il le sait pas. Le curé m'a confirmé qu'il avait rien dit.

Bras dessus bras dessous, la mère et la fille allèrent frapper à la porte de la sacristie. Le prêtre se fit expéditif dans son accueil.

— Bon, c'est faite. En plus, c'est lui qui se sent mal astheure, dit Hilda, satisfaite.

Le jeudi suivant, le 24 décembre, les paroissiens de Waterville se rassemblèrent sur le parvis de l'église avant d'assister à l'office. Héléna avait suggéré à ses enfants de faire des petites prières pour leur père. Célina en profita pour ajouter la veuve Ouellet aux siennes. Elle se l'imaginait assise sur le dernier banc à l'église, seule. Mais sa solitude, elle l'avait choisie et elle en profitait. Célina cherchait depuis son arrivée aux États une opportunité de se faire une vie à l'image de celle de la veuve et elle n'avait encore rien trouvé. Avec le travail à la manufacture et les tâches domestiques, elle n'avait pas eu beaucoup de temps pour y penser. Il lui faudrait s'y appliquer dès après les fêtes, car là était le but de son existence : l'autonomie totale. De l'autre côté du banc, Agathe priait pour le curé Boucher, sœur Saint-Irénée et les Roy, mais une image s'imposait à elle : le visage frais rasé aux si jolies fossettes d'Edmond Legrand.

Durant la messe, Hilda prit bonne note que, tout comme au Québec, les hommes semblaient assoupis sous l'effet de l'alcool.

— C'est pareil partout, murmura-t-elle à l'oreille de sa fille en lui indiquant un homme endormi sur le dernier banc du côté de l'épître.

Le sourire échangé entre la mère et la fille en disait long sur ce qu'elles pensaient des hommes en boisson. L'office terminé, les fidèles regagnèrent leurs demeures pour enfin goûter aux délicieux plats préparés pour eux. Chez les Senécal, Hilda avait cuisiné tout un menu du temps des fêtes, sans oublier le sucre à la crème pour le petit Émile. La famille s'attabla avec appétit et ne sortit de table qu'un peu après deux heures du matin. Repus, tous allèrent se coucher pour se lever vers midi. Seule Agathe n'arrivait pas à dormir. Elle se demandait ce que faisait Paule. Avec toute sa visite habituelle, avait-elle trouvé de l'aide ? Et les jumeaux ? Comme ils devaient avoir grandi ! Le bel Edmond danserait-il avec une autre, déposant ses larges paumes chaudes au creux du dos de sa cavalière pour la faire virevolter ? Peut-être que la jeune sœur de Paule était venue lui prêter main-forte et qu'elle était tombée sous le charme d'Edmond ? Saurait-il enfin trouver, pour cette nouvelle conquête, le courage qui lui avait manqué avec elle ? Bien qu'elle ne lui souhaitât que du bonheur, penser qu'Edmond pourrait être attiré par une autre qu'elle la heurtait. Pour trouver le bonheur, Agathe devait oublier tout ça. Une nouvelle année arrivait à grands pas : 1909. Qu'est-ce que le futur lui réservait ? Elle se sentit fautive de ne pas avoir donné signe de vie à Paule depuis son arrivée à Waterville. Elle devrait lui écrire sans plus tarder pendant ses vacances, sinon elle ne le ferait jamais.

Chapitre 5

Janvier était venu avec ce froid polaire qui semblait destiné à punir les fidèles pour tous leurs débordements des fêtes de fin d'année. Les poêles peinaient à réchauffer les habitants des petites maisons des rangs. À Saint-Simon, le vent s'infiltrait dans les bâtiments et fouettait toute personne s'aventurant dehors. Certains soirs, Edmond sortait sa paillasse de son lit et l'approchait du poêle pour mieux dormir. Il avait installé une petite porte qui fermait l'escalier qui menait aux chambres du haut, empêchant ainsi la chaleur de s'y réfugier. Il fermait aussi la porte de sa chambre et celle du salon. Il vivait dans la cuisine, seul endroit où il ressentait une certaine chaleur. Il se mit à rire en pensant à sa défunte. Elle ne l'aurait jamais laissé faire ! Elle aurait argué qu'ils n'étaient pas des guenilloux pour vivre comme ça dans une seule pièce. Mais Edmond savait très bien que dès la mi-février, sa maison retrouverait un aspect plus convenable. En regardant la pièce, il imaginait aussi l'air découragé que sa mère aurait eu si elle l'avait vue. Et Agathe ? Qu'en aurait-elle pensé ? Edmond restait persuadé que si Agathe avait vécu avec lui, sa maison lui aurait semblé plus confortable, plus habitable et chaleureuse. Que se serait-il passé s'il l'avait épousée à l'automne comme il avait souhaité le faire ? Ils vivraient ce mois de janvier au chaud, ensemble, près du feu. Peut-être y aurait-il eu un petit Legrand en route. Edmond s'imagina voir un tricot de laine bien douce abandonné près de la chaise berçante qui faisait face à sa triste paillasse. Oui, il aurait été heureux et le froid n'aurait pas envahi son corps et son esprit. Privé de travail jusqu'à la moitié du mois de janvier à cause du froid mordant, il ne pouvait plus se défiler, il lui fallait écrire la lettre. Dimanche, après la messe, il irait voir le curé pour lui demander l'adresse d'Agathe. Il irait ensuite, en fin d'après-midi, chez ses voisins pour la remettre à Paule et discuter du travail à faire dans le bois avec Jean et Joseph.

En cette nouvelle année, Edmond avait décidé de refaire sa vie. Il avait eu l'occasion de réfléchir et il devait se rendre à l'évidence : il ne pouvait pas continuer ainsi. Ses parents le lui avaient bien fait comprendre lors des fêtes de Noël. Sa mère lui avait parlé du projet de vendre sa terre et d'en acheter une à Saint-Barnabé, son père lui conseillait de se marier et son oncle Bernard lui faisait miroiter fortune aux États. Il se remémora cette soirée :

— De toute façon, t'es toujours rendu ici, mon p'tit homme ! En rachetant une terre à Saint-Barnabé, tu pourrais venir nous voir encore plus souvent. Avec ton frère, vous pourriez vous entraider. On vieillit, nous autres. Qu'est-ce que t'en penses ? plaidait Anna.

L'énergique habitante sentait bien son fils au bord d'un changement majeur et elle souhaitait l'accompagner pour lui éviter de commettre une erreur qu'il regretterait certainement.

— Anna, y a rien à vendre à Saint-Barnabé ! Edmond, viens donc avec les hommes dans cuisine d'été, j'ai un p'tit fort qui est ben bon cette année, avait invité le père de famille.

Ainsi, la mère s'était vu ravir son fils. En compagnie des hommes, enivrés jusqu'à ne plus y voir clair, Anna n'avait que très peu d'espoir de pouvoir faire réfléchir son fils en ce 25 décembre.

— T'es en vacances chez tes parents jusqu'à quand, mon Edmond? avait demandé son oncle Bernard qui avait ingurgité plus que sa part du p'tit fort fait maison.

— Jusqu'au 2 janvier si mon père me met pas dehors, avait répondu Edmond à la blague.

— Qu'est-ce que tu fais de tes bêtes? avait demandé son frère aîné.

— J'ai engagé le p'tit voisin pour s'en occuper.

— Ouais, y en a qui sont chanceux... dit Albert, légèrement envieux.

Celui-là habitait chez son père avec sa femme depuis qu'ils étaient mariés. Il travaillait d'une étoile à l'autre en échange d'aucun salaire, sous les ordres de son père. Certes, il hériterait de tout au décès du paternel, mais en attendant, il n'était pas maître chez lui.

— Pis ta neige, elle? avait demandé Omer en remplissant les verres vides.

À cet instant, Edmond avait réalisé qu'il n'avait pas pensé à cela. Et il ne pouvait pas s'attendre à ce que les Roy s'en chargent. Il s'agissait d'une trop lourde besogne. Il n'allait pas se mettre à dos ses seuls amis dans toute la paroisse.

— Je vais être obligé de partir avant la prochaine neige, j'crois ben, avait répondu Edmond, songeur.

— Mon jeune, j'ai pas l'impression que t'aimes ça, la terre, est-ce que je me trompe? lui avait demandé son oncle Bernard en approchant sa chaise.

— La terre me dérange pas, c'est d'être tout seul dessus qui me dérange.

— Ben marie-toi! rétorqua Omer.

— Toi, tu peux dire ça parce que t'es ben marié. Y a pas grands hommes qui peuvent se vanter de la même affaire, laissa entendre l'oncle Bernard.

Ainsi Léonie n'était pas une exception ? Lui, Edmond, n'était pas fou de se méfier de la compagnie d'une femme ? Son père avait eu raison de l'inciter à se mêler aux hommes. Ici, il en apprendrait beaucoup plus qu'au presbytère du curé Boucher.

— Le jeune, ce qu'y te faut, c'est de tenter ta chance aux États.

— Ben voyons donc, Bernard ! Qu'est-ce que tu dis là, pauvre vieux fou ? s'était exclamée Anna qui venait d'entrer dans la cuisine d'été pour offrir des bonbons aux patates. T'es allé aux États et t'es revenu les mains vides pis les poumons pleins ! Qu'est-ce que tu vas inventer là ? Omer ! Arrête de verser dans son verre !

— Anna, quand j'suis allé, j'avais pas une cenne. Mais Edmond, y a toute une terre dans ses poches ! Y peut y aller pis essayer d'investir dans un commerce.

— Voir qu'il va vendre une terre pour aller tout gaspiller ça aux États, Bernard... intervint Omer qui sentait l'urgence de se positionner.

— Y a peut-être pas de terre à vendre à Saint-Barnabé, mais y a une belle forge, par exemple. Si Edmond veut un commerce, pas besoin d'aller courailler aux États, trancha Anna.

— Qu'est-ce qui arrive avec Charles Blanchet ? demanda Bernard, intéressé par le commérage.

— Sa Fabienne est ben malade depuis que'que temps pis y arrive pus à s'occuper de sa forge en plus de sa maison. J'ai envoyé ma Séverine aider une couple de fois, mais la pauvre vieille s'en remet pas. Depuis que son fils est parti aux États, elle mange pus pis elle se laisse aller. Le pauvre vieux va devoir vendre. Mais là, tous les jeunes rêvent d'aller aux États, ça fait que des acheteurs, y en a pas! raconta Anna en s'asseyant aux côtés des hommes, pigeant dans son propre plateau de bonbons aux patates.

— Veux-tu ben m'expliquer ce qu'ils ont tous à vouloir aller aux États? demanda Bernard dont la langue s'était épaissie avec la dernière gorgée.

— Tu viens juste de dire à mon garçon y a pas une minute qu'y fallait qu'y s'en aille aux États, Bernard! D'après moi, c'est ça qu'ils ont: des oncles qui parlent à travers leur chapeau! s'insurgea la mère de famille en faisant de gros yeux à son mari pour qu'il intervienne.

— C'est beau, Anna… Va rejoindre les femmes de l'autre bord, je m'en occupe, dit Omer.

— Moi, j'connais rien dans une forge… dit Edmond, dépité.

— Laisse le vieux Blanchet mijoter un peu, pis après tu vas pouvoir lui faire une offre très basse. Dans tes conditions, tu lui demanderas qu'il t'apprenne le métier, suggéra Omer.

Après tout, vendre une terre pour racheter une forge se justifierait plus facilement et son fils aurait l'air d'un homme ambitieux. Il sauverait ainsi les apparences.

Avec tous ces conseils, Edmond avait eu besoin de réfléchir. Le lendemain, pendant qu'il faisait le train avec son frère Albert, il eut droit à encore plus de conseils:

— T'as une terre à toi et personne pour te dire quoi faire. Tout l'argent que tu fais en vendant tes légumes et ton bois au village te revient, mais tu t'ennuies! J'aimerais ben ça être à ta place. Être chez nous avec ma femme et mes enfants pis rien devoir à personne. Si tu veux, on échange nos vies. Toi tu viens ici pis nous autres, on prend ta maison et ta terre. Je te laisse nos parents pis Séverine.

Cette intervention de la part d'Albert fit comprendre à Edmond qu'il devait arrêter de se plaindre.

En janvier, la Hathaway Shirt Factory mit des employés au chômage pendant quelques semaines. Les femmes Senécal faisaient partie de ce groupe de malchanceuses. Autant à cause de leur peu d'ancienneté que par leur mode de vie. Le fait d'être propriétaires d'une maison faisait d'elles des femmes assez en moyens pour se passer de salaire pendant quelques semaines, aux yeux des patrons. Mais la réalité était tout autre. Avec trois salaires en moins pendant une période indéterminée, il leur serait tout juste possible de survivre si on ne voulait pas entamer le reste des économies de la famille.

— Faudrait pas que ça s'étire trop, parce qu'on est douze à manger chez nous, Joséphine, dit Héléna à sa collègue sur le parvis de l'église en ce dimanche de janvier.

— Arrête-moi ça, Héléna, t'as une maison ! Les autres habitent dans des maisons de chambre, des petits taudis qu'on leur loue à un gros prix. En plus, t'as d'autres enfants qui travaillent. Tu seras pas sans revenus, avait dit Joséphine sans aucune compassion.

Héléna avait conclu que, tout comme dans son village natal, les mieux nantis étaient très enviés des autres et n'attiraient pas la compassion. Il s'agissait là d'une bien mauvaise habitude peu digne d'un chrétien, mais la nature de l'homme était ainsi. Elle avait regagné son banc de messe et s'était mise à prier pour qu'aucun autre membre de sa famille ne perde son emploi.

En attendant le retour au travail, une nouvelle routine s'installa. Hilda, Héléna, Agathe et Célina se mirent à faire des petits travaux d'aiguilles pour des voisines en échange de quelques sous. Il leur était important de maintenir cette image de nécessiteuses afin d'éloigner les soupçons des habitants de Waterville. Héléna réalisait que Léon avait eu raison. Il était important de projeter une certaine image. Au lieu d'acheter une maison, il aurait mieux valu qu'elle loue un appartement plus grand.

— Ça va être ça, notre vie, à partir d'aujourd'hui ? demanda Célina qui ne trouvait pas qu'il s'agissait d'un sort enviable.

Elle était loin de l'autonomie totale dont profitait la veuve Ouellet.

— Qu'est-ce que tu veux dire, Célina ? demanda Hilda, curieuse.

— On va travailler tous les jours pour enrichir quelqu'un d'autre qui va aller se faire coiffer pour enrichir Grace-Elizabeth qui va faire travailler Josette six jours par semaine ?

Célina se demandait qui pouvait se satisfaire de cette vie de chien.

— Après ton passage chez les sœurs, tu t'es ramassée où, Célina ? demanda Hilda.

— Le curé Boucher, le cousin de la sœur qui m'a prise sous son aile, m'a envoyée m'occuper d'une veuve qui était malade. Quand je suis arrivée chez elle, y faisait frette pis ça sentait pas trop bon. Je m'en suis occupée comme si c'était mon enfant, répondit Célina.

Tout à coup, elle ressentait un grand besoin de parler de cette Pierrette qui avait été sa bouée de sauvetage en plus d'être son modèle.

— Elle était veuve depuis des années. Sa maison était à elle, pis pour manger, elle louait sa terre à un habitant du village. En plus, elle avait hérité du triage du courrier de la région. C'était l'emploi de son mari. Elle arrivait à vivre comme ça.

Devant le mutisme de sa fille Héléna, la grand-mère comprit qu'elle aussi souhaitait savoir des choses, mais qu'elle n'avait pas encore osé poser les questions qui lui brûlaient les lèvres.

— Et toi, Agathe ? demanda Hilda.

— Moi, le curé Boucher m'a placée chez une habitante qui avait déjà trois enfants. Il m'a fait passer pour une parente éloignée venue l'aider, répondit Agathe, nostalgique.

— Tu souris, ma belle ! C'était comment ? enchaîna la grand-mère.

Et Agathe raconta tout. Sa complicité avec Paule, les enfants, ses fréquentations avec Edmond, la naissance des jumeaux. La jeune femme s'arrêta juste avant de parler du petit poupon volontaire qui tapait du pied au rythme de ses pleurs, le nouveau-né qu'elle avait donné.

— Toi, Célina ? As-tu envie d'en parler encore ? J'imagine que votre mère voudrait tout savoir. Votre mère est grand-mère maintenant. Héléna… As-tu envie de savoir ?

Devant les larmes d'Héléna, Agathe et Célina comprirent que tout cet épisode avait été également difficile pour leur mère. Alors Agathe s'approcha d'elle et raconta le vide, l'angoisse, le petit pied volontaire bien chaussé débordant d'une poussette à Montréal avant son départ.

— Je vais toujours m'en inquiéter, mais comme a dit sœur Saint-Irénée à la crèche, c'est pas des pauvres qui adoptent nos enfants. C'est des riches qui ont les moyens de les nourrir, de les habiller pis de les faire instruire. Ça fait que moi je me rassure en me disant que mon enfant manque de rien pis que j'ai fait des heureux : les parents qui ont adopté et l'enfant qui va avoir une belle vie. Quand ça me fait mal ou qu'y fait froid dehors, c'est ça que je me dis.

Célina s'approcha du duo. Elle déposa une main sur l'épaule de sa sœur et l'autre sur l'épaule de sa mère.

— Le mien est mort-né, fut son seul commentaire.

Elle évita de dire à sa mère que les religieuses lui avaient dit qu'elle était chanceuse que son bébé soit mort. Ainsi elle n'aurait pas à vivre l'enfer de s'en inquiéter toute sa vie. Elle ne dit pas un mot non plus de tout l'excédent de travail qu'on lui avait donné dès ses courtes relevailles terminées. Elle ne raconta pas comment sœur Saint-Irénée avait supplié son cousin de la sortir de la crèche au plus vite pour lui éviter l'intimidation et les sévices.

Héléna se releva et prit ses filles dans ses bras en essuyant son visage du revers de la main. Elles restèrent ainsi quelques minutes, puis elles se mouchèrent bruyamment et reprirent leurs ouvrages de couture. Hilda était satisfaite d'avoir pu donner ce moment indispensable à ces trois femmes. Le silence fut rompu par l'arrivée des petits qui rentraient de l'école. Hilda les accueillit et leur servit une collation.

— Vous avez les yeux rouges… Qu'est-ce qui se passe ? demanda Émile, soudainement inquiet.

— On se rappelait des souvenirs, c'est tout, mon Émile, dit Agathe en jouant dans les cheveux du petit garçon pour le rassurer.

— Moi aussi, des fois, quand je pense à mes souvenirs, je pleure dans mon lit, dit le garçon en mordant dans son biscuit à l'avoine encore chaud.

— C'est quoi, ces souvenirs-là qui te font pleurer ? demanda Agathe.

— Ben, je m'ennuie de la ferme, de nos vaches, du champ où on pouvait courir avec David pis Murielle pis même Mariette. Ici, on peut pas courir nulle part. Pas dans rue, pas dans cour d'école. Ici, on peut jamais rien faire !

Le jeune garçon venait de résumer le problème : en ville, ils n'étaient pas libres comme ils l'avaient été à la campagne. Ce constat était irréfutable. Josette, qui était arrivée sur les entrefaites, ne put qu'être d'accord avec son petit frère :

— On s'en rend pas compte tout de suite quand on arrive ici, mais c'est vrai ce qu'il dit. Juste parce qu'on s'occupe plus de nos bêtes, ça veut pas dire qu'on est libre pour autant. On s'occupe des autres pour pas mal moins de résultat. Au moins, avec la ferme, on avait des œufs, du lait, de la viande… À travailler en ville, on récolte du mépris pis que'ques cennes en échange. Et l'impression d'être pas grand-chose. Moi, je commence à me dire que je préfère les animaux ! conclut la jeune coiffeuse en se versant une tasse de thé fumant.

Les plus jeunes, ennuyés par les propos des adultes, quittèrent la cuisine pour aller jouer aux dames à l'étage des chambres.

Au même moment, à la gare de Waterville, il y avait aussi une série de mises à pied temporaires qui se profilaient. Gérald, dont la popularité était indéniable auprès de ses collègues, mais qui n'était pas apprécié par ses patrons, fut le premier à perdre son emploi.

— Mais pourquoi moi, monsieur Villeneuve ? demanda Gérald au contremaître. Je travaille bien et vite. Pis je connais mon affaire.

— C'est juste pour une couple de semaines, répondit son foreman.

Effectivement, le jeune homme travaillait bien, mais ses paroles incitaient parfois ses collègues à remettre l'autorité du foreman en question. Il y avait des relents de syndicalisme dans certains de ses discours qui, à dire vrai, commençaient à inquiéter la classe dirigeante. Ce congédiement était pour quelques semaines, mais il ferait partie des derniers à être réengagés.

La mort dans l'âme, Gérald prit sa petite enveloppe contenant son dernier salaire et alla vider son casier. Il rentra chez lui à pied. Il avait besoin de temps pour digérer sa déconfiture. Lui, le plus vieux des garçons, celui qui se devait de protéger sa famille et pourvoir à ses besoins, voilà qu'il perdait son emploi. Qu'aurait dit son père ? À bientôt vingt ans, il devrait compter sur sa sœur Josette et ses petits frères Philippe et Oscar pour sa survie. Quelle humiliation ! L'envie d'aller au presbytère demander au curé Pomerleau de l'aider à trouver du travail lui traversa l'esprit, mais il se retint. Il se rappelait trop bien comment son père se méfiait des hommes d'Église.

En arrivant chez lui, il trouva sa grand-mère sur le perron.

— Gérald, t'as ben l'air fatigué…

— J'ai été mis au chômage pour un bout de temps moi aussi, grand-maman ! dit-il en fondant en larmes comme un petit garçon.

— Pour tout de suite, on n'est pas dans la misère, mon Gérald. C'est ta mère qui l'a dit. Inquiète-toi pas. Viens dans la cuisine, on va tout arranger ça.

Hilda sentit son petit-fils se braquer un peu plus à chaque pas, comme s'il s'apprêtait à affronter un lion.

— Calme-toé, mon Gérald. Ta mère va comprendre.

— C'est pas grave, Gérald. Pour tout de suite, on n'est pas dans la misère. On va faire très attention, mais ça va aller. C'est ça, la ville, finit par dire Héléna après avoir écouté le récit de son fils.

Gérald le prit comme une attaque personnelle.

— Oui, c'est comme ça en ville ! Mais en campagne, c'est pas le paradis non plus ! Quand on a un été où il pleut jamais, c'est pas bon pour les récoltes, mais un été où il pleut trop, c'est pas correct non plus. On est tout le temps à la merci de que'que chose, pis moi, ça commence à me faire…

— Gérald ! tonna Héléna.

— On va se calmer ! intervint Agathe. Gérald, t'es tanné de quoi ? On va t'écouter. On est tous tannés de que'que chose ici, de toute façon… Envoye, parle !

— J'suis tanné de la vie en ville pis en campagne ! Je suis tanné, c'est tout ! avoua d'un trait le jeune homme en s'affalant sur une chaise.

Voyant qu'Héléna allait répliquer, Hilda leva une main apaisante indiquant que ce n'était pas le moment d'en rajouter.

— Ça serait quoi, la vie idéale pour toi ? demanda Hilda en s'assoyant aux côtés de son petit-fils.

— Ça serait d'avoir ma forge et une terre en même temps. Avec l'argent du commerce, pis mes bêtes et ma terre, me semble que je serais maître en quelque part, que je ne risquerais pas de crever de faim… et que je laisserais pas tomber ma famille ! Je pourrais m'assurer que vous soyez jamais dans le besoin, conclut le jeune homme en buvant une gorgée de thé.

— Je te demande pardon, Gérald, dit Agathe d'une petite voix, des larmes coulant sur ses joues.

— Voyons, Agathe, c'est moi qui te demande pardon ! J'aurais dû aller y casser la gueule à ce maudit vieux pervers. Au moins toute la paroisse l'aurait su que t'étais pas coupable. On y serait encore, à Saint-Rémy ! Je m'en veux !

Comme c'est là, c'est toutes des innocentes victimes qui payent le prix pour le comportement d'un seul vieux vicieux.

Agathe prit cet aveu comme un baume. Oui, si quelqu'un était intervenu pour la défendre plus tôt au lieu de l'accuser, rien de tout cela ne serait arrivé. Du moins, ils auraient pu contrôler la suite des événements. Sa famille au grand complet n'aurait pas eu à payer le prix pour le comportement honteux d'un vieil homme pervers.

Célina se mordait les lèvres et regardait Josette. Elle attendait ce moment depuis si longtemps. Elle allait enfin en avoir le cœur net.

— Pis toi, Josette, le savais-tu que le vieux Lemoyne était un vieux cochon ?

Devant le regard encourageant de sa grand-mère, Josette décida de se confesser.

— Oui je l'savais, admit-elle dans un souffle.

— Pourquoi tu m'as rien dit ? demanda Héléna calmement, elle qui connaissait déjà la réponse.

— Parce que vous m'auriez pas crue, pis vous auriez pensé que je l'avais cherché ! Moi aussi je pensais ça, m'man. C'est pour ça que je voulais pus y aller. Je pensais que c'était ma faute… avoua la jeune femme enfin soulagée de se libérer de ce lourd secret.

— Et t'as pas pensé qu'il pouvait faire pareil avec Agathe ou moi ? demanda Célina, enragée.

— Non ! Je pensais pas ça ! Je pensais que c'était de ma faute, que c'était moi qui l'avais cherché. Je pensais pas qu'Agathe ou toi vous seriez…

La jeune femme n'en pouvait plus, elle se laissa tomber dans les bras de sa grand-mère pour pleurer. Héléna se leva de sa chaise et alla voir sa fille pour la consoler. Josette avait raison : si elle n'avait pas cru Agathe, elle ne l'aurait pas crue non plus. Aurait-elle eu le courage de confronter le vieux

Victor ? Serait-elle allée le dénoncer à monsieur le curé ? Toutes ces questions ne servaient plus à rien maintenant puisqu'elle n'aurait jamais la réponse. Elle aurait souhaité faire preuve de courage, mais elle savait très bien qu'elle ne le pourrait pas. Elle qui avait toujours fait confiance aux gens… Elle n'avait pas grandi dans la haine, le vice ou la duplicité. Il lui était donc impossible de se l'imaginer chez les autres. Alors elle savait que si sa Josette avait parlé, elle ne l'aurait pas crue. Et aujourd'hui, elle pourrissait dans une ville aux États. Elle avait perdu sa maison, sa terre, ses amis, sa famille, sa quiétude, sa réputation, ses petits-enfants.

— Quand je pense qu'il va vieillir tranquille dans le village, dit Gérald en frappant son poing dans sa main.

— Pense pas ça, Gérald. Quand vous êtes partis, le bruit s'est mis à courir sur son compte. Plus personne le regarde. Il a vendu sa terre pour s'installer au village. Au magasin général, ils veulent pas qu'il reste pour jaser avec les autres, ça fait qu'y a le droit d'aller acheter d'quoi, pis après, il faut qu'il parte. Y a plus d'amis, plus personne pour venir lui rendre service ou lui faire son ménage. Le dimanche, il va à la basse-messe pour pas voir personne. Inquiète-toi pas, Gérald, le monde de Saint-Rémy est pas fou, répondit Hilda.

— Pis Jacques ? demanda timidement Josette dans un dernier souffle d'espoir de retrouver son ancien fiancé.

— Il va falloir que tu l'oublies, ma belle Josette. Sa mère s'est mis dans la tête de le caser. D'après moi, ça traînera pas, trancha la grand-mère.

Le silence retomba sur la cuisine. Cet abcès qui venait d'être crevé était nécessaire. Maintenant que tout était dit, on pourrait aller de l'avant ensemble.

Après le souper, au moment du coucher, Héléna intercepta Gérald.

— Je suis désolée pour ta job. Je sais à quel point t'aimais ça travailler là. Inquiète-toi pas, Joséphine m'a dit que les boss faisaient ça en janvier. C'est pas de ta faute.

— Vous savez, m'man, j'aime pas ça tant que ça travailler là. Au début oui, je l'avoue. Mais vient un moment où on se tanne de toujours se faire crier après pour des affaires qui sont pas de notre faute par des boss qui connaissent rien. En plus, même p'pa aurait fini par haïr sa job. Faut que je vous dise, si c'était à recommencer, je vous aiderais à chercher une terre chez nous. Je sais pas ce que je m'étais imaginé. En plus, je vous ai entraînés là-dedans. Je m'en veux, avoua le jeune homme.

La mère de famille embrassa son fils sur le front et le laissa aller se coucher. Elle resta silencieuse un bon moment avant que sa mère ne vienne la rejoindre.

— Ce brassage-là t'a rentré dedans, hein ? dit Hilda en flattant les cheveux de sa fille pour l'apaiser.

Héléna acquiesça.

— Me semble que ç'a pas de bon sens de se punir de même, finit par dire Héléna. On n'est pas heureux ici. Qu'est-ce qu'on va faire ?

— C'est à vous autres de le décider, pas à moi… Mais décidez-le ensemble. Ton Gérald, sans être le chef de la famille, peut être un bon allié. Arrêtez de vous chicaner tout le temps ! Ça vous avance à rien.

Chapitre 6

Janvier termina son règne de froidure et février arriva, un peu plus clément. Les hommes étaient retournés bûcher sur la terre des Roy au milieu du mois de janvier et avaient changé de terre à bois pour aller bûcher chez Edmond au début de février. La bonne entente de l'année précédente étant toujours présente entre les deux hommes, la vie d'Edmond s'en trouva améliorée. Il avait l'occasion de discuter avec Jean et ce dernier s'avérait de moins en moins réservé. Il allait manger chez Paule à midi comme par le passé et la présence de ces voisins bienveillants lui permit de meubler sa solitude.

Les jumeaux qui allaient bientôt avoir un an devenaient de plus en plus entreprenants. Le petit parc en bois ne suffisait plus à les contenir. Joseph s'engagea à en construire une version plus grande pour permettre un peu plus de liberté à sa bru qui avait les mains pleines et ne pouvait cesser ses tâches toutes les deux secondes pour aller chercher ses bébés dans les escaliers ou sous la table.

Joseph se plaisait à la maison. Même s'il refusait de s'avouer vaincu par l'âge, il avait profité de son hiver pour réparer des meubles. Il savait qu'il allait retrouver tout son travail au printemps et cela ne lui faisait pas peur. Il était convaincu qu'il serait à la hauteur, même en sachant qu'il devrait travailler selon ses forces et à son rythme.

Finalement, Edmond était allé s'enquérir de la nouvelle adresse d'Agathe auprès du curé du village.

— Écoute, Edmond, quand je suis arrivé avec les sœurs Senécal à Waterville, dit le curé Boucher, le père était en train de mourir à l'hôpital. On est arrivés en plein milieu d'un drame familial. Tu penses bien que je n'ai pas pris le temps de prendre l'adresse en note… Pourquoi tu veux son adresse, mon garçon ?

— Je voudrais lui écrire pour lui demander de ses nouvelles, avoua le jeune veuf.

— Tu veux lui demander des nouvelles ? Juste des nouvelles ? demanda le prêtre qui n'était pas dupe.

— Par politesse… admit Edmond en s'essuyant les mains sur le rebord du siège.

— T'as pas peur qu'elle se fasse des idées en reçevant ta lettre ?

Devant le silence de son interlocuteur, le prêtre soupira.

— T'as pas peur qu'elle s'imagine des choses ?

— J'aimerais savoir si elle a une belle vie, monsieur l'curé.

— Oui, je comprends, Edmond… Mais cette jeune fille-là, comment te dire, elle est en âge de se marier… Donc, je répète ma question : t'as pas peur qu'elle se fasse des idées ?

Cette fois le curé se cala bien au fond de son siège et attendit sans ajouter un mot, les mains jointes sur son ventre dont les rondeurs trahissaient les bons soins de sa ménagère.

— J'espère qu'elle va se faire des idées, osa Edmond en rougissant.

Voilà ! Tout cela recommençait.

— Tu espères qu'elle se fasse des idées ? Est-ce que ça veut dire que tu as des intentions précises ? Parce que si ce n'est pas le cas, tu vas lui faire de la peine ! Et lui faire perdre un temps précieux. Et ça, Edmond, j'aimerais pas ben ça. Alors, quelles sont tes intentions réelles ?

— J'aimerais…

Le veuf cherchait ses mots. Assis devant le curé, il ne voyait pas comment son souhait avait des chances de se réaliser. Il se trouvait naïf de croire qu'en entretenant une relation épistolaire, il arriverait à charmer une jeune fille qu'il n'avait pas vraiment réussi à charmer en personne. Comme il se trouvait ridicule en cet instant.

— Vas-y, tu aimerais… encouragea le curé qui était pressé d'en finir.

— J'aimerais lui demander de revenir ici à Saint-Simon et m'épouser.

Voilà, tout était dit. Il se sentait plus léger, plus confiant. Il sentait véritablement que son projet était possible maintenant qu'il l'avait verbalisé à son curé.

« Incroyable ! » pensa le curé Boucher. Devrait-il encore une fois faire l'inventaire des filles à marier de Saint-Simon ? Certainement pas ! Il n'aurait souhaité à personne de se retrouver avec l'épeurante Marguerite ou la rugueuse Thérèse. Après tout, il avait eu lui-même l'occasion de côtoyer la jeune Agathe ainsi que sa sœur Célina. Il s'agissait de bonnes filles. De bonnes filles malchanceuses. Et que dire d'Héléna ? Elle était une mère de famille chrétienne un peu imprudente, mais cela lui valait-il une sentence à vie, à elle et à ses filles ? Le curé Boucher ne le pensait pas. Et que ferait-il de Jean Roy ? Celui-là avait bien exprimé ses réticences envers cette union. Mais maintenant que la jeune femme n'habitait plus chez lui, avait-il encore voix au chapitre ? Après mûres réflexions, le curé Boucher prit une décision.

— Écoute, Edmond, je vais essayer de contacter mon confrère, le curé Pomerleau, qui est le nouveau curé de la famille Senécal à Waterville. Je vais lui demander leur adresse pour toi. Ça peut prendre du temps, par contre... En attendant, j'aimerais que tu réfléchisses comme il faut. C'est pas un jouet, Agathe ! Si tes intentions ne sont pas claires ou définitives, alors ne lui écris pas. Ça vaudrait mieux pour tout le monde. Est-ce que je me fais bien comprendre ?

— Oui, monsieur le curé ! Paule aussi aimerait ça avoir l'adresse, ça fait que vous la demanderez pour deux, expliqua le jeune veuf transporté d'espoir.

— Bon, ben, je vais faire deux heureux ! dit le curé en raccompagnant son paroissien vers la porte de son presbytère.

De retour dans son bureau, le prêtre réfléchit longuement. Ramener Agathe dans la vie des Roy lui déplaisait, mais la volonté du veuf semblait si sincère. Et après tout, cette jeune femme était très bien. Il demanderait l'adresse et pour le reste, le prêtre décida de s'en remettre à son Créateur. Lui seul déciderait de ce qui était bon. Il fouilla dans ses papiers pour retrouver les coordonnées de son confrère et l'appela immédiatement.

— Paule veut m'écrire ? Oh, j'aurais dû lui écrire moi-même avant, monsieur le curé. Je suis impardonnable ! Merci de lui avoir transmis notre adresse, s'exclama Agathe en ce dimanche 14 février.

Elle avait quitté la sacristie sur un nuage. Paule voulait de ses nouvelles ou peut-être qu'elle voulait lui en faire parvenir. Alors elle commença à douter : était-il arrivé quelque chose aux enfants ou à Edmond ? Le village avait-il eu vent de sa véritable identité ? Cette sensation de vertige lui glaçait le dos à nouveau. Ses jambes devenaient de plus en plus molles. Son visage devenait blême. Le souffle lui manquait. Le bruit des passants l'agressait. Devant son trouble apparent, sa grand-mère s'alarma.

— Qu'est-ce qu'il voulait, le curé Pomerleau ?

Les membres de sa famille venaient tout juste de retrouver leurs emplois et une certaine normalité reprenait sa place dans leur foyer. Qu'est-ce qu'il leur pendait encore au bout du nez ?

— Paule, la femme chez qui j'ai habité en attendant, elle a demandé notre adresse.

— Elle veut te donner des nouvelles ? Qu'est-ce qui t'énerve là-dedans ?

— Tout à coup qu'il est arrivé quelque chose ? demanda Agathe.

— Mais qu'est-ce que tu veux qui arrive, ma pauvre fille ? demanda Hilda, excédée.

— Peut-être que les gens ont su pour moi dans le village de Saint-Simon pis que Paule et sa famille sont mal pris à cause de ça ? demanda Agathe.

Hilda recula d'un pas et prit conscience de toute l'ampleur du drame. Non seulement la famille avait dû quitter leur village, mais même si le temps passait, ils auraient toujours peur d'être découverts. Finalement, à quoi cela leur avait servi de quitter leur village ? Cela n'avait aucun sens.

— Vous marchez lentement ! Dépêchez-vous, on gèle à matin, dit Héléna en revenant sur ses pas pour les rejoindre.

Mise au parfum des inquiétudes de sa fille, la mère de famille tenta de la rassurer.

— T'as pas pensé qu'elle demandait peut-être ton adresse pour quelqu'un d'autre ? D'après le peu que tu nous en as dit, le beau veuf d'en face est peut-être derrière cette demande, dit Héléna.

Devant la possibilité qu'Edmond ait demandé à Paule d'intercéder, le visage d'Agathe s'illumina. Oui ! Paule avait toujours été en faveur de cette union. Toutefois, Agathe calma tout de suite ses ardeurs. On verrait bien si une lettre viendrait et qui l'aurait signée.

— Bon, ton frère qui est encore en grande conversation avec ses chums de la gare… s'impatienta Héléna qui partit le chercher, suivie de près par une Hilda désireuse d'éviter une nouvelle altercation entre le fils et la mère.

— M'man, je vous présente Théodore Blanchet, dit Gérald.

— Je vous connais, vous ! dit Hilda qui l'avait rencontré à son arrivée à la gare de Waterville.

Le jeune homme salua la grand-mère et s'informa de son séjour à Waterville. On échangea quelques politesses et Hilda décida d'inviter le jeune employé de gare à venir manger à la maison. Théodore en fut ravi.

— Vous venez d'où exactement, jeune homme ? demanda Hilda en mettant le couvert avec Murielle.

— Je viens de Saint-Barnabé, madame.

— Et qu'est-ce que vous êtes venu faire ici ?

— Voyons moman, ça nous regarde pas ! s'objecta Héléna qui craignait toujours qu'on lui pose des questions en retour.

— Ça me dérange pas, répondit le jeune homme.

Théodore raconta les raisons de son exil, parla de ses ambitions. Héléna écoutait son récit. À ses yeux, les jeunes hommes étaient tous les mêmes. Ils s'imaginaient que la ville valait mieux que la campagne. Lorsque Héléna apprit que ce jeune exalté avait laissé une belle forge rentable dans son village, elle eut envie de l'assommer avec sa poêle en fonte. Théodore parla longuement de ses projets d'avenir.

— Mais pour faire ça, je vais devoir commencer par apprendre l'anglais, comme de raison, termina-t-il.

— Pis si jamais ça marche pas, ben vous pourrez toujours retourner chez votre père dans votre belle grosse forge, conclut Héléna sur un ton grinçant qui trahissait son envie.

— C'est pus possible ! Mon père a mis la forge en vente. La forge et la maison.

Cette information avait retenu immédiatement l'attention de Gérald et Hilda. Quelle occasion en or cette forge avec une terre ! Il y avait là de quoi bien vivre pendant des générations.

— Ça fait-tu longtemps qu'elle est à vendre, votre forge ? demanda Hilda en prenant une bouchée.

— Depuis un peu avant Noël, dit le garçon, très peu intéressé à parler de ce cadeau empoisonné que voulait lui refiler son père pour le garder près de lui.

— Il en demande combien ? poursuivit Héléna qui avait deviné les intentions de sa mère.

— Je le sais pas trop…

Plus tard, la table fut ramassée en un éclair et Théodore fut reconduit à la porte. On fit promettre au jeune homme de revenir manger le dimanche suivant.

— Gérald, viens ici, somma Héléna restée à l'entrée.

— As-tu entendu ça ? Sa forge, mon Gérald ! dit Hilda qui désirait participer à la discussion.

— On n'a pas les moyens d'acheter une forge, grand-maman. Rêvez pas en couleur, dit Gérald en regardant sa mère pour s'en assurer.

— On aurait les moyens en vendant la maison et avec l'argent qui nous reste. Si y demande pas trop cher, comme de raison, dit Héléna qui se voyait déjà revivre dans un village, au gré des saisons.

— Qu'est-ce que vous dites, la mère ? J'suis pas certain de comprendre...

— Ben moi je l'achèterais la forge ! Tu y travaillerais. Pis l'argent nous servirait à toute la famille. Et quand tu te marieras, on te bâtira sur notre lot ! s'excitait Héléna qui entrevoyait enfin un peu de bonheur à l'horizon.

— La mère, faites-moi pas de promesses qui se peuvent pas ! dit Gérald tout de même tenté d'y croire.

— Je vais aller voir le notaire Veilleux pour m'informer, pis si ça a de l'allure, ben... Veux-tu ben me dire qu'est-ce qui nous retient ici ?

Cet après-midi-là, Héléna ne dormit pas. Elle était occupée à faire des calculs compliqués qu'elle devait sans cesse reprendre. Si ceux-ci tenaient la route, avec l'argent qu'il lui restait et sa maison, il lui était possible d'acheter la forge. De plus, elle n'avait pas payé sa maison trop cher, il lui restait donc l'espoir d'en tirer un certain profit.

Le lendemain, Héléna annonça à ses filles qu'elle arriverait avec un peu de retard au travail.

— Pourquoi, m'man ? demanda Célina.

— Faut que j'aille voir le notaire Veilleux rapport à l'héritage, répondit Héléna.

— Y est réglé l'héritage ! La *Probate Court* vous l'a donnée, la maison. Qu'est-ce qui se passe ?

— Il manque une signature, dit vaguement la mère en poussant ses filles vers la porte.

Héléna les regarda marcher vers une autre journée de dur labeur à la manufacture.

— Pourquoi tu leur as pas dit la vérité ? demanda Hilda.

— J'voudrais pas leur faire de fausses accroires juste pour les décevoir après. Vous comprenez ?

— Ben oui, je comprends ça, ma grande… J'aurais fait pareil. Veux-tu que je t'accompagne chez le notaire ?

— Si ça vous dérange pas…

Le trajet vers l'étude du notaire Veilleux parut interminable. Chaque pas semblait la rapprocher d'une gigantesque montagne à escalader. Arrivée à l'étude, un point de côté lancinant rendait sa respiration très difficile. Tout le bonheur de sa famille se jouait en ce moment.

La secrétaire du notaire Veilleux fit patienter les visiteuses dans un petit salon.

— C'est payant, ce travail-là ! dit Hilda en regardant la décoration luxueuse de la pièce.

— Vous m'en donneriez que j'en voudrais pas ! Pour moi, y a rien de mieux qu'une belle maison de ferme dans un rang tranquille, dit Héléna en fermant les yeux.

Elle adressait ainsi une petite prière à son Créateur et à son défunt mari qui devait être assis à ses côtés. Léon lui devait bien ça, après tout, c'était sa faute s'ils en étaient là. Lorsqu'elle s'entendit nommée par l'homme de loi, Héléna se signa et se leva.

— Qu'est-ce que je peux faire pour vous, mesdames ? demanda le notaire.

Il était convaincu d'avoir à transférer l'argent de la vieille femme. Une parente qui venait pendant tous ces mois devait bien avoir l'intention de venir s'installer de façon permanente.

— Y a une forge à vendre à Saint-Barnabé. J'aimerais l'acheter, dit d'un trait la couturière de la Hathaway.

— Saint-Barnabé, c'est en Beauce ? demanda le notaire qui savait Héléna originaire de ce coin de pays.

— Je le sais pas, mais c'est chez nous par exemple, déclara la femme de plus en plus emballée.

Par cette réponse trop rapide, elle craignit de donner l'impression de ne pas être sérieuse, de ne pas y avoir réfléchi pleinement. Elle se reprit. Elle raconta sa rencontre avec le jeune Théodore Blanchet qui lui avait parlé de la forge de son père qui était à vendre. Elle lui précisa également que son Gérald était forgeron de formation et qu'elle voulait sauter sur l'occasion avant qu'un autre ne le fasse. Elle expliqua son projet d'y installer sa famille et de faire construire une maison pour son fils sur le lot le moment venu. Héléna termina en disant qu'elle voulait vendre sa maison de Waterville pour pouvoir se permettre cet investissement.

— Je comprends mieux, maintenant. La forge est à vendre depuis combien de temps ?

— Aux dires du p'tit Blanchet, depuis avant les fêtes. Monsieur Veilleux, comprenez-moi, ma famille pis moi on veut s'en retourner chez nous. Pas nécessairement en Beauce, mais sur une terre. Celle du père de Blanchet répond à tous nos besoins.

— Je vais faire les démarches et je vais vous revenir. Ça peut prendre quelques mois avant que j'aie des réponses pour vous.

— Vous avez pas le téléphone ? Nos curés de campagne l'ont presque tous, s'étonna Hilda qui avait flairé la supercherie à cent lieues.

L'homme de loi comptait peut-être se graisser la patte au passage en exagérant la quantité de travail à abattre.

— Je vous donne des nouvelles dès que j'en ai, madame Senécal, dit le notaire en ignorant le dernier commentaire émis par la vieille dame.

Les visiteuses prirent congé. Hilda s'empressa de regagner la résidence familiale alors qu'Héléna se dirigea vers la manufacture de chemises. Elle essuya des remontrances de la part de son foreman qui lui donna un avertissement en plus de lui couper tout son salaire de l'avant-midi même s'il n'était que neuf heures. Héléna se garda bien de protester. Bientôt, plus personne ne lui dirait quoi faire.

Le mois de février se termina sans qu'aucune lettre ne parvienne jusqu'à Waterville. Agathe dépérissait.

— Des fois, le courrier peut prendre du temps, ou ben ceux qui le trient tombent malades pis y a du retard, lui expliqua Célina.

Celle-ci en profita pour raconter à sa sœur qu'elle avait vu la lettre de sa mère adressée au curé Boucher passer par son propre centre de tri. Elle confessa même son envie de l'ouvrir, mais devant les possibles représailles, elle s'était abstenue.

— Tu vois ! Prends patience, ma belle, lui dit sa mère.

Elle savait très bien qu'un jour ou l'autre on allait lui ravir ses filles une à une. Cet Edmond, Agathe semblait l'avoir bien aimé. Sa fille avait le droit d'être heureuse elle aussi. Mais rien ne pressait.

De son côté, Héléna n'avait reçu aucune nouvelle de la part du notaire Veilleux. N'en pouvant plus, elle avait décidé de passer directement par le fils du forgeron pour s'éviter des frais. Le jeune Blanchet lui avait appris le montant exigé par son père pour sa forge, sa terre et tout le roulant. Il s'agissait d'un montant élevé, mais non hors de la portée d'Héléna. En vendant sa maison, en raclant les fonds de tiroirs et en acceptant de s'endetter un peu, elle y arriverait. Après y avoir bien pensé, elle avait pris une décision.

— Tu peux dire à ton père que t'as trouvé son acheteuse, déclara Héléna au jeune Théodore Blanchet venu manger chez elle le premier dimanche de mars. Dis-y que j'vais tout acheter au prix qu'y demande.

La déclaration de la mère étonna grandement toute la famille. Gérald ouvrit la bouche, mais aucun son n'en sortit. Devant tous ces regards exprimant différentes émotions, la mère s'impatienta.

— Parlez pas tous en même temps !

— M'man, merci ! s'exclama Gérald.

— C'est pas juste pour toi, c'est pour toute la famille. Je vais te demander de former tes frères, aussi. C'est pour nous autres... Toute' nous autres ! précisa Héléna.

— J'avais ben compris, mais merci pareil !

— On va tous aller vivre en campagne ? Pis mon travail chez Grace-Elizabeth ? J'aime ça, moi, couper les cheveux ! dit Josette, abasourdie, qui n'avait pas été consultée.

— Josette, on va t'installer dans cuisine d'été pis tu pourras couper les cheveux du monde du village, si tu veux. Hein, sa mère, qu'on peut faire ça ? demanda Gérald prudemment.

— Pis tu formeras tes sœurs ! Comme ça, on va pouvoir t'aider si ton commerce marche bien, ajouta Héléna.

— Je pourrais même te construire un commerce sur le lot. Qu'est-ce que vous en pensez, m'man ? demanda, toujours prudemment, Gérald.

— J'dis que c'est une ben bonne idée, mais qu'il va falloir que ça attende un peu parce qu'au début, on va avoir des dettes à rembourser. Mais oui, Gérald, c'est une bonne idée que tu as eue, l'encouragea Héléna.

— Inquiétez-vous pas, je vais travailler fort et on va rembourser ça ben vite. Je vous le promets, assura Gérald en sautant dans les bras de sa mère.

Un peu gênée, Héléna rappela à son fils qu'il n'y avait encore rien de fait. Elle demanda à Théodore Blanchet d'écrire la lettre à son père. Elle la lui prit des mains et assura le jeune homme qu'elle allait la mettre elle-même à la poste le lendemain.

— Tu comprends, j'suis tannée d'attendre. Entre le notaire Veilleux et le reste…

Théodore comprit et ne s'objecta pas. Il fut raccompagné à la porte de la demeure des Senécal pour permettre à la famille de faire la sieste dominicale.

Dans la cuisine, Agathe faisait la vaisselle et affichait un air morose. Certes, elle souhaitait quitter la ville et cette vie insensée, mais quelque chose en elle ne voulait pas partir avant d'avoir reçu une lettre. Cette lettre de Paule, ou peut-être même d'Edmond ? Elle en avait tant rêvé.

— Qu'est-ce que t'as, ma belle ? lui demanda sa grand-mère.

— Je l'sais pas, grand-maman…

— C'est pas vrai… Tu le sais, c'qui va pas… J'me trompe jamais pour ces choses-là. Envoye ! Dis-moi ce qu'y a, insista la grand-mère.

— J'ai pas reçu ma lettre de Paule pis ça m'inquiète, avoua la jeune femme.

— Écris à Paule, comme ça, tu vas arrêter d'attendre, trancha la grand-mère.

Agathe trouva que l'idée n'était pas bête. Elle écrirait à Paule, d'accord, mais cela ne réglait en rien qu'elle avait rouvert son cœur à l'espoir et que cela lui faisait mal de constater que ses rêves ne se réaliseraient probablement pas. Hilda embrassa sa petite-fille sur le front et alla rejoindre Héléna dans sa chambre pour la sieste.

Sa fille tenait la missive entre ses mains. Elle fit une petite prière avant de la déposer sur la commode.

— Je m'occuperai d'aller la maller pour toi demain. Manque pas l'ouvrage pour ça, lui offrit sa mère.

Héléna accepta, reconnaissante.

Chapitre 7

L'offre d'achat d'Héléna Senécal arriva à Saint-Barnabé à la fin du mois de mars. Cette lettre était porteuse de beaucoup d'espoir. Charles Blanchet y apprenait que son fils Théodore allait très bien. Il apprenait également que son travail à la gare de train de Waterville lui plaisait toujours autant et qu'il s'était fait des amis. Ensuite, la missive prenait une tournure surprenante. Son fils lui racontait qu'une famille d'ouvriers dont il avait fait la connaissance désirait racheter leur forge, la maison, les bâtiments et tout le roulant. La lettre annonçait aussi au vendeur qu'un dénommé Gérald Senécal viendrait en avril pour faire l'inventaire. Ils pourraient à ce moment-là, si tout était en état, passer devant le notaire pour officialiser l'achat.

Le père n'en revenait pas. Non seulement l'annonce de la vente de sa forge n'avait pas incité son fils à revenir à Saint-Barnabé en courant, mais en plus, cet imbécile avait trouvé l'acheteur pour lui ravir son propre héritage. Cette fois, c'était bien définitif, il comprenait que Théodore ne reviendrait pas. L'offre que lui faisait cette Héléna Senécal et sa famille était bonne. Une offre d'achat sans négociation sur le prix ne se refusait pas. Ainsi, il allait s'empresser de l'accepter. Avec sa femme malade, il n'avait plus le temps ni l'énergie de s'occuper de tout. Mieux valait vendre sa forge pendant qu'elle avait encore une certaine valeur et une clientèle fidèle. Charles Blanchet le savait, cette occasion était inespérée. Il ne lui restait qu'à attendre la venue de ce Gérald pour conclure la vente. Il traversa la rue principale et alla discuter de cette nouvelle avec le boucher Grégoire Filion.

— Charles, t'as de la chance dans ta malchance ! Y en a qui attendent des années avant de pouvoir vendre leur commerce. Pis une forge, ça se transmet de père en fils, d'habitude. C'est rare que quelqu'un veut acheter ça, dit le commerçant en s'en voulant immédiatement de sa bévue.

— Tu t'en rends pas compte, Grégoire, mais t'as beaucoup de chance de pouvoir travailler avec ton gars… dit le forgeron en prenant son petit paquet de viande. Si ça se trouve, peut-être que mon fils va avoir des remords en voyant que je vends ma forge et il va revenir…

— C'est quel genre de monde qui s'en vient acheter ton commerce ?

— C'est une famille aux États, dit distraitement le forgeron, dépassé par les événements.

— Une famille des États ?

— C'est une famille de chez nous qui habite aux États, mais qui veut revenir par chez nous.

— Dans un sens, c'est une bonne nouvelle. Ça veut dire qu'y en a qui reviennent, dit le commerçant pour encourager son voisin.

— Ouais, mais des fois, ils reviennent trop tard… conclut Charles en quittant le commerce, l'air abattu.

En entendant les propos d'Héléna, le notaire Veilleux faillit s'étouffer.

— Vous avez fait quoi ? Mais madame Senécal, vous savez même pas de combien d'argent vous disposez. Vous avez envoyé une lettre comme ça, sans savoir ! Voyons, ça ne se fait pas ! s'indigna le notaire.

— Monsieur le notaire, j'aime pas ça, attendre. Quand je veux que'que chose, c'est tout de suite, pas dans cent ans, répondit Héléna.

Elle savait très bien qu'il n'avait entrepris aucune démarche pour lui obtenir l'information demandée.

— Bon, maintenant que j'suis dans votre bureau… Entre la maison que j'peux vendre avec un certain profit et les économies qu'il me reste, combien d'argent pouvez-vous me prêter ? demanda la femme, décidée de passer à l'étape suivante sans s'éterniser sur ses méthodes peu orthodoxes.

— Ça ne se fait pas dans cet ordre-là, madame Senécal !

— J'comprends… Mais prenez quand même deux minutes et faites-moi une offre, insista Héléna qui avait pris la journée de congé pour boucler l'affaire.

— Vite comme ça, je peux rien vous dire, déclara le notaire pour dompter sa cliente.

Il en profita pour se caler dans son siège en se croisant les bras. Devant toute cette mauvaise foi, Héléna eut du mal à garder son calme. Elle aurait dû accepter l'offre de sa mère de l'accompagner. Même Gérald aurait pu venir avec elle. Elle était prompte et savait que son impulsivité n'était pas toujours de bon conseil. Elle tenta le tout pour le tout :

— Bon, ben j'ai pas d'autre choix.

Le notaire Veilleux se décroisa les bras, prêt à travailler, pensant sa cliente plus malléable. Il se trompait.

— Avec mon fils Gérald, on a rendez-vous avec le notaire Farley cet après-midi. Je vais voir ce qu'il peut faire pour nous autres, dit Héléna en se levant.

Elle regretta ce geste immédiatement. À force d'en rajouter, elle creusait peut-être sa tombe. Sans compter qu'elle était serrée dans le temps. Devant la désertion de cette cliente ainsi que la perte de revenus potentiels, le notaire Veilleux se leva et ramena sa cliente à sa chaise. Héléna remercia le ciel en son for intérieur et se promit de se contrôler pour la suite des opérations. Le notaire lui servit une tasse de thé et s'engagea dans une série de calculs compliqués. Au bout d'une bonne heure, il lui fit une offre.

— J'comprends pas, monsieur Veilleux, dans votre calcul, le montant de la valeur de ma maison, c'est le montant que j'ai payé l'année passée. Est-ce que vous avez fait une erreur ? Parce que vous et moi, on le sait très bien que je l'ai payée en bas de sa valeur, dit Héléna qui flairait l'arnaque.

— Mon offre prend en considération que votre maison est loin d'être vendue. Je rachète votre maison et je vous donne l'argent tout de suite. Ça vous libère immédiatement et ça vous permet de partir plus vite.

— J'comprends ça, monsieur le notaire, murmura Héléna en tentant de maîtriser sa colère.

— Ça va vous éviter de perdre un temps précieux. Du temps que vous avez peut-être pas, en plus. Imaginez que vous perdiez cette occasion-là parce que vous avez voulu attendre de vendre votre maison vous-même pour en tirer plus, argua l'homme de loi.

Héléna se calma. Il y avait du vrai dans ce que disait le notaire. Il lui fallait bouger vite si elle ne voulait pas perdre cette occasion en or. Surtout qu'elle avait écrit que Gérald irait en avril pour passer chez le notaire.

— Dois-je vous rappeler que votre maison, avant que vous ne l'achetiez, était à vendre depuis très longtemps ?

ajouta le notaire Veilleux en raccompagnant sa cliente vers la porte.

— Il est pas un peu haut, votre taux d'intérêt ?

— Les taux aux États sont plus hauts que chez vous, ça c'est vrai et ça peut surprendre, je vous l'accorde.

Héléna se retrouva sur le trottoir sans comprendre ce qui lui arrivait. Elle rentra chez elle avec une offre griffonnée sur un bout de papier. Découragée, elle se versa une tasse de thé et alla s'asseoir à côté de sa mère. Devant son regard absent, Hilda comprit qu'elle devrait attendre que sa fille ait fini de réfléchir avant de la bombarder de questions. Héléna termina sa tasse de thé en silence.

— Pis, ton notaire ? demanda Hilda lorsqu'elle sentit sa fille plus calme.

— Comme j'pensais, y était pas content pantoute… Y paraît que j'ai fait ça tout croche. Lui, de son côté, y avait rien fait pantoute ! Y est pas mieux, dit Héléna, désabusée.

Devant le retour du silence, Hilda regarda les traits de sa fille de plus près. Héléna avait beaucoup vieilli. Il fallait dire qu'elle en avait lourd sur les épaules. Elle misait tout sur ce projet, s'imaginant que retourner à la campagne, dans son pays, serait la réponse à tous ses désirs.

— Moman, si vous saviez comment j'suis tannée de dépendre de tout le monde ! À croire que parce qu'on est une femme, on sait rien. Pourtant, on nous laisse faire toutes les jobs exigeantes. Faut croire qu'on est capable plus qu'on nous l'dit. Pourquoi on est pas reconnues plus que ça ?

— Je le sais pas, ma grande.

— Le notaire avait rien fait ! Y m'a pas prise au sérieux. J'étais pas importante. Mes projets représentaient rien pour lui ! C'étaient des beaux rêves pas importants pour un homme intelligent comme lui. Il m'a dit que ce que j'ai fait ça se faisait pas de même. Mais je le sais que je sais pas comment négocier une forge pis vendre mon bien en même temps. C'est pour ça que je suis allée le voir ! Je le sais que je sais rien, c'est pas moi qui a fait des études, c'est lui ! On n'a pas accès à ça, nous autres les pauvres, les habitants, les femmes, dit Héléna en se calant dans sa chaise.

— Je pense que tu viens de tout résumer. La différence avec nous autres, les femmes, c'est qu'on l'sait qu'on l'sait pas.

Héléna médita un moment sur ce que venait de dire sa mère. Elle n'avait pas tort. Les femmes étaient habituées à recevoir des ordres, à se faire dire quoi faire et ne s'attendaient généralement pas à diriger quoi que ce soit, mis à part leur foyer. C'était injuste. Maintenant qu'elle était veuve avec dix enfants à charge, il lui incombait de prendre des décisions, de gérer les finances du foyer en plus de gérer les autres responsabilités d'un ménage. Elle avait l'obligation de s'acquitter de toutes ces formalités, mais on ne lui reconnaissait pas l'intelligence et la capacité de le faire.

— En tout cas, le notaire Veilleux sait maintenant ce que tu veux, conclut Hilda.

Cette boutade eut pour effet de mettre un sourire furtif sur les lèvres de sa fille, mais l'humeur morose reprit le dessus rapidement. Plus tard, après le souper, Héléna convoqua Gérald pour lui faire part des grandes lignes de l'offre de financement qui leur était proposée. Le jeune homme écouta attentivement sa mère et retint ses réactions. Pour rien au monde il n'aurait voulu faire avorter le projet.

— Bon, d'un côté ça nous permet d'acheter plus vite, mais d'un autre côté, on perd un peu d'argent sur notre maison, est-ce que je vous ai ben compris ?

— C'est ça, mon Gérald, t'as ben compris… dit Héléna qui, sans vouloir en avoir l'air, désirait connaître l'opinion de son fils.

— Quand vous avez acheté la maison, on l'a pas payée cher parce que vous avez bien négocié. Vous saviez qu'elle était à vendre depuis longtemps pis que le propriétaire était pressé de s'en défaire. Vous avez fait toute une affaire. C'est pas comme si on avait payé trop cher la maison et que le notaire voulait nous en donner moins. On perd pas vraiment dans ce sens-là.

Le jeune homme avait raison. Elle ne perdait pas vraiment d'argent. Elle perdait le profit qu'elle s'était imaginé faire sur la vente de sa maison et cela la mettait dans l'obligation de s'endetter un peu plus qu'elle ne l'aurait cru.

— Je pense que si on dit au notaire que son offre est correcte en autant qu'il se paye ses honoraires à même le profit qu'il va se faire sur la maison, ben là me semble que c'est avantageux pour les deux parties. Qu'est-ce que vous en pensez, m'man ?

Il regardait sa mère. Elle arborait une expression qu'il ne lui avait encore jamais vue. Il poursuivit :

— De cette façon, les États c'est fini, pis vous pouvez retrouver une vie que vous aimez.

Gérald comprit qu'il avait trouvé le bon angle pour la faire fléchir.

— Avec un peu de chance, on va être installés pour la période des fraises ou même avant.

— Oui, mon garçon, ç'a ben de l'allure ce que tu dis. J'aimerais ça que tu viennes avec moi chez le notaire pour lui expliquer ça toi-même. Veux-tu ?

Gérald accepta avec plaisir. Il allait accompagner sa mère et négocier les honoraires du notaire, elle serait fière de lui. Il regarda sa grand-mère, heureux du dénouement.

Dans son lit, Agathe ne dormait pas. Elle arrivait tous les soirs le plus tôt possible à la maison dans l'espoir d'intercepter le courrier, en vain. Elle était de plus en plus amère. Bientôt, si tout se passait comme le souhaitait sa mère, la famille Senécal aurait quitté les États sans avoir reçu de signe de vie ni de Paule ni d'Edmond. Sur les conseils de sa grand-mère, elle écrirait au moins à Paule pour lui annoncer qu'elle retournait vivre au Québec sous peu. Comme elle avait été sotte de s'imaginer qu'Edmond aurait pu lui écrire ! Elle se faisait du mal en espérant un dénouement heureux. Si elle n'avait pas réussi à le charmer alors qu'elle était tout près de lui, chez les Roy pendant l'hiver 1908, comment pourrait-elle attirer son attention maintenant qu'elle était aux États ? Tout de même, elle souhaitait qu'Edmond entende parler de cette lettre qu'elle s'apprêtait à écrire à Paule et que celle-ci ravive une flamme dans le cœur du veuf. Cette flamme, elle l'avait vue brûler dans ses yeux. Elle l'avait aussi vue s'éteindre lentement comme une chandelle à bout de cire sans qu'elle ne comprenne pourquoi. Mais à quoi bon penser à cet homme ? Elle ne se faisait que du mal. C'était Paule qui avait demandé son adresse et personne d'autre. Il lui fallait se rendre à l'évidence. Edmond Legrand appartenait à son passé et son avenir l'attendait dans ce village de Saint-Barnabé.

En ce dimanche 28 mars, Edmond rendait visite à sa famille à Saint-Barnabé pour la première fois depuis Noël. Il avait été beaucoup trop occupé pendant l'hiver à bûcher auprès de Jean Roy et avait réussi à se ramasser un petit magot avec la vente de son bois et de la glace qu'il avait découpée sur la rivière. Maintenant, à l'aube du printemps, il devrait retourner à sa vie sur sa ferme. Les champs n'étaient plus praticables depuis quelques jours pour le transport des bûches. Il en avait profité pour faire ses sucres. Là encore, il avait réussi à vendre un petit surplus. Il ne lui restait qu'à s'occuper de réparer ses instruments aratoires en vue des labours du printemps.

— Le père, le printemps s'en vient et je me questionne, débuta Edmond sur le parvis de l'église. Si je veux acheter la forge du vieux Blanchet comme on s'était dit à Noël, faudrait que je me décide, parce que j'vais alors labourer deux champs cette année. En plus, ça fait depuis avant les fêtes que la forge est à vendre. Y doit être prêt pour une offre un peu basse, non ?

— C'est ben trop vrai… Je pense qu'on est dû pour une p'tite jasette avec le vieux Blanchet, mon Edmond, dit Omer, heureux de voir son fils prendre une décision sensée.

Pendant l'hiver, Anna n'avait cessé de l'étourdir avec ses peurs que son fils ne vende tout et parte aux États gaspiller son héritage. La mère de famille avait fini par transmettre ses craintes à son mari. Ainsi, Edmond avait décidé de racheter la forge au village. Il passerait de simple habitant à commerçant. Omer avait de quoi être fier.

— Viens, dépêche-toi, Blanchet est juste là ! On va aller lui parler avant le début de la messe, dit son père en se dirigeant vers le vieil homme.

— Ah ben, les Legrand ! Avez-vous entendu la nouvelle ? demanda le commerçant. J'ai trouvé un acheteur pour ma terre et ma forge !

Le vieil homme ne remarqua pas l'air déçu d'Edmond à l'annonce de cette nouvelle.

— C'est du monde des États. Ils veulent revenir s'installer chez nous, ça fait que mon fils leur a parlé de ma forge. Ça tombait ben, le gars qui achète est forgeron de formation, déclara Charles. Leur garçon va venir bientôt pour visiter les bâtiments. Si tout est à son goût, on signe le jour même !

Omer et son fils félicitèrent le forgeron et s'éloignèrent du groupe de fidèles agglutinés autour du commerçant. Ils allèrent s'asseoir sur le banc familial.

— Y aura d'autres terres à vendre au village, mon Edmond, dit Omer en tentant d'encourager son fils.

— C'est tellement pas juste !

Le jeune veuf n'avait plus d'autre option que de rester à Saint-Simon, loin de sa famille. Lui qui avait tant misé sur ce commerce pour répondre à ses besoins et ses envies. Maintenant, il n'était pas plus avancé. Et dire qu'il attendait d'avoir une bonne nouvelle avant d'écrire à Agathe… Puisqu'il n'avait rien à annoncer, il ne savait même plus s'il devait lui écrire. Il y avait maintenant sept mois qu'elle était partie de Saint-Simon. De quoi aurait-il l'air s'il lui écrivait ? Il aurait l'air d'un imbécile. Pourquoi ne l'avait-il pas fait en décembre ?

De retour à la maison familiale, Edmond s'était confié à sa mère.

— Tu lui avais pas encore écrit ? Edmond, écoute-moi… si cette fille-là t'avait vraiment intéressé, t'aurais trouvé le courage de te déclarer. Ça doit pas être la bonne, c'est tout, conclut la mère à bout de patience.

Anna ne voulait plus en entendre parler. Son fils la décourageait trop. Devant son air piteux, elle ne ressentit aucune pitié. C'est impatiente qu'elle poursuivit :

— La p'tite Chevrier du rang deux, elle est ici au village pis elle est vaillante aux dires de sa mère.

— Voyons, m'man, la p'tite Chevrier, c'est une vraie chipie ! s'exclama Edmond.

Il rentra chez lui plus convaincu que jamais qu'il lui fallait écrire à Agathe. Ce soir-là, il commença en lui donnant des nouvelles des enfants Roy, de certains habitants, et ensuite, il parla de lui. Il termina le tout en lui demandant des nouvelles d'elle et de sa famille. Il voulait aussi connaître les détails de sa vie aux États. Aimait-elle son travail ? Sa famille avait-elle des amis ? Edmond faillit déchirer la lettre après l'avoir relue. Il se trouvait ennuyant et neutre. Agathe ne lui répondrait sûrement pas après avoir lu une missive aussi vide d'intérêt. Il finit tout de même par cacheter l'enveloppe en se promettant de faire mieux à sa deuxième lettre. Oui, la deuxième serait plus facile. Il n'aurait qu'à commenter ce que la jeune femme lui aurait écrit et répondre à ses questions. Et si elle ne lui écrivait pas ? Alors il saurait à quoi s'en tenir.

Le lendemain, Edmond fit son train très tôt et attela sa bête à son boghei. Il alla poster sa lettre dans le village voisin afin d'éviter qu'on ne colporte des rumeurs à son sujet dans toute la paroisse.

Chapitre 8

En ce 14 avril, Gérald avait rendez-vous avec sa mère chez maître Veilleux. Après quelques pourparlers, ils en étaient venus à une entente. Le notaire allait percevoir ses honoraires à même le montant de la vente de la maison familiale des Senécal et leur retourner vingt-cinq pour cent de la plus-value. Pour le taux d'intérêt, Gérald n'avait rien pu faire.

— C'est pas grave pour les intérêts, mon garçon ! Pour le reste, t'as ben négocié. Tu vas faire un bon commerçant accommodant, mais pas naïf pour autant. Tu vas t'en sortir avec la forge. Je suis fière de toi ! avait dit Héléna en sortant de l'étude du notaire.

Gérald n'en croyait pas ses oreilles. Sa mère faisait son éloge ! Il se retourna vers sa grand-mère avec un regard incrédule. Cette dernière lui tapota le bras. Une fois arrivés à la maison, les préparatifs du départ débutèrent.

— Qu'est-ce que vous en pensez, moman ? Il va la mettre où, l'enveloppe, pendant le voyage ? Au niveau du ventre ? demanda Héléna qui s'apprêtait à coudre une petite poche secrète dans les vêtements de son fils.

— Ben non, regarde… Si quelqu'un lui met un coup là, il va entendre le bruit du papier et y va se douter que c'est là qu'y cache son argent, dit Hilda en mimant un coup de poing au ventre.

Debout dans la cuisine, Gérald n'avait d'autre choix que de se laisser faire. Les deux femmes mimèrent toutes sortes d'attaques possibles afin de choisir l'endroit idéal pour cacher l'enveloppe contenant tous les documents nécessaires pour conclure la vente de la forge. Finalement, elles optèrent pour l'intérieur de la cuisse gauche.

— Si tu veux, je vais m'occuper de lui coudre ça tantôt, dit Hilda en prenant l'enveloppe du notaire et le caleçon de son petit-fils.

— Tu feras attention de pas te renverser de la soupe sur les jambes, Gérald ! lui conseilla sa mère.

Ce dernier quitta la cuisine, ébahi par l'imagination fertile de ces deux femmes. Comment ces braves catholiques pratiquantes pouvaient-elles s'imaginer autant de complots pour vols ?

— Gérald, viens avec moi, lui dit Hilda qui l'avait suivi dans le corridor menant aux escaliers.

Elle sortit une enveloppe blanche de son tablier et la tendit à son petit-fils.

— Là-dedans, tu vas trouver ce qu'il te faut pour acheter un cheval pis un boghei. Dis pas non, Gérald ! Comment tu vas faire pour venir nous chercher à la gare ? Pis aller faire tes achats pour ta forge pis tout le reste ?

— La mère sera pas contente, je peux pas accepter ça, dit le jeune homme en rendant l'enveloppe à sa grand-mère.

— C'est pas pour toi, c'est pour toute la famille. C'est un cadeau de ma part pis je vais en profiter moi aussi parce que je vais aller vivre avec vous autres. Ce sera mon boghei pis mon cheval si tu préfères, même si j'ai jamais conduit un attelage…

Le jeune homme hésitait. Hilda avait raison, il leur faudrait un moyen de transport pour la marchandise, les outils et les sorties en famille.

— Et inquiète-toi pas pour ta mère, je vais y en parler après ton départ.

— On va régler ça tout de suite. M'man aime pas les cachettes, pis c'est pas maintenant que je suis dans ses bonnes grâces que je m'en vais y faire ça.

Il alla rejoindre Héléna qui avait commencé à préparer le repas du soir. Il lui montra l'enveloppe et lui parla de l'offre de sa grand-mère.

— Est-ce que je peux accepter, m'man ? demanda Gérald prêt à se soumettre à la volonté de sa mère.

— Héléna, moi j'veux pas aller au magasin général à pied comme une quêteuse. Ça va nous prendre un boghei pour aller au village, ajouta Hilda.

— Est-ce que ça veut dire que vous allez venir vivre avec nous autres, moman ? demanda Héléna.

— Si ton offre tient toujours… oui, j'irais avec vous autres, avança la vieille femme.

Les deux femmes se tombèrent dans les bras l'une de l'autre sous le regard soulagé de Gérald.

— Va porter l'enveloppe avec l'autre à côté de ton caleçon. Ta grand-mère va la coudre tantôt, eut pour toute réponse Héléna, émue.

Son bonheur était complet. Elle retournerait dans un village, sur une bonne terre entourée de sa famille. Il ne lui manquerait rien ! Et qu'importe le village, les villageois. Elle serait exactement là où elle avait envie d'être. Rien n'aurait pu lui faire plus plaisir.

Le lendemain, Gérald se leva tôt. Dans la cuisine, sa mère et sa grand-mère l'attendaient pour lui servir son déjeuner et lui donner des provisions pour le voyage. Ses poches furent remplies de toutes sortes de brioches, de pain et d'un morceau de fromage emballé dans un bout de tissu.

— Avec tout ça dans mes poches, y peuvent se mettre à trois pour me battre, je sentirai rien ! s'exclama Gérald.

— Dis pas de niaiseries, tu vas attirer le malheur sur toi… dit Héléna en se signant pour conjurer le mauvais sort. Sa mère l'imita.

Gérald empoigna sa valise et les embrassa. Il se dirigea vers la porte de la maison sous une cacophonie de conseils formulés rapidement par les deux femmes très agitées.

Une fois dehors, le jeune homme respira un bon coup et alla attendre le trolley au coin de la rue. Il caressa son billet de train qui était dans la poche de son manteau de printemps. En achetant son ticket, il avait déploré devoir faire un arrêt à Montréal pour changer de train et se diriger vers Saint-Édouard pour ensuite prendre un boghei qui le conduirait à Saint-Barnabé. Les quelques heures d'attente entre les deux trains lui semblaient une éternité.

À la gare de Waterville, des employés l'attendaient pour lui souhaiter bonne chance.

— Tu salueras mon père pour moi, dit Théodore Blanchet en le quittant.

Gérald prit place à bord et attendit que le train se mette en route. Il cala son bagage et son manteau sous lui et s'installa pour la longue route. Peu de temps après le grand départ, il s'endormit. La faim le réveilla quelques heures plus tard. En cherchant un bout de pain dans les poches de son manteau, il aperçut deux hommes assis à quelques bancs de lui qui l'épiaient. Tout de suite, les scénarios rocambolesques de sa mère et de sa grand-mère lui revinrent en mémoire. Il se mit à avoir peur. Il avait la gorge sèche et n'osait même plus avaler sa salive de peur de laisser paraître son trouble. Il se mit à regarder à gauche et à droite, dans le but de trouver une issue en cas de problème. Il avait beau regarder dans tous les sens, il ne trouvait aucun employé de train pour l'assister en cas de malheur. Rapidement, il se rendit compte que son imagination fertile était un trait de personnalité qu'il partageait avec sa mère et sa grand-mère. Il secoua la tête pour chasser les idées paranoïaques qui envahissaient son esprit. Toutefois, il resta sur ses gardes.

— Est-ce que je peux faire quelque chose pour vous, messieurs ? demanda Gérald désireux de montrer aux deux hommes qu'il les avait bien vus et qu'il n'était en rien apeuré.

Les deux hommes s'excusèrent et retournèrent à la lecture d'un vieux journal datant de la veille. Le jeune homme se mit à manger le bout de pain de ménage d'Héléna avec appétit, mais en ne quittant pas les deux hommes des yeux. Il décida de ne pas se laisser aller au sommeil par crainte de se faire voler. À l'avenir, il guetterait tous les passagers d'un regard peu amène afin de bien établir qu'il était le genre d'homme à se défendre.

Après plusieurs heures, le train de Waterville arriva enfin à Montréal. Gérald était épuisé. Il se dirigea au comptoir pour acheter son billet pour Saint-Édouard. Le commis lui apprit que le prochain train était prévu pour le lendemain matin vers huit heures. Il se trouvait donc dans l'obligation de dormir sur place. Il n'avait pas prévu ce contretemps. Qu'allait-il faire ? Rester dans la gare et y dormir sur un banc ou dans un coin, à l'abri des regards ? C'était un plan pour se faire voler tout son argent. Le plus sûr était de se trouver une chambre le plus près possible de la gare. Heureusement, il lui restait encore du pain, il n'aurait pas à débourser pour se nourrir. Après avoir consulté un autre commis, il se dirigea vers une petite maison de chambres.

Une fois installé, Gérald ouvrit la fenêtre et contempla la rue et ses passants pour tromper son ennui. Il y aperçut les deux types qui l'avaient dévisagé dans le train. Une crainte sourde d'avoir été suivi l'assaillit. Il se cacha derrière le rideau pour les épier à son aise. Il vit le plus grand des deux s'adresser à un commerçant. Bientôt, ce dernier se retourna vers son compagnon de voyage. Le voyageur sortit quelques sous de sa poche et se mit à les compter et les recompter. Il y eut encore quelques pourparlers avec le commerçant. Enfin, une miche de pain leur fut remise. Cette miche, ils la partagèrent en deux et mangèrent chacun une moitié. Gérald comprit enfin pourquoi les deux hommes l'avaient regardé avec tant d'insistance : ils avaient faim, tout simplement !

La nuit fut de courte durée. Gérald avait choisi de se coucher tout habillé de façon à ne faire qu'un avec ses précieux documents. Il se réveillait en sursaut dès qu'il entendait le moindre bruit dans le corridor.

À plusieurs kilomètres de lui, Héléna ne dormait pas non plus. Elle était la proie des pires cauchemars. À ses yeux, son fils n'était encore qu'un enfant et elle s'en voulait de l'avoir envoyé dans ce monde rempli de dangers. Elle s'en voulait de ne pas l'avoir accompagné, mais comment aurait-elle pu laisser son travail et sa famille ?

Vers cinq heures du matin, Héléna se leva et commença à préparer le déjeuner familial. Elle ne se recoucherait pas. Il s'agissait d'une journée trop importante pour la passer au lit. Elle adressa une courte prière à son défunt afin qu'il veille sur Gérald et elle alla réveiller Agathe et Célina.

C'est aussi à cinq heures du matin que Gérald se réveilla. Il se leva d'un bond, ramassa sa valise et dévala l'escalier. Il paya sa chambre auprès de la propriétaire qui n'appréciait que très peu se faire réveiller comme ça à l'heure des poules. C'est sur un banc à la gare que le jeune homme mangea son dernier morceau de pain. Il était six heures. L'envie de dormir lui était revenue. Il dut combattre vaillamment pour ne pas succomber.

Le train s'immobilisa devant les passagers qui y montèrent avec empressement. On pouvait déjà observer un changement auprès de la clientèle. Leurs habits défraîchis et leurs manières peu sûres trahissaient le manque d'habitude de ce moyen de transport. Gérald qui avait travaillé autour de ces bêtes métalliques avait l'air plus à l'aise. Devant cette horde de paysans, il se sentait beaucoup moins menacé. Il dut se faire violence pour maintenir sa vigilance. Enfin, le train quitta la gare dans un vacarme de ferraille.

De l'autre côté de la frontière, à Waterville, un bruit assourdissant de machines à coudre débutait dans le grand atelier de la Hathaway. Héléna n'en pouvait déjà plus du bruit, et il n'était que huit heures… Tout l'agressait. Elle aurait préféré attendre au calme chez elle l'heure d'aller voir le notaire qui attendait des nouvelles de Gérald. Au lieu de cela, elle avait une autre journée éreintante à la manufacture entourée de femmes bavardes. Gérald avait dit que vers deux heures, quoi qu'il arrive, il allait appeler à l'étude du notaire Veilleux. Elle ferma les yeux et se mit à prier. Oui, elle passerait sa journée à prier en travaillant. Elle prierait pour son fils, sa ferme et le bonheur de sa famille. Et elle trouverait une façon de se libérer avant deux heures.

— Madame Ouellet, je vous l'ai dit l'autre jour ! Je vais vous l'apporter, votre poche de lettres, répéta Paul, le commis de la gare de Saint-Édouard.

— J'ai pas pantoute besoin que tu fasses ça. Ça me donne quelque chose à faire le matin de venir te jaser ça icitte à gare, répondit Pierrette Ouellet en s'emparant de son sac rempli de missives.

Elle le hissa sur le petit chariot à roulettes qu'elle avait emprunté au propriétaire du magasin général l'été précédent. Après le départ de son aide Célina Senécal, la veuve qui souffrait plus que jamais de sa solitude, s'était mise en tête de se promener et de se mêler aux autres habitants de son village pour tromper l'ennui. Elle savait les paroissiens incapables de lui refuser leur porte. Alors elle allait tuer le temps au magasin général, discutait avec le boucher Vaillant, donnait de ses nouvelles à Olivette Côté au presbytère, bien que cette dernière n'en ait pas demandé. Et tous les matins, elle commençait par Paul et le courrier à traiter. Certains jours, il n'y avait pas de nouvelle poche pour elle, mais en ce 16 avril, un énorme sac l'attendait. C'était le signe qu'un commis de poste à un autre niveau de la chaîne avait été incapable de travailler.

— On dirait ben que vous êtes pas la seule à avoir été malade, dit Paul.

— Apparence que la maladie c'est pas juste pour les vieilles femmes comme moi, le jeune! répliqua Pierrette, taquine.

— D'où ça peut ben venir, tout ce courrier-là?

— On va regarder ça ensemble, si t'as le temps. Regarde-moi ça! Celle-là part de Saint-Simon-des-Neiges pour aller aux États, dans le Maine, exactement. Pis celle-là arrive des vieux pays pis elle s'en va à Saint-Fernand.

— Réalisez-vous que ce p'tit bout de papier-là a plus voyagé que moé dans toute ma vie? déclara le jeune homme.

— T'es jeune, ta vie est pas finie. Si t'as envie de voyager, vas-y! Attends pas d'avoir des p'tits pis une femme, encouragea la veuve en remettant ses lettres dans son sac.

L'arrivée d'un train en provenance de Montréal interrompit leur conversation. Pierrette rentra chez elle en tirant sa lourde charge. Elle n'aurait pas le temps d'aller se promener au village aujourd'hui, il lui faudrait traiter tout ce courrier en retard.

— Excusez-moi, j'aurais besoin qu'un boghei m'amène à Saint-Barnabé, déclara Gérald Senécal en s'adressant au jeune commis de gare.

— Ça, c'est Beaulieu qui fait ça. Vous pouvez aller le chercher au magasin général. C'est là-bas qu'y traîne d'habitude, l'informa Paul.

Gérald le salua poliment et se dirigea vers le centre du village. Le vieux Beaulieu ne mit pas longtemps à comprendre qu'il s'agissait de son jour de chance. Un petit voyage comme ça lui rapporterait une jolie somme. Il embarqua le futur forgeron et commenta tout le trajet à la manière d'une visite guidée. Cela mit Gérald à l'aise, car il avait reçu des recommandations très strictes de la part de sa mère. Il ne devait pas trop parler de son projet.

— Tu le sais comment le monde en campagne est senteux ! Dis-en le moins possible. Et quand je vais arriver à Saint-Barnabé, je vais rien que dire ce que je veux qu'ils sachent de nous autres, avait déclaré Héléna.

Malgré son désir de ne rien divulguer à son conducteur, il avait quand même dû dire qu'il s'en allait visiter la forge de Charles Blanchet. Pour le reste, il resta discret. De toute façon, le vieux Beaulieu était suffisamment bavard pour ne pas avoir besoin d'un interlocuteur.

— Tu vois, c'est icitte que le village de Saint-Barnabé commence. Y a une couple de terres de bord en bord de la route. Plus loin, tu vas voir le magasin général, le presbytère pis la boucherie. La forge que tu veux visiter est en face d'la boucherie. Pis elle est à côté du cimetière aussi. Ça, c'est pas tout le monde qui aime ça, par contre.

Un cimetière directement à côté de la forge ? Qu'en penserait sa mère ? Tout à coup, il sembla à Gérald qu'il était beaucoup trop jeune pour avoir cette responsabilité sur les épaules. Sa mère avait mis sa confiance en lui pour la forge, la dette, la survie de ses frères et sœurs ainsi que celle de sa grand-mère. Cette pensée lui donna le tournis. Bientôt, il dut détacher son faux col de chemise pour pouvoir respirer un peu.

— As-tu peur des morts, le jeune ? demanda Beaulieu qui avait remarqué son trouble.

Devant l'absence de réponse, Beaulieu décida d'arrêter de parler. Une fois arrivé sur les lieux, Gérald descendit du boghei avec sa valise et paya son conducteur en le remerciant. Avant d'aller frapper à la porte des Blanchet, il décida de regarder le lot. Oui, la forge était bel et bien à côté du cimetière du village, mais pas la maison, qui se trouvait à l'autre extrémité du terrain. Elle était séparée de la forge par les bâtiments de ferme. La maison était la dernière du village et n'avait pas de voisin en avant. Le lot disposait d'un grand champ à l'arrière de tous ces bâtiments. Peut-être cette disposition plairait-elle à sa mère ?

À l'intérieur de la maison, Charles Blanchet buvait son thé et observait le jeune homme qui s'était permis de se promener sur le devant de son terrain.

— Fabienne ! Regarde-moi le p'tit jeune qui écornifle notre lot. D'après moi, ça doit être notre homme.

Charles se leva péniblement de sa chaise berçante et déposa sa tasse de thé dans l'évier de porcelaine. Il mit son manteau et sortit rejoindre le jeune homme qui évaluait sa propriété, une valise à la main.

— Bonjour, est-ce que je suis bien chez Charles Blanchet ? demanda Gérald en tendant la main.

— Comme ça, c'est toi le jeune forgeron dont mon fils m'a parlé cet hiver, répondit le commerçant.

— C'est ben moi ! Avant que je l'oublie, Théodore vous salue, dit Gérald.

Le jeune homme réalisait que lorsqu'il avait décidé d'aller aux États après le scandale, cette décision lui avait été facile à prendre puisqu'il ne savait pas que sa famille le suivrait. Aujourd'hui, c'est en sachant toute l'ampleur de la décision qu'il devait faire un choix. Cette pensée seule suffisait à lui glacer le sang. Devant son trouble évident, Charles Blanchet eut peur de perdre son acheteur. Était-il déçu par la propriété ? Allait-il se désister ? Il ne le fallait surtout pas. Maintenant que le forgeron avait fait son deuil et avait commencé à ébaucher des projets pour ses vieux jours, il était bien motivé à vendre sa forge.

— Bon, ben reste pas planté là, le jeune. On va mettre ta valise dans la maison pis on va visiter tout ça, dit Blanchet en empoignant la valise.

La visite débuta par la forge elle-même. Gérald y reconnaissait les outils avec lesquels il avait appris le métier à Saint-Rémy. La bâtisse était d'une bonne taille. Deux ou trois hommes pourraient facilement y travailler sans se marcher sur les pieds. Une série de marteaux, de tenailles, de pinces et d'autres outils étaient placés en ordre de grandeur sur le mur près de l'établi. Le local était propre et suffisamment éclairé. Il y avait de vieux outils ainsi que des plus récents, preuve de la bonne santé du commerce qu'il s'apprêtait à acheter.

Après la forge, le propriétaire fit visiter les bâtiments. Le vieil homme avait des poules, quelques vaches, des cochons et un cheval.

— Le cheval et le boghei font pas partie de la vente. J'en ai besoin pour me promener, dit Charles. Pour ce qui est de la terre, je la loue au vieux Lamothe. C'est mon voisin. En plus d'une p'tite compensation financière, il me donne du fourrage pour mes bêtes. Tu comprends, j'ai pus ton âge. C'est trop d'ouvrage pour moi de cultiver toute cette terre. Pis ici, c'est notre potager, termina le forgeron.

— Nous autres on est douze. Je pense qu'on va vouloir cultiver, mais c'est pas encore certain. Faut que je voie ça avec ma mère, dit Gérald en se caressant le menton.

— Si vous êtes douze, ça va vous prendre un potager plus grand !

— Un potager, ça s'agrandit, dit Gérald dont les réticences s'estompaient au fur et à mesure que la visite avançait.

— Bon, la maison astheure !

— Ici, t'as la cuisine d'été. Un p'tit poêle et des étagères pour la vaisselle. De l'autre bord, y a la cuisine, le salon, une chambre pis une salle à manger. Tu peux l'utiliser comme chambre si vous manquez de place en haut. Dans le coin, en dessous des escaliers, c'est le cabinet d'aisance. En haut, t'as quatre chambres de bonne taille.

Il s'agissait bel et bien de la maison d'un commerçant prospère : elle était plus confortable qu'une maison de ferme habituelle. Et le cabinet d'aisance valait bien sa proximité au cimetière.

— Vas-y, monte ! Fais le tour, l'invita Fabienne qui prenait la parole pour la première fois. Je vous laisse les draps et les couvertes.

Le jeune homme s'exécuta. Chaque chambre à l'étage était pourvue d'un grand lit dans lequel on pouvait dormir à deux, même à trois selon la taille de l'occupant. Les fenêtres donnaient sur les champs. Oui, sa mère serait bien ici. Gérald sortit la petite liste de sa poche et alla rejoindre les propriétaires. Sur la liste, quelques détails étaient encore à négocier. Sa mère voulait conserver la vaisselle, les chaudrons, bref tout ce qui se trouvait dans la cuisine. Le prix pour déménager ses maigres possessions était trop élevé, il lui convenait mieux d'acheter ceux des propriétaires.

— Bon, on a-tu fait le tour ? demanda Charles qui était maintenant pressé d'aller régler le tout chez le notaire Dallaire.

Gérald semblait un peu indécis. Il savait l'heure grave et la décision importante. Devant cette hésitation, le propriétaire lui proposa de faire un autre tour des bâtiments, seul cette fois. Ce qu'il fit.

— Penses-tu qu'il va acheter ? demanda Fabienne.

— Tu devineras pas c'est quoi qui le chicote… C'est le cimetière ! Il le trouve trop proche. Il arrête pas de regarder dans cette direction pis d'avaler tout croche. Vers deux heures, sa mère va être chez le notaire par chez eux si elle peut se libérer, ça fait qu'il veut l'appeler pour avoir son idée. Imagine-toi qu'y sont douze ! En ville ! dit le commerçant, incrédule.

Une bonne heure plus tard, Gérald retourna dans la maison du forgeron pour lui signifier qu'il était prêt à aller rencontrer maître Dallaire. Avant de partir, il demanda à aller au cabinet d'aisance pour déloger ses papiers de la pochette secrète cousue par sa grand-mère.

Papiers en main, Gérald et le propriétaire de la forge se rendirent au bureau du notaire de Saint-Barnabé.

— Il est deux heures, ma mère doit être chez le notaire Veilleux. J'aurais besoin de lui parler avant.

Le notaire Dallaire accepta et laissa Gérald utiliser son appareil avec l'aide de son assistante. En quelques phrases, il fit un compte rendu de sa visite et de son appréciation et dévoila qu'un cimetière bordait leur futur terrain.

— J'ai ben moins peur des morts que des vivants, tu sauras ! Ça fait que signe-moi ça au plus sacrant ! déclara Héléna.

— C'est parfait, m'man ! Vous pouvez vous en venir ! Je signe dans quelques minutes pis les propriétaires vont être partis dans cinq jours.

Chapitre 9

À Waterville, l'ambiance était à l'euphorie dans la cuisine d'Héléna après qu'elle fut revenue de l'étude du notaire Veilleux. Gérald et elle avaient convenu que la famille quitterait Waterville le samedi 24 avril. De cette façon, ils pourraient gagner une semaine de gages supplémentaires, ce qui financerait leur voyage ainsi que quelques ressources de base en arrivant à Saint-Barnabé. Héléna filait le parfait bonheur.

— Ça fait que j'en voie pas un parler à son boss lundi matin ! Vous donnerez votre démission après avoir reçu votre enveloppe vendredi soir, comme ça, ils pourront pas nous voler nos gages par esprit de vengeance, avait décrété Héléna, un peu méfiante.

— Mais si Théodore nous en parle à la messe ? demanda Célina.

— On y dira qu'on a pas eu de nouvelles de Gérald encore ou ben on le prendra à part pis on lui expliquera, décida Héléna.

— Le mieux, c'est qu'on aille à la basse-messe. On connaît pas grand monde à cette heure-là, suggéra Hilda.

— Oui, vous avez raison. On va aller à la basse-messe.

Le reste du repas se prit dans le silence. Chacun était perdu dans ses pensées. Josette s'en voulait de faire faux bond à Grace-Elizabeth Lachance qui l'avait formée avec tant de patience et de générosité.

Célina n'allait rien regretter de la Hathaway et de ses amies. Elle avait hâte de retourner au pays. Elle pourrait s'y faire une vie plus facilement. Elle s'efforcerait de trouver une occupation qui lui permettrait de bâtir la vie autonome dont elle rêvait. Plus elle y pensait, plus elle était animée d'une farouche détermination.

Agathe, de son côté, ne pourrait être heureuse qu'auprès des siens – où qu'ils soient dans ce monde –, mais elle espérait avec ferveur l'arrivée d'une lettre avant son départ. Sinon, elle se promettait d'oublier à jamais Edmond et les Roy. C'était la seule façon de protéger son cœur d'une déception.

Philippe, lui, ne s'ennuierait pas du nettoyage des cabinets d'aisance de l'Opera House, et Oscar encore moins du *container* du market à l'odeur putride. Quant aux quatre derniers, il était difficile de savoir ce qu'ils pensaient. On les mettrait dans une école de rang où ils se retrouveraient tous les quatre dans la même classe.

— M'man, on peut pas partir de même ! avait dit spontanément la petite Mariette.

— Pourquoi pas, ma belle ? avait demandé sa grand-mère, devançant ainsi Héléna.

— On peut pas laisser papa ici tout seul dans son cimetière, expliqua la petite fille dont les yeux s'étaient remplis de larmes.

Cette intervention de Mariette plongea toute sa famille dans une tristesse profonde. Chacun mesurait la portée de ce départ. On ne pourrait plus jamais se recueillir sur la tombe du patriarche si on quittait la région. Héléna était contrariée et essayait de n'en rien laisser paraître. Hilda, qui avait remarqué la réaction de sa fille, chercha à calmer le jeu.

— Tu sais, Mariette, ton papa, tu peux l'emmener avec toi partout parce qu'il est dans ton cœur. Si tu veux, je vais te tricoter une poupée que tu vas appeler Léon et tu pourras la mettre quelque part dans la nouvelle maison, suggéra la grand-mère.

La petite fille accepta cette solution et se remit à manger. De l'autre côté de la table, Héléna remercia sa mère du regard.

La dernière semaine à Waterville parut s'éterniser. Chaque jour n'en finissait plus et le bruit des machines à coudre agressait de plus en plus Héléna qui cachait difficilement son contentement de quitter cet enfer. Le jeudi, elle s'était retenue avec difficulté d'envoyer paître son foreman. Ce même jeudi, la famille avait fait les bagages au cours de la soirée. On ne prendrait que les vêtements encore portables. Ceux qui étaient trop usés seraient laissés de côté.

— Il va s'arranger avec ça, le vieux verrat ! dit Héléna en parlant du notaire Veilleux.

Le vendredi matin, après le départ des membres de la famille pour leurs différentes destinations, Hilda mit son pain à cuire et s'occupa à faire une grosse recette de biscuits. Un fois cuits et refroidis, elle les emballa pour en faciliter le transport lors du voyage qui aurait lieu le lendemain. Lorsqu'elle eut terminé cette besogne, elle s'installa dehors sur une chaise berçante en attendant l'arrivée des plus jeunes.

— Avez-vous averti que vous serez absents lundi ? demanda la grand-mère en servant une ration de biscuits à ses petits-enfants.

— Non, j'ai oublié, répondit Murielle qui avait été mise en charge de cette corvée.

— C'est pas grave. Ils vont s'en rendre compte quand ils vous verront pas revenir, conclut la grand-mère.

Dans la manufacture de chemises pour hommes, les trois femmes faisaient la queue avec les autres travailleuses qui n'étaient pas encore retournées travailler à temps complet. Ces dernières étaient payées le vendredi au lieu du samedi. La mère de famille s'assura que ses filles avaient bien reçu leur enveloppe de paye.

— Attendez-moi pas et prenez ça avec vous, dit Héléna en remettant son enveloppe à ses filles.

Du coin de l'œil, elle vit Joséphine Cormier qui quittait l'entrée du bâtiment. Elle décida de marcher quelques minutes à ses côtés. Elles bavardèrent sur plusieurs sujets. Héléna demanda des nouvelles des enfants et du mari de sa collègue. Elle la fit parler suffisamment longtemps pour qu'une bonne distance soit franchie entre la manufacture et la destination de son amie. Au moment de se séparer, Héléna lui apprit la nouvelle de son départ.

— Qu'est-ce qu'y ont dit, les boss ? demanda Joséphine, curieuse et désireuse d'en apprendre davantage pour en faire bénéficier ses collègues le lundi suivant.

— Je leur ai pas dit…

Héléna invita Joséphine à venir prendre le thé chez elle pour terminer cette relation sur une bonne note. Mieux valait bien traiter la commère si on ne voulait pas souffrir de son récit. Même une fois partie, Héléna souhaitait conserver une bonne réputation. Vu l'heure tardive, Joséphine dut refuser l'invitation. Héléna la remercia pour toute l'aide et le soutien apportés depuis son arrivée dans le Maine et rentra chez elle, soulagée. Si elle avait pu, elle aurait pris le premier trolley et se serait rendue à la gare immédiatement pour être certaine de ne pas rater le train du lendemain.

— Est-ce qu'on pourrait pas emmener papa avec nous autres ? insista Mariette lorsque sa grand-mère lui remit sa poupée de laine prénommée Léon.

Cette insistance de la part de la petite fille traduisait un peu ce que pensaient les enfants d'Héléna. La jeune fille n'eut aucune réponse de la part de sa grand-mère ni de sa mère. Elle n'insista pas.

— Faut les comprendre, Héléna. C'est leur père. C'était lui, le chef de famille, ils l'ont suivi au bout du monde par amour pis avec confiance. Ça peut leur paraître froid ou même sans-cœur de le laisser ici, raisonna Hilda le soir venu alors que les deux femmes se préparaient à se coucher.

— C'est parce qu'y savent pas tout ! Y savent pas que son attaque, Léon l'a faite quand il a su que Célina pis Agathe allaient revenir. Je l'sais ben pas ce qu'ils diraient si y savaient ça, rétorqua Héléna en s'asseyant sur son lit.

— Que ton Léon ait péché par orgueil, je veux ben l'admettre, mais il aimait tous ses enfants, affirma Hilda en déposant la lampe sur la table de chevet de son côté du lit.

— Péché par orgueil, oui… N'empêche que c'est à cause de lui si on est mal pris aujourd'hui ! Y aurait pu tenir compte des accusations des filles et là, on l'aurait évité, le scandale. Pis on serait encore chez nous. Josette serait mariée à son Jacques, je serais grand-mère. Une vraie grand-mère ! Une grand-mère qui connaît sa descendance pis qui la voit grandir. Là, parce qu'il a fait à son idée, on est pris à travailler comme des esclaves ou ben s'en aller vers l'inconnu dans un village qu'on sait même pas y est où par rapport à Saint-Rémy. C'est dans le vide que je nous lance, moman ! conclut Héléna, moins confiante de son projet.

— Ça reste que c'est leur père pareil… Prends patience, ma grande ! T'es en train de tout réparer à ta manière et tu t'en vas vers du mieux.

Après une nuit de sommeil agité, la famille Senécal emprunta le même itinéraire que Gérald quelques jours auparavant. D'abord le trolley, ensuite le train. La mère de famille avait emmené un jeu de cartes pour divertir les plus jeunes. Une compétition féroce s'amorça en un rien de temps.

Sur son banc, Agathe broyait du noir. Elle regardait défiler le paysage, mais ne le voyait pas vraiment. Elle était déçue. Non seulement elle n'avait reçu aucune lettre de Saint-Simon, mais en plus, maintenant, elle serait introuvable. Le temps était venu de faire son deuil d'Edmond. Il lui fallait être réaliste. Sur le banc devant elle, Célina regardait au loin avec enthousiasme. C'en était fini de cette vie d'ouvrière, d'esclave. Au moins, dans un village au pays, les membres de sa famille arriveraient à se tricoter un avenir comme l'avait suggéré sœur Saint-Irénée à l'orphelinat. Et son avenir serait rempli de liberté et d'indépendance. C'est avec assurance qu'elle entamait ce nouveau chapitre.

Le voyage entre Waterville et Montréal fut mouvementé. Les passagers se faisaient secouer plus qu'à l'aller, avait cru remarquer Héléna. Mais à bien y penser, elle avait eu des absences lors de cet aller. Son cœur rempli de chagrin et de révolte n'avait laissé place à aucun autre souvenir.

— Enfin on est arrivés ! Je pense que je vais avoir de la misère à me déplier, avait dit Hilda, fourbue, lorsque le train entra en gare à Montréal.

— Selon Gérald, notre train pour Saint-Édouard risque d'être juste demain matin, ça fait qu'on va vous trouver une chambre, moman. Vous allez pouvoir vous allonger, annonça Héléna.

— On arrête à Saint-Édouard ? demanda Célina, toute assurance disparue.

Héléna remarqua le teint pâle de sa fille et ne dit rien. Sans qu'elle ne sache pourquoi, une certaine urgence et une grande crainte venaient de s'emparer d'elle. Afin de chasser cette sensation, elle s'empressa d'aller louer deux chambres pour sa famille.

— Deux chambres, madame ? Vous en aurez jamais assez ! Prenez-en trois. Vous êtes onze… avait dit la logeuse, désireuse de faire une bonne affaire avec ce groupe.

— Occupez-vous pas de ça, vous ! On va s'arranger, avait répondu Héléna d'un ton sec.

Dans les deux chambres, Héléna organisa l'espace en un rien de temps. Elle disposa les coussins et oreillers par terre et y coucha ses plus jeunes. Les cinq autres se partagèrent les lits restants. Les membres de la famille avaient du mal à circuler dans les deux petites pièces tant il y avait du monde partout. Certains trouvèrent le sommeil plus rapidement que d'autres.

— M'man, est-ce que je peux vous parler ? demanda Célina qui avait attendu avec patience le bon moment.

— Qu'est-ce qu'y a ?

— Fait que, demain, on va à Saint-Édouard ?

— Oui, c'est là que Gérald va venir nous chercher, confirma Héléna qui avait déjà une bonne idée de ce qui pouvait troubler sa fille.

Célina rappela à sa mère avoir habité ce village, et que là-bas, elle était connue en tant qu'orpheline venue s'occuper de la veuve Ouellet.

— C'est ben trop vrai ! Ce nom me disait de quoi, aussi, quand Gérald m'en a parlé. Comment est-ce que j'ai pu oublier ça… dit Héléna, anxieuse à son tour.

Devant son incapacité à réfléchir, elle invita sa fille à aller dormir en prétextant que la nuit leur porterait conseil. Les deux femmes eurent de la difficulté à fermer l'œil. Une nuit d'insomnie supplémentaire n'aiderait en rien l'humeur de la mère de famille. Elle eut beau retourner le problème dans tous les sens, elle ne trouvait absolument aucune façon de se sortir de ce bourbier. Restait à souhaiter que Saint-Édouard soit loin de Saint-Barnabé.

Les cernes sous les yeux de la jeune Célina le lendemain matin alertèrent Agathe.

— Qu'est-ce que t'as ? demanda la grande sœur, inquiète.

— Tu sais que j'ai vécu à Saint-Édouard… J'y suis connue comme une orpheline venue s'occuper de la veuve Ouellet. Dans son village, la veuve Ouellet s'occupe du courrier qui arrive par la gare. Je passais beaucoup de temps avec le commis quand je recevais les poches, dit Célina dont les jambes s'étaient transformées en coton sous l'évocation de ses souvenirs de Paul et des autres paroissiens.

Devant cet aveux, Agathe devint angoissée à son tour. Si près du but et tout risquait de replonger la famille dans le scandale encore une fois. N'en pouvant plus, elle alla en parler à sa mère et sa grand-mère.

— Le mieux serait de dire qu'avant de partir pour les États, vos parents en ont placé certains dans de la parenté pis d'autres à l'orphelinat en attendant de vous faire venir aux États, suggéra Hilda.

— J'vais passer pour quoi, moi ? demanda Héléna, offensée qu'on suggère cette explication.

— Dans l'fond, c'est un peu ça que vous avez fait, Léon pis toé. Vous avez placé vos enfants à l'orphelinat. Même si c'était pas ton idée, ajouta la grand-mère pour apaiser sa fille qu'elle sentait sur le point de s'emporter.

— Ça va nous donner l'air de pauvres nécessiteux, dit Héléna. Pis là, du jour au lendemain, on aurait les moyens de s'acheter une forge avec une ferme? Ça va avoir l'air louche, vous trouvez pas?

— C'est certain que ça va faire louche, mais en expliquant que vous avez tous travaillé pis que vous vous êtes privés de ben des affaires, vous allez passer pour des gens vaillants et ambitieux. Ou préfères-tu attirer toutes sortes de soupçons pis que la machine à commérage s'imagine des choses encore pires? Je pense que t'auras pas le choix, sinon tu vas passer ta vie à te cacher. On est venus ici pour vivre mieux, pas pire. Qu'est-ce que t'en penses, Célina? demanda la grand-mère.

Josette croyait défaillir. Dire qu'ils avaient quitté Waterville où un certain anonymat leur permettait de bien vivre et gagner leur vie… Voilà qu'on retournait directement dans la gueule du loup. Vers un autre scandale! Elle s'éloigna du groupe de femmes et décida d'aller houspiller les garçons qui mettaient un temps fou à s'habiller et ranger leurs vêtements.

— Ramassez-vous, les garçons! ordonna Josette en entrant dans la chambre en coup de vent.

— On a mis nos pyjamas dans la valise, Josette. Je te l'jure, répondit Oscar, craintif.

— Pis ça, c'est quoi sur le lit?

— C'est un habit, mais c'est pas à nous autres, c'est trop grand, répondit Oscar.

— C'est à Gérald. M'man m'a dit de l'emmener même si c'est trop p'tit pour lui. Elle a dit que bientôt, ça va me faire, expliqua Philippe. J'voulais le plier pour pas qu'y s'fripe, mais je sais pas comment faire… avoua l'adolescent.

— Touchez-y pas ! ordonna Josette qui venait d'avoir une idée.

Rapidement, elle se dirigea vers les femmes et proposa d'habiller Célina en homme, afin qu'elle passe inaperçue à la gare de Saint-Édouard. D'un signe de tête, Héléna donna son accord. Il s'agissait là d'une solution très créative.

— Pis elle va mettre sa robe en dessous, expliqua Josette. Comme ça, dans le boghei, elle pourra enlever son déguisement avant d'arriver au village.

— Fais quand même attention de pas être vue, conseilla Héléna.

Josette aida sa sœur. Avec quelques rubans, elle réussit à lui camoufler les cheveux dans une casquette.

— Pis quand on arrivera à Saint-Barnabé, je vais te couper une frange. Ça va te transformer.

— Ça va faire américaine ! s'exclama Philippe.

— Ben c'est un peu ça qu'on est, conclut Josette.

Célina trouva un vieux journal et décida de s'en servir afin de cacher son visage. Lorsque le train entra en gare, elle monta aux côtés des autres membres de sa famille. Ensemble, ils trouvèrent une banquette vers l'arrière du train. Héléna plaça sa fille Célina de dos à tous les autres passagers afin de conserver son anonymat. La jeune femme passa le trajet la tête baissée, son regard plongé dans les lettres formant des mots qu'elle n'arrivait plus à lire tant l'angoisse l'envahissait. Le train s'ébranla et une horrible crampe s'empara de son ventre. Elle aurait souhaité sauter en bas du wagon et laisser sa famille continuer le périple sans elle. Pour rien au monde elle n'aurait voulu les replonger dans le malheur.

— Change de page une fois de temps en temps, ma belle, chuchota Hilda à l'oreille de sa petite-fille.

À la gare de Saint-Édouard, Gérald laissa son attelage à l'ombre d'un grand chêne. Il avait craint d'arriver en retard pour accueillir sa famille. Il venait tout juste de prendre possession du boghei et du cheval auquel il n'avait pas encore eu le temps de trouver un nom. Il trouva la gare totalement déserte. Ce dimanche, en pleine heure de grand-messe, il n'y avait personne autour. Le jeune homme trouva l'endroit bien différent qu'à son arrivée. Il se revoyait cramponné à sa valise, cherchant un transport pour Saint-Barnabé. Il se revoyait aussi se présenter au curé Viens avec le vieux Blanchet. Il s'agissait d'une démarche obligatoire, selon sa mère. Il avait réussi à esquiver les rares questions compromettantes et à faire bonne figure devant l'ecclésiastique. Ensuite, le vieux forgeron l'avait présenté au propriétaire du magasin général ainsi qu'au boucher. Chaque visite avait été arrosée d'un p'tit fort que chacun des commerçants qualifiait de «pas piqué des vers».

À compter de ce jour, le jeune homme s'était installé. Il avait ouvert sa forge et avait même reçu quelques clients désireux de faire ferrer leur cheval. Il en avait profité pour se présenter et commencer le délicat travail de tisser des liens de confiance avec sa clientèle. Après le départ des Blanchet, le soir, il entrait dans la confortable maison et mangeait quelques saucisses achetées chez le boucher situé en face de la forge. Il commençait vraiment à avoir hâte que sa mère arrive pour lui faire de bons petits plats. Avec l'aide de ses frères et sœurs, il n'aurait plus à s'occuper des animaux ni à traire les vaches en plus de s'occuper de la maison et de la forge tout seul.

Gérald sentit l'arrivée du train avant même de l'avoir aperçu. Des vibrations secouaient le sol et un léger nuage de poussière se répandait, telle une fine poudrerie. Il s'approcha du débarcadère et retira son chapeau. Il était euphorique de pouvoir accueillir sa famille et la conduire vers le paradis retrouvé.

— Dépêchez-vous, les enfants ! tonna Héléna, craintive d'être aperçue en compagnie de Célina. Ah, Gérald ! T'es là ! Vite, mon garçon, va falloir y aller. Célina est déjà venue icitte. On avait complètement oublié ça !

Le jeune homme s'empressa de prendre les bagages pour les mettre dans le boghei. Il aida sa mère, sa grand-mère et ses sœurs à y monter. Célina regardait à la sauvette autour d'elle.

— On est dimanche, personne travaille à la gare le jour du Seigneur pis les habitants sont à l'église à cette heure-ci, lui dit Gérald pour l'apaiser.

Célina monta dans le boghei sans aide, comme un homme, pour ne pas éveiller les soupçons. La mère de famille s'installa à l'avant du boghei pour pouvoir parler avec son fils à son aise. Célina s'assit dos à sa mère. Tous ses frères et sœurs l'entourèrent de façon à ce qu'elle ne soit pas visible du chemin, ni de côté ni de face. Cela faciliterait sa métamorphose pendant le trajet.

— Je suis désolée pour mes manières à la gare, mais ta sœur était dans tous ses états avant qu'on parte.

— Inquiétez-vous pas, m'man. Célina aura juste à rester en dedans pour un bout. De toute façon, Saint-Édouard est un peu loin de Saint-Barnabé. Elle est pas obligée d'y retourner si elle a pas de raison. Le pire est derrière elle. Le pire est derrière vous aussi, rassura Gérald.

Depuis son arrivée, il avait bien compris que les habitants du village ne fréquentaient pas Saint-Édouard, ils préféraient s'approvisionner à Saint-Ludger. Ce village était beaucoup plus grand et plus près.

Héléna trouva que son fils avait changé en quelques jours. Il avait l'air plus calme, plus mature. Elle en était impressionnée. Si elle avait su que Gérald était calme parce qu'il pouvait enfin s'en remettre à elle pour toutes les décisions, elle aurait peut-être été déçue.

Lorsque les limites du village furent atteintes, Héléna se retourna vers Célina et lui donna le signal de se changer. Ce faisant, la mère de famille ne vit pas le panneau indiquant Saint-Barnabé, vers la droite, et Saint-Simon-des-Neiges, vers la gauche. Agathe, elle, l'avait bel et bien vu. Son cœur ne fit qu'un bond. Ainsi, elle serait près d'Edmond et Paule ! Dans le tourbillon des émotions du matin, elle n'avait pas réfléchi à cette possibilité. Son cœur se gonfla d'espérance. Elle choisit de ne pas en parler à sa mère afin de lui éviter une syncope. La pauvre femme s'était suffisamment inquiétée pour la journée. Elle la laisserait profiter de son bonheur.

— Voulez-vous qu'on arrête chez le curé Viens pour vous présenter tout de suite, m'man ? demanda Gérald, désireux de s'acquitter rapidement de cette corvée.

— La messe vient de finir, il va avoir hâte de dîner. Non, le mieux c'est d'y aller en fin d'après-midi pour pas qu'il nous prenne en grippe. Pis ta grand-mère est fatiguée…

— Et vous avez hâte de voir votre chez-vous, pas vrai ? demanda timidement le fils.

Un sourire moqueur accueillit la question, confirmant que Gérald avait vu juste.

— Je me passerais de visiter la forge, par exemple. Tu peux nous emmener direct à maison. On ira voir ton commerce après.

— Eh que ça me fait plaisir de vous voir ! s'exclama Gérald, sincère.

En arrivant au village, le fils leur fit faire un tour de Saint-Barnabé.

— Ici, y a des terres. Je connais pas encore le nom des habitants. J'suis allé à la basse-messe dimanche passé. Je vous attendais pour la grand-messe, expliqua-t-il. Plus loin, y a l'école de rang. C'est là que vous allez aller, les p'tits. Après l'école, c'est le magasin général. Il appartient à un Bouchard. Le presbytère pis l'église sont tout de suite après.

Les bâtisses bien entretenues et de construction solide laissaient deviner la prospérité de la paroisse. Par contre, il ne s'agissait pas d'un nouveau village. Ce fait inquiéta un peu Héléna qui savait à quel point il était difficile pour une famille de s'intégrer dans ce type de communauté tissée serrée.

— La boucherie à Grégoire Filion, dit le jeune homme en désignant le commerce de la main. Y travaille avec son fils Arsène. Du ben bon monde. Ici, c'est notre forge ! apprit-il ensuite à ses frères et sœurs en désignant le bâtiment à la droite de la route.

— La forge est à côté du cimetière ! s'exclama Josette.

— Oui, mais si tu regardes bien, entre la forge et notre maison, y a les bâtiments des animaux.

— Maman, on va-tu pouvoir enterrer ma poupée Léon dans ce cimetière-là ? demanda Mariette.

— C'est pas bête, ton idée, ma belle, dit Hilda. Tu demanderas au curé tantôt.

Devant la maison, Gérald laissa descendre ses passagers. Héléna regarda la façade et porta la main à sa bouche, émue. La maison était peinte en blanc et les volets étaient mis en évidence par une superbe teinte bourgogne. Une grande galerie, qui occupait deux faces de la bâtisse, était couverte par un petit toit qui serait bien pratique en temps de pluie et de neige. De l'extérieur, on pouvait deviner des rideaux de qualité.

— Entrez, la mère, pis contentez-vous ! Vous êtes enfin chez vous.

— Non, mon garçon, on va t'attendre. Philippe, va aider ton frère à dételer, commanda Héléna.

La bête fut libérée de ses harnais et détachée du boghei. Philippe lui donna une ration d'avoine. Ensuite, les frères Senécal prirent le chemin de la maison où ils se savaient attendus.

— Nous v'là ! dit Gérald. Ici, vous avez votre cuisine d'été avec un p'tit poêle dans le coin. Dans l'autre coin, vous avez des étagères pour la vaisselle. De l'autre bord, on a une belle grande cuisine, un salon, une grande chambre pis une salle à manger. Vous pouvez en faire ce que vous voulez, dans le fond. J'ai remarqué qu'il fait clair dans cette pièce. Pour vos travaux d'aiguilles, ce serait une belle place. Sinon, ça peut servir de chambre si jamais on manque de place en haut. Dans le coin là, en dessous des escaliers, c'est le cabinet d'aisance, montra Gérald, fier comme s'il avait construit la maison lui-même. En haut, y a quatre grandes chambres.

Il se retourna pour voir la réaction de sa mère. Héléna s'essuya les yeux et monta l'escalier suivie des autres membres de la famille. Les enfants se consultèrent rapidement et chacun décida de sa chambre. Gérald et Philippe choisirent de s'installer dans l'une des pièces donnant sur le chemin. Dans l'autre, Oscar, David et Émile se partageraient le grand lit. Les chambres donnant sur le champ derrière la maison furent laissées aux filles.

— Je veux dormir avec Agathe ! décréta Murielle.

Agathe accepta avec joie. Elle réussit à convaincre Mariette d'emménager avec elles. Pour l'en convaincre, elle lui dit que la place de la poupée Léon serait sur la grande commode placée face au lit. La dernière chambre fut laissée à Josette et Célina. Héléna espérait que cette proximité et cette intimité rapprocheraient ses filles. Célina ne montra aucune réticence. Elle était soulagée d'être dans une chambre bien cachée au fin fond de la maison. Ici, elle se sentirait à l'abri.

— Organisez-vous, les jeunes. Votre grand-mère pis moi, on va s'installer dans la chambre en bas. Pis ouvrez vos fenêtres grandes ! On va faire un gros ménage pas plus tard que demain matin. On va aussi en profiter pour emménager dans la cuisine d'été. Êtes-vous d'accord, moman ? On est presque rendu au mois de mai !

Chapitre 10

Comme convenu, la famille Senécal s'était présentée à la porte du vaste presbytère en fin d'après-midi, immédiatement après la coupe de cheveux promise à Célina. Josette avait eu l'occasion de démontrer tout son savoir-faire en matière de coiffure. Sous le regard curieux d'Agathe, Héléna et Hilda, elle avait réussi l'impossible. Une frange couvrait joliment le front de la jeune fille et la transformait de façon surprenante. Cette nouveauté lui donnait un air plus mature. Célina se regardait dans le miroir et n'en revenait tout simplement pas.

— Je pense à ça, Héléna : ta fille a un autre prénom sur son baptistère… avança la grand-mère.

— C'est ben trop vrai ! Elle s'appelle Marie Toinette Célina, se rappela Héléna.

— Qu'est-ce que t'en penses, ma belle Toinette ? demanda la grand-mère.

La jeune fille se regarda encore une fois dans le miroir. Oui, ce nouveau visage pouvait très bien s'appeler Toinette.

Rassurée par la transformation de sa fille, c'est avec fierté qu'Héléna avait présenté les siens au curé Viens. L'ecclésiastique, heureux de connaître enfin la famille du jeune forgeron nouvellement arrivé au village, les reçut dans son salon.

— Ma ménagère est absente. Elle est en visite chez une parente. Je ne peux malheureusement pas vous offrir du thé. Si jamais je déplace quelque chose, je vais en entendre parler jusqu'à Noël, avait blagué le prêtre, qui n'en croyait pas un mot.

Il avait souvent eu l'occasion de comparer sa ménagère avec celle des autres curés du diocèse et il devait en convenir, la sienne était facile à vivre.

Le prêtre posa les questions d'usage à ses visiteurs. Héléna, aidée de sa mère, y répondit avec satisfaction. Il faut dire que les deux femmes avaient pris le temps de se préparer avant leur visite au presbytère, car l'identité de Célina ne représentait pas l'unique embûche à leur bonheur dans leur nouveau village.

— Quand une question fera pas ton affaire, arrange-toi pour demander si les dames de Sainte-Anne ont besoin d'une nouvelle membre dans leurs rangs, avait conseillé Hilda à sa fille.

— C'est bon, ça, moman. Avez-vous d'autres suggestions ?

Les deux femmes s'étaient inquiétées pour rien, le cœur du curé fut facile à gagner. C'est la petite Mariette qui releva ce défi en premier, lui enlevant toute envie de mener une enquête formelle comme le voulait la tradition. La jeune fille avait apporté sa poupée Léon avec elle.

— Monsieur l'curé, j'aimerais ça pouvoir enterrer ma poupée dans votre cimetière, avait demandé la petite fille de six ans. C'est Léon, ma poupée-père.

— Vous excuserez ma fille, monsieur le curé. Mon mari est mort d'une attaque de cœur l'été passé, précisa Héléna pour apporter les précisions nécessaires à sa compréhension.

Le curé en profita pour parler longuement de la perte d'un proche et des nouvelles responsabilités que cela imposait aux membres d'une famille. Ce fut le moment pivot de l'échange. Impressionné par l'amour filial de la petite Mariette, le curé conclut qu'il était en présence d'une bonne famille de catholiques pratiquants aux valeurs non détériorées par leur expérience en sol américain. Un autre fait vint faire pencher la balance en faveur des nouveaux venus : ce jeune homme d'à peine vingt ans qui reprenait une forge à un si jeune âge avec la responsabilité de nourrir tous ses frères et sœurs, mère et grand-mère. Il s'agissait là d'un acte de courage digne de respect et d'admiration. La paroisse du vieux prêtre venait de s'enrichir de bonnes âmes ainsi que de deux bonnes dames de Sainte-Anne qui venaient de payer leur banc de messe pour le reste de l'année. Il n'aurait pu demander mieux pour remplacer les Blanchet.

Le lendemain matin, Héléna se réveilla tôt. Une douce lumière filtrait à travers les rideaux. Le chant des oiseaux qui piaillaient près de la fenêtre adoucit le choc de se retrouver dans une chambre inconnue. Le souvenir de leur arrivée de la veille lui revint doucement. Elle constata qu'elle avait bien dormi dans cette chambre qui serait la sienne jusqu'à la fin de ses jours, si Dieu le voulait ainsi. Cette rencontre avec le prêtre avait posé les bases de son implantation dans la nouvelle paroisse. Elle croyait avoir fait bonne impression. Le plus difficile était fait. Maintenant, il lui restait les milliers de petits gestes à accomplir qui feraient la différence entre l'exclusion de sa famille ou son intégration dans sa nouvelle communauté. Héléna avait eu beaucoup de temps pour réfléchir à une stratégie afin d'influencer l'opinion publique. Elle qui avait grandi sur une terre dans un village tissé serré comprenait bien les rouages et la dynamique d'un tel groupe. Elle avait donc ciblé quelques personnages incontournables du village, et sans tarder, elle allait commencer sa campagne de séduction. Gérald, Josette et elle se présenteraient au magasin général dès l'ouverture.

— M'man, je pourrai pas passer la journée sur les chemins ! Faut que j'ouvre la forge au cas où un client aurait besoin de moi, expliqua Gérald qui se voyait devenir le cocher personnel de sa mère.

— Faut qu'on achète des provisions, pis ça va être trop lourd pour ta sœur pis moi.

— C'est correct, on va y aller à matin, mais va falloir faire vite, répondit son fils, conciliant.

— Philippe peut ouvrir la forge et faire patienter les clients qui se pointent, suggéra sa mère.

— Tu touches à rien, par exemple ! ordonna Gérald, en se tournant vers son frère.

Le jeune homme de bientôt quatorze ans n'était pas réputé pour sa témérité et Gérald le savait. C'est pourquoi il accepta la suggestion de sa mère malgré ses nombreuses inquiétudes.

Gérald alla atteler le cheval au boghei et attendit que sa mère et sa sœur sortent de la maison. La distance à franchir était si courte qu'Héléna rit de bon cœur du ridicule de la promenade qu'elle s'apprêtait à imposer à son fils. Le soleil encore doux et timide à cette époque réchauffait ceux qui se trouvaient dehors. Héléna huma l'air de la campagne et décida qu'il n'y avait pas plus doux parfum même dans les plus grands magasins du monde. La brume qui s'échappait du cimetière sur leur passage ne glaçait en rien le sang.

Tout était paisible et rassurant. Aucune animation n'agitait le trottoir en bois qui longeait les deux côtés de la rue principale. Ce calme, elle l'avait tant voulu ! Personne ne marchait rapidement, pressé d'aller enrichir quelqu'un d'autre pour tenter d'échapper à sa propre misère. Personne ne dégageait cette énergie survoltée et anxieuse si commune et contagieuse de la ville. Elle eut une petite pensée pour ses collègues qui avaient déjà commencé leur quart de travail à la Hathaway. La vieille Joséphine s'était certainement chargée de leur apprendre le départ de la famille Senécal à l'heure qu'il était. Héléna se demandait bien comment la scène s'était déroulée. Elle espérait que son ancienne amie n'avait pas cassé trop de sucre sur son dos ! Mais qu'importe…

— Ah ben, c'est les nouveaux qui arrivent ! dit le propriétaire du magasin général en les voyant approcher.

Il balayait son balcon comme tous les matins.

— Vous avez pris la peine d'atteler. Ça doit vouloir dire que vous avez ben des affaires à acheter ! Moi, c'est Alphonse Bouchard, dit l'homme aux tempes grisonnantes en tendant la main à ses premiers clients de la journée. Attendez-moi ici, je vais aller chercher ma femme Aline. Elle avait ben hâte de vous rencontrer.

La femme du propriétaire mit quelques minutes à descendre. Elle avait à cœur de faire bonne impression à ces gens des États. Sûrement qu'ils auraient besoin de commander toutes sortes de produits de luxe par son entremise. Elle se régalait déjà des profits qu'elle ferait grâce à eux. Elle ne mit pas très longtemps à comprendre que ces Américaines étaient Canadiennes, et surtout qu'elles étaient très habitantes. Tout de même, elle bavarda poliment avec ses clientes et rassembla les produits demandés par Héléna.

— Je vous les marque dans mon livre, madame Senécal ? demanda Aline en sortant son cahier.

— Non, je vais vous payer ça aujourd'hui, déclara Héléna tout naturellement, sans faire montre de hauteur ni de fierté déplacée.

Surprise, Aline emballa les achats et continua de parler de la météo et des travaux de ferme.

— Chez vous, c'est Lamothe qui cultive, me semble… hein, Alphonse ? demanda la marchande à son mari. En tout cas, c'était lui jusqu'à maintenant.

— Oui, mon fils m'a dit ça. Vous comprenez qu'on est arrivés hier en fin de matinée. Jusqu'à maintenant, on est juste allés voir le curé hier en fin d'après-midi pour se présenter, comme de raison. À matin, j'suis venue vous voir parce que, tout de suite après le curé, vous êtes dans ma liste des gens importants, dit Héléna, flatteuse, certaine d'avoir marqué des points auprès de la marchande.

À la réaction d'Aline, elle comprit qu'elle venait de s'en faire une amie.

— Pis pour le reste de la journée, on va être occupés à faire le lavage pis le ménage. J'imagine qu'avec mon Gérald, on va aller voir le voisin pour s'entendre avec lui dans la semaine.

Le jeune homme acquiesça en rappelant à sa mère qu'il était attendu à la forge.

— C'est vrai que ça doit avoir besoin de tout un ménage là-dedans. Y paraît que la Fabienne faisait plus grand-chose dans maison… confia la propriétaire en baissant la voix.

— Vu la température, on a décidé d'emménager dans la cuisine d'été aujourd'hui. Pis y a les vêtements du voyage à nettoyer. On met ça à notre main, madame Bouchard, répondit diplomatiquement Héléna, soucieuse de ne pas alimenter la commère en ragots.

La famille Blanchet comptait certainement beaucoup d'amis dans la paroisse et il n'était surtout pas question de les froisser. Elle n'aurait aucun détail de plus à colporter.

— Ça, ça m'avait pas manqué pantoute ! s'exclama Héléna en entrant chez elle avec ses achats.

— De quoi vous parlez, m'man ? demanda Toinette.

— Du commérage, ma fille, répondit la mère de famille en s'épongeant le front.

Le reste de la journée fut réparti entre plusieurs tâches. Toinette s'installa sur le balcon arrière de la maison avec une cuve d'eau chaude et du savon de pays. Elle s'employa à laver les rideaux et les draps de toutes les chambres. Une belle journée s'annonçait et tout aurait amplement le temps de sécher avant l'heure du souper. Hilda s'occupait de l'essorage alors que Murielle étendait le linge sur la corde à linge placée entre la maison et le poulailler. Josette s'activait à faire le ménage des chambres du haut alors qu'Oscar, Agathe et Héléna récuraient les murs de la cuisine d'été.

— Pis nous autres, on fait quoi ? demanda David, inquiet de se voir attribuer une tâche de femme comme son frère Oscar.

— Allez aider Philippe avec les piquets de clôture, décréta sa mère.

Le mercredi soir, Héléna était allée se présenter à la famille Lamothe avec son fils Gérald. Ensemble, ils avaient discuté du champ que le vieux voisin louait depuis des années. La nouvelle propriétaire s'entendit avec le fermier pour poursuivre l'entente déjà convenue. Toutefois, elle apporta quelques modifications. Elle avait besoin de plus d'espace pour son potager.

— Vous comprenez, monsieur Lamothe, on est douze à table !

Héléna accompagna l'agriculteur sur sa terre pour délimiter le nouveau périmètre qu'elle comptait exploiter elle-même. On s'entendit facilement sur le prix de location et sur la quantité de fourrage à rendre à l'automne pour ses animaux dont elle souhaitait augmenter le nombre.

Enfin, le jeudi, Héléna alla rendre visite à ses voisins Filion, les bouchers du village. Il s'agissait de gens simples et bienveillants. Des commerçants honnêtes. Elle discuta surtout avec la femme du boucher qu'elle trouva très gentille.

— J'vais l'aimer, elle ! avait déclaré joyeusement Héléna en rentrant chez elle.

— De qui tu parles ? demanda sa mère.

— Germaine Filion, la femme du boucher. J'ai été là pendant quinze minutes pis elle a pas essayé de me tirer les vers du nez pour que je dise du mal de l'ancienne propriétaire de la maison. C'est pas comme la Aline du magasin général.

— C'est de même partout, ma pauvre fille ! La propriétaire du magasin général a le nez partout parce qu'elle a pas grand-chose à faire. Faut qu'elle s'occupe ! Les autres femmes sont toujours ben plus charitables. Elles ont leurs propres problèmes pis leur besogne, conclut la vieille dame en reprenant son travail de couture.

À la fin de cette première semaine, la maison avait été récurée du plafond au plancher et les habitants avaient investi la cuisine d'été pour le reste de la belle saison. Les piquets de clôtures endommagés avaient été remplacés et les vaches pouvaient maintenant sortir de l'étable pendant la journée.

En ce dimanche matin du 2 mai, Héléna repensait à ce que sa mère avait dit. Elle était bien d'accord : il était important pour une femme d'être occupée, mais à des tâches satisfaisantes. Elle-même avait travaillé très fort durant cette première semaine de retour sur une terre et elle était heureuse du travail accompli. Mais quelque chose l'agaçait. Elle s'appliqua à ajuster le collet de sa robe noire et se regarda dans le miroir au-dessus de l'évier de la cuisine d'hiver. Sa mère l'observait se bagarrer avec le vêtement récalcitrant.

— Ça va bien aller, ma grande… T'es une veuve, mère d'une famille nombreuse. T'as mis le curé de ton bord pis la commère du village au magasin général aussi. Qu'est-ce qui te tracasse de même ? demanda Hilda.

— Je m'ennuyais pas de devoir faire bonne figure tout le temps pour éviter qu'on parle de moi en mal. En ville, c'était moins pire. Ou c'est-y parce que j'étais trop occupée entre le travail pis la maison pour m'en apercevoir ? J'avais oublié ça, moman. Pis entre vous et moi, je voulais revenir en campagne pour être libre. Mais je me rends compte que la liberté, c'est pas en campagne que ça se trouve. En plus, je pense pas que c'est ce que je cherchais… À matin, je réalise qu'on peut pas revenir en arrière. Ma vie d'avant, je la retrouverai pas, je la retrouverai jamais… avoua-t-elle avec une infinie tristesse.

Devant ce constat, elle se mit à sangloter. Hilda prit sa fille dans ses bras et tenta de la consoler.

— C'est vrai, ce que tu dis, ma grande. Ta vie d'avant, elle existe plus. Elle reviendra plus pis c'est pas de ta faute. Mais ce que t'as ici, par contre, c'est quand même enviable. Regarde autour de toi ! T'as tes beaux enfants en santé, ton jeune qui est dévoué et qui s'échine à la forge pour toi pis ses frères et sœurs. C'est une belle vie que tu commences.

T'as peur? Ça se peut! Mais regrette rien de ce que tu viens de faire. T'es courageuse pis t'es forte. Le monde de la campagne, c'est capable du pire, c'est vrai. Ça, tu le sais déjà. Mais c'est aussi capable de beaucoup de solidarité. Regrette pas d'être venue ici, ma grande. Regrette pas d'avoir forcé les choses pour que tes deux filles puissent revenir avec vous autres. Leur place est avec nous. C'est toi qui avais raison.

Ces quelques paroles de sa mère lui firent du bien, comme toujours. Elle redressa le dos et respira un bon coup, prête à affronter ces villageois. En haut de l'escalier, Toinette avait tout entendu et se demandait bien ce que sa grand-mère voulait dire par « forcer les choses ». Son père n'était-il pas d'accord avec le retour de ses filles dans le giron familial?

— Vous avez les yeux rouges, m'man… De quoi vous allez avoir l'air à l'église? s'exclama Oscar en descendant les marches et en bousculant sa sœur au passage.

— D'une veuve… Ta mère va avoir l'air d'une veuve pis d'une mère de famille qui en a lourd sur les épaules. Ça fait que toi, tu vas l'aider pis tu vas lui donner le bras, décida Hilda.

L'apparition de Toinette au bas de l'escalier rappela à la mère de famille que, ce matin, un autre drame risquait de se produire. Si jamais un habitant de Saint-Édouard se trouvait par là et reconnaissait sa fille, il faudrait gérer la situation et peut-être s'attirer beaucoup de commérages et d'ennuis. Héléna soupira et fit une petite prière à son défunt.

Toinette songea à ne pas aller à l'église. Après avoir entendu sa grand-mère, elle se demandait si sa présence dans la famille était une bonne chose. Après tout, à elle seule, elle avait le pouvoir d'attirer le malheur sur les siens. Peut-être valait-il mieux qu'elle ne quitte jamais la maison familiale? Mais éviter toute la paroisse n'était pas une option, pas pour une famille propriétaire d'un commerce. L'absence d'un des membres à la messe du dimanche avait aussi le pouvoir d'attirer l'opprobre sur le clan. Il lui faudrait se mêler aux autres le plus souvent possible. Elle avait le sentiment que ce déménagement n'avait fait qu'empirer les choses pour les siens. Elle s'en voulait d'avoir posé la fameuse question: «Ça va être ça, la vie?», en ce jour d'hiver, dans la cuisine de Waterville.

C'est à pied que la famille Senécal se rendit à l'église, Héléna en tête, escortée par son jeune fils. Derrière elle, entourée d'Agathe et de Philippe, la nouvelle Toinette jetait de petits regards furtifs à la ronde. Sur le parvis, Gérald reconnut certains de ses nouveaux clients et les quelques commerçants du village. Il présenta sa famille à tous les habitants qu'il connaissait déjà. Toinette gardait sa tête légèrement penchée, évitant ainsi d'exposer son visage. Agathe, à ses côtés, faisait écran en attendant que sa sœur lui dise si elle pouvait s'écarter ou non. À quelques pas des deux jeunes filles, un groupe de femmes les scrutaient avec attention. Cela eut pour effet d'alarmer Agathe.

— Toinette, regarde là-bas. Connais-tu quelqu'un dans ce groupe?

Après les avoir observées, la principale intéressée confirma qu'elle n'en connaissait aucune au grand soulagement d'Agathe qui put baisser la garde.

— Vois-tu ce que je vois, Séverine? demanda Anna Legrand.

— Vous parlez des nouvelles filles de la forge, maman? demanda la vieille fille.

— Oui. Dis-moi pas que dans ces trois jeunesses-là, ton frère Edmond pourrait pas se trouver une femme qui ferait son affaire… dit la mère sans trop y croire.

Certainement que son fils réfléchirait encore et encore et hésiterait jusqu'à ce que d'autres prétendants de qualité et plus dégourdis lui ravissent les trois candidates qui venaient de s'installer dans le village de son enfance.

— Laissez-le donc tranquille, pauvre Edmond ! Il est pas obligé de se remarier pour être bien ! répondit la jeune femme, heurtée par cette idée que seuls les gens mariés pouvaient être heureux.

Elle-même était très à l'aise avec son célibat. Il lui suffisait de regarder son frère Albert et sa femme pour se convaincre qu'elle n'était pas faite pour le mariage. Edmond lui-même n'avait pas eu l'air de se plaire en ménage.

— En plus, on peut pas dire que ça lui a réussi la première fois, si vous voulez vraiment savoir ce que je pense.

— En tout cas, il va venir la semaine prochaine, il verra par lui-même s'il y en a une qui fait son affaire ou pas, conclut Anna qui changea de sujet à l'approche de Madeleine Joanette, l'ancienne belle-mère d'Edmond.

Phénomène rare en ce dimanche matin, le curé Viens décida de rejoindre ses fidèles sur le parvis de l'église afin de leur présenter les nouveaux venus. C'était sa façon à lui de donner sa bénédiction publique à la famille Senécal. Il poussa la bonne action jusqu'à faire défiler les familles de tous les rangs devant les Senécal afin d'officialiser les présentations.

— Astheure, si vous voulez entrer dans l'église, chère madame, va falloir renommer tout ce beau monde pis le nom du rang où y habitent, suggéra à la blague le vieil Adrien Valcourt, propriétaire d'une petite ferme à l'autre bout du rang.

Devant l'expression désemparée de la veuve Senécal, les paroissiens se mirent à rire aux éclats.

— Bienvenue chez vous ! s'exclama Adrien en donnant une tape dans le dos de Gérald, qui avait déjà été adopté par les habitants.

C'est détendue qu'Héléna entra dans l'église entourée de ses nouveaux voisins et du curé Viens. Son sermon porta sur le mois de Marie qui débutait. Il prit la peine de répéter l'invitation à venir prier dans le temple ou à la croix de chemin, selon la météo. Toinette passa le sermon à scruter l'auditoire discrètement. C'est soulagée qu'elle constata qu'elle ne connaissait personne. D'un simple geste discret, elle rassura sa mère qui la regardait du coin de l'œil.

— Ah, moman ! Ça s'est bien passé, j'en reviens pas ! s'exclama Héléna, soulagée.

— Oui, c'est fait, ma grande ! Là, tu restes discrète pis t'es d'accord avec tout le monde, et surtout, tu te tiens loin de la Bouchard. Le pire est fait. Ç'a l'air du ben bon monde. T'as eu de la chance, Héléna ! T'es ben tombée, conclut Hilda.

Dans la chambre du fond, au deuxième étage, Toinette arborait un air maussade. Elle avait pourtant pu constater que les habitants rencontrés ce matin ne faisaient pas partie de ses anciennes connaissances. Cela aurait dû rassurer la jeune femme, mais il restait tout un pan de la communauté qu'elle n'avait pas encore rencontré et qu'elle ne pourrait pas voir avant la semaine suivante : les fidèles qui fréquentaient la basse-messe. Il lui faudrait se morfondre une semaine complète. Une semaine de plus à ne pas dormir, à s'inquiéter. Et dire que sa mère croyait l'affaire conclue ! Comme elle souhaitait que ce soit vrai.

— Qu'est-ce que t'as ? As-tu vu quelqu'un que tu connais ? s'informa Josette, inquiète par la mine sombre de sa sœur.

— Non, mais j'ai été sur mes gardes pendant toute la messe. J'arrêtais pas de me cacher la face dans mon missel et de regarder autour. J'ai dû avoir l'air folle. Il va falloir que j'en aie le cœur net… Je vais aller à la basse-messe la semaine prochaine pour voir si tout est correct, mais en attendant, je vais encore m'inquiéter. Dans le fond, je vais toujours avoir peur, Josette ! Comprends-tu ça ? Je serai jamais tranquille. Pis j'vais toujours avoir peur de vous entraîner avec moi dans l'enfer, avoua Toinette, épuisée.

Josette encaissa le coup. Elle avait perdu son Jacques et son village. Elle avait aussi perdu son métier de coiffeuse dans un beau local moderne à Waterville, mais il lui restait encore un avenir possible si tout allait bien. Pour Toinette, rien n'était moins certain. Sa vie se résumerait à se cacher par peur d'être découverte, reconnue et salie sur la place publique. Elle dormait dans une chambre qui donnait sur un champ, elle s'occupait de la lessive qu'elle pouvait faire sur le balcon arrière de la maison, là où personne ne pouvait la voir. Josette avait même remarqué que sa sœur s'assoyait de dos au chemin lorsqu'elle était dans la cuisine d'été. Elle n'était ni plus ni moins qu'une prisonnière pestiférée dans cette nouvelle vie. Aucun avenir ne lui était véritablement possible.

— T'oublies qu'on est au mois de Marie. T'auras juste à aller au chapelet tous les soirs. Là, tu vas pouvoir rencontrer tout l'monde. T'arriveras juste avant l'heure du début, personne va te remarquer, suggéra l'aînée.

— C'est l'endroit où tout le monde chuchote au lieu de prier. Je suis pas certaine que c'est la meilleure idée, s'inquiéta Toinette.

Un silence lourd retomba sur les sœurs Senécal. Connaissant leur mère, il leur serait impossible d'éviter cette activité paroissiale.

— Après ton bain, je vais te mettre des guenilles dans les cheveux. On va te faire des boudins. Ça va te changer encore plus, décida Josette.

Elle savait bien qu'il s'agissait d'un coup d'épée dans l'eau, mais il lui fallait faire quelque chose pour aider sa sœur à retrouver un peu de quiétude. Toinette regarda Josette en espérant qu'elle ait raison.

— Qu'est-ce que vous faites, les filles ? On vous attend pour manger ! cria Héléna depuis le bas de l'escalier.

Plus loin dans le même rang chez les Legrand, Anna aidait Lucette et Séverine à finir de servir le repas du dimanche.

— En tout cas, y a des beaux brins de filles qui viennent de s'installer au village ! déclara Anna à sa famille, en se frottant les mains.

Omer, qui savait très bien ce qui s'en venait, décida de ne pas relancer la discussion. Il avait passé l'hiver à entendre les craintes et espérances d'Anna qui souhaitait absolument marier son fils Edmond au plus vite.

— Oui, le frère va avoir l'embarras du choix, répondit Albert.

— T'as vu ça, toi ? s'exclama son épouse Lucette, des fusils dans les yeux.

Albert allait répondre à sa femme quand son père lui fit signe de ne pas s'enfoncer davantage. Le reste du repas se prit en silence. À l'occasion, le regard de Lucette croisait celui de son mari. Le temps était à l'orage et la sieste s'annonçait houleuse pour le couple.

À Saint-Simon-des-Neiges, Paule avait déménagé sa famille dans la cuisine d'été avec l'aide de ses filles. Les travaux d'épierrage avaient été entrepris la veille. Joseph, après avoir passé une bonne partie de l'hiver enfermé dans la maison avec ses petits-enfants et sa bru, était retourné faire de l'« ouvrage d'homme », comme il se plaisait à dire. C'est avec tristesse qu'il avait senti le poids des années le rattraper dès qu'il avait remis les pieds dehors. Orgueilleux, il tentait de ne rien laisser paraître, mais il lui était difficile de cacher ses courbatures lorsqu'il se levait le matin. Il avait donc entrepris de former sa relève. Il s'était accroché à Elzéar qui avait encore grandi pendant l'hiver.

— À force de manger d'même, tu nous vides le caveau à toi tout seul, mon jeune ! En plus des tâches que tu fais sur la ferme, va falloir que tu viennes faire ta part dans le champ, avait dit Joseph en riant, fier de voir ce garçon devenir un homme sous ses yeux.

— Si vous voulez, grand-papa, je peux arrêter d'aller à l'école pis venir vous aider, avait suggéré le jeune homme qui considérait en savoir assez pour exploiter une ferme.

Un seul regard de sa mère avait suffi pour mettre fin à ce rêve. Nul besoin d'en discuter davantage, le regard était d'une grande éloquence.

De l'autre côté du chemin, Edmond mangeait seul dans sa cuisine d'été qu'il n'avait pas encore eu l'occasion de récurer. Mais ce qui le préoccupait surtout était sa lettre écrite à Agathe. Elle avait été envoyée quelques semaines plus tôt, mais était restée sans réponse. Pour cette raison, il avait décidé de ne pas aller rendre visite à sa famille à Saint-Barnabé. Il n'avait pas envie de justifier encore une fois pourquoi il avait tant tardé. Il ne voulait surtout pas se faire expliquer qu'avec le temps la jeune femme avait dû rencontrer quelqu'un et se faire une vie bien à elle. Sa mère pouvait passer de l'optimisme au pessimisme à quelques reprises dans la même conversation. Elle était difficile à suivre. Toutes ces émotions épuisaient le veuf. Il savait qu'elle lui en voulait pour sa lenteur, elle le lui avait répété à de multiples reprises.

En ce dimanche, Edmond était certain que sa lettre avait atteint sa destination. Comment la jeune femme l'avait-elle reçue ? En avait-elle parlé à sa famille ? Ou l'avait-elle cachée sous son oreiller pour la lire et la relire à souhait en rêvant à lui, à la vie qu'ils auraient pu avoir s'il avait eu le courage d'aller jusqu'au bout l'été dernier ? Allait-elle lui répondre ? Toutes ces questions le hantaient. Maintenant, il songeait de plus en plus souvent à la suggestion de son oncle Bernard puisque la forge avait été vendue. Avec une terre en poche, il lui serait possible d'investir dans un commerce aux États et d'y retrouver Agathe. Ainsi il ne l'arracherait pas à sa vie de citadine ni à sa famille qu'elle avait semblé tant vouloir retrouver. Dans ce contexte, la jeune femme serait heureuse.

Devait-il écrire à la mère d'Agathe pour lui faire la grande demande ? Peut-être qu'en passant par la mère, il pourrait reconquérir la fille. Comment savoir ce qu'il convenait de faire ? Il ne connaissait pas la famille de la belle Agathe. Son curé ne semblait pas l'interlocuteur tout désigné pour répondre à ses multiples questions. Paule en avait plein les bras et sa propre mère manquait de patience lorsqu'il tentait d'en discuter avec elle. Ses parents, en apprenant ce nouveau projet, lui déconseilleraient la vente de sa terre. Edmond n'avait aucun doute sur cette question : sa famille le prendrait pour un fou. Il lui fallait parler à son oncle Bernard pour en savoir plus sur les États et les possibilités qui s'offraient à lui là-bas. De toute façon, qu'y avait-il de plus pour lui sur une terre à Saint-Simon ? Rien d'autre que l'ennui.

Son dîner avalé et sa vaisselle faite, Edmond alla faire une sieste dans son grand lit vide. Il imagina Agathe en train de faire la même chose, la tête reposant sur sa lettre lue et relue, usée d'avoir été tant manipulée.

Pendant ce temps, à Waterville, sur le bureau de l'étude du notaire Veilleux, la lettre d'Edmond trônait sur une pile de documents variés. Cette pile était dédiée aux documents que l'homme de loi qualifiait de non importants. Le lendemain, il s'empresserait de la jeter aux poubelles, déterminé à ne plus jamais voir le nom de Senécal.

Chapitre 11

Dès le lundi soir, les habitants de la forge s'étaient présentés à la croix de chemin pour le chapelet, comme tous les autres paroissiens. Arrivée sur les lieux, Toinette resta un peu à l'écart de sa famille. Son missel à la main, elle était l'incarnation de la jeune femme pieuse dont rêvaient toutes les mères. Gérald avait été intégré dans le groupe des hommes importants du village. Il côtoyait le propriétaire du magasin général, de la boucherie et même le maire, le vieux Siméon Cloutier. Les autres membres de la famille Senécal se tenaient au beau milieu du groupe de fidèles.

— Séverine, approche donc un peu, on va aller se présenter aux nouvelles, décida Anna Legrand.

— Le curé nous a présentées hier… Vous pensez pas que vous exagérez un peu ?

La mère ne répondit pas et joua du coude pour s'approcher de Josette et Agathe. Elle arriva sans trop de mal à se frayer un chemin.

— Y fait beau, n'est-ce pas, mesdemoiselles ? commença Anna.

Les deux jeunes femmes approuvèrent d'un signe de la tête et Héléna s'approcha.

— Bonjour, madame Senécal, j'étais justement en train de dire à vos filles qu'y fait beau à soir. C'est plus plaisant de venir prier quand y fait ce temps-là.

— Vous avez raison, le début du mois de mai, c'est pas toujours beau comme ça, répondit Héléna.

— Aux États, est-ce qu'ils ont ça, eux autres, le mois de Marie ?

— Vous savez, en ville, c'est pas comme en campagne. On travaille dans des usines toute la journée pour rentrer tard à maison où y nous reste encore toute notre besogne à faire.

Devant cette réponse bien vague, Anna n'osa pas insister sur le sujet des États, peu désireuse de passer pour une ignorante auprès des nouvelles venues.

— Avez-vous fini de vous installer ? demanda Anna.

Héléna devint loquace. Elle fit l'inventaire de toutes les tâches effectuées dans la maison depuis leur arrivée. Cela permit à Anna de faire dévier la conversation vers les deux jeunes femmes qu'elle souhaitait mieux connaître.

— C'est vrai que vous avez de l'aide avec vos belles grandes filles pis votre mère ! dit Anna en se retournant vers Josette et Agathe. Pis, les filles, qu'est-ce que vous pensez de Saint-Barnabé ?

— C'est un beau village, on aime ça ! répondit Agathe.

— Est-ce que c'est Lamothe qui va aller cultiver chez vous ? Y me semble qu'à part votre grand, le forgeron, j'en ai pas vu d'autres en âge de travailler la terre.

— J'ai d'autres garçons, mais vous avez raison, le prochain a juste quatorze ans. Il va apprendre le métier de forgeron avec son frère, précisa Héléna qui commençait à en avoir assez de cet interrogatoire.

Providentiellement, le curé Viens s'approcha de ses fidèles pour commencer la cérémonie de recueillement.

Après avoir regardé une dernière fois les paroissiens, Toinette fut apaisée. Encore ce soir, nul habitant de Saint-Édouard n'était présent. La cérémonie terminée, tous les paroissiens rentrèrent chez eux. Le soleil maintenant couché ne réchauffait plus et une froide humidité donnait envie de se blottir dans un bon lit douillet.

— Quelqu'un veut jouer aux cartes ? demanda Philippe.

Les plus jeunes montèrent se coucher, la longue prière de groupe les ayant prédisposés au sommeil. Il ne restait qu'Oscar, Philippe, Toinette et les mères pour jouer. Josette et Agathe continuèrent leur raccommodage de part et d'autre de la longue table de la cuisine d'été.

— Avec qui tu parlais tout à l'heure, Héléna ? s'informa Hilda.

— Avec une habitante qui posait toutes sortes de questions à propos des États pis de notre ménage. Une vraie senteuse, celle-là !

— Elle avait pas l'air malcommode, dit Agathe, afin d'apaiser sa mère qui voyait le mal partout. Je pense même qu'elle essayait juste d'être accueillante avec nous autres.

— Tu sauras me le dire, conclut la mère de famille.

— Héléna, t'as pas pensé qu'elle avait peut-être juste des jeunes à marier ? s'étonna Hilda. D'après moi, ça fait trop longtemps que t'as pas vécu en campagne parce que sinon, tu te rappellerais qu'y sert aussi à ça, le mois de Marie. Rappelle-toi quand t'étais jeune pis que ton Léon te tournait autour. Après ton mariage, on l'a plus jamais revu au chapelet. Penses-y, t'es propriétaire d'une forge, alors les gens vont penser que t'es en moyen et ça fait de tes filles des bons partis.

Héléna resta pensive pendant un moment. Elle se rappelait, oui. Son Léon en avait fait des pas, pour l'amadouer pendant leurs fréquentations. L'homme d'alors était très différent du père qui avait entravé le destin de ses filles… Ses filles qu'on voulait peut-être déjà lui ravir ! Bien sûr, elles étaient en âge de se marier et d'avoir des enfants, mais elle venait tout juste de les récupérer et n'entrevoyait plus sa vie sans elles.

— J'ai pas vu de jeunes à caser ! finit par répondre Héléna avec mauvaise foi.

— C'est parce que les jeunes vont pas au chapelet aussi souvent que leurs mères, rappela Hilda.

— À Saint-Édouard, les jeunes hommes allaient à la basse-messe, ajouta Toinette pour accorder de la crédibilité aux dires de sa grand-mère.

— Toi, à soir, t'as vu personne ? s'enquit Héléna.

— Pas à soir… Je verrai à la basse-messe dimanche matin, dit Toinette dont l'anxiété était revenue.

— Comment tu vas justifier d'être à la basse-messe ? demanda Héléna.

— Tu leur diras qu'elle prépare le dîner pour pas qu'on attende trop pour manger, trancha Hilda qui voyait bien que sa fille, à force de s'attendre au pire, n'avait plus de discernement. Tu nous l'diras, toi, ma Toinette, s'y a des jeunes à marier dans paroisse, ça pourrait intéresser quelqu'un.

— Elle peut pas y aller toute seule, déclara Héléna.

— Elle ira avec les plus jeunes, décida Hilda qui avait hâte de clore la discussion.

— J'irai aussi, offrit Josette.

Héléna perdit toutes les parties de cartes auxquelles elle prit part. Pour détendre l'atmosphère, elle feignit de se mettre en colère et donna un coup sur la table.

— Vous êtes mauvaise perdante, m'man ! s'exclama Oscar qui n'en revenait pas qu'une adulte puisse avoir une si mauvaise attitude.

— Allez vous coucher ! Ça va faire, il est tard pis c'est pas Noël, ordonna Héléna avec un grand sourire.

Le lendemain matin au déjeuner, il fut question de faire entrer les plus jeunes à l'école du rang.

— Tu comprends, à force de rien faire, ils vont s'ennuyer et y vont faire des mauvais coups, dit Hilda à sa fille.

— On s'ennuie pas ! s'insurgea Émile.

— La première semaine, t'avais plein de choses à faire, mais là, ça va avoir l'air de quoi si tu les gardes à la maison ? poursuivit Hilda.

— Vous avez raison. J'avoue que j'y avais pas pensé. Avant, on avait trop à faire avec la terre, c'était normal que les jeunes restent avec nous autres jusqu'à l'automne, mais maintenant… dit Héléna.

— Y a plein de choses à faire ici, m'man ! insista Émile. Il faut s'occuper des animaux et l'autre jour vous nous avez fait ramasser des pierres dans le potager. On va aussi vous aider à désherber vos plates-bandes, ajouta le garçon en regardant son frère David.

— On pourrait envoyer les quatre derniers pis Oscar aussi, tant qu'à faire, ajouta Héléna.

— J'y allais pas, à l'école, aux États, la mère, pis j'ai douze ans maintenant ! protesta Oscar qui trouvait fort désagréable d'avoir pu travailler comme un homme aux États et de redevenir un enfant une fois rentré au pays.

— Philippe, lui… réfléchissait la mère à haute voix.

— M'man, je vous arrête tout de suite. Si je veux former Philippe, y faut qui soit dans forge, trancha Gérald avec fermeté.

Devant les sourcils froncés de sa mère, le jeune forgeron se radoucit.

— Des fois, vous avez des meubles à déplacer, des p'tits travaux à lui faire faire. Ça serait pratique qu'y soit proche, vous pensez pas ?

— T'as raison Gérald. Philippe, c'est ici qu'y va apprendre le plus d'affaires utiles.

Dans son coin, Philippe rageait. Il était probablement le seul qui aurait souhaité retourner à l'école, ne serait-ce que pour échapper aux ordres de sa mère. Gérald se dirigea vers la forge pour faire l'ouverture en laissant derrière lui une ribambelle d'enfants mécontents.

— Vaut mieux aller tout de suite à l'école, décida Héléna en se levant de table.

— À cette heure, l'institutrice a des élèves avec elle. C'est peut-être pas le meilleur moment pour aller la déranger, tenta Oscar.

— T'as raison, on va y aller vers quatre heures.

Le dimanche matin suivant, le 9 mai, Edmond prit la route en direction de Saint-Barnabé. Le temps était radieux. C'était une belle journée de printemps comme il les aimait. Il entra dans le village et passa devant le magasin général dont le perron était désert. Il poursuivit sa route devant le presbytère, l'église et le cimetière et se signa devant le terrain béni. Il continua devant la boucherie et la forge. Il se rappela que Blanchet avait vendu sa forge et se demanda si l'acheteur avait eu l'occasion d'emménager. Sa mère pourrait le renseigner sur le sujet: elle savait tout ce qui se passait au village. La maison du forgeron ne semblait pas différente de la dernière fois qu'il l'avait vue. Il avait beau regarder en direction des fenêtres de la maison à s'en dévisser le cou, il ne voyait pas les occupants qui se trouvaient à l'intérieur. Il poursuivit la route devant la ferme de la famille Lamothe pour arriver enfin chez ses parents, saluant ses anciens beaux-parents au passage.

Pendant ce temps, à l'intérieur de la cuisine d'été des Senécal, Toinette se préparait à aller à la basse messe avec les plus jeunes et sa sœur Josette.

— Si jamais elle voit quelqu'un qu'elle connaît, les jeunes vont être associés à elle... avança soudainement Héléna.

— Qu'est-ce que vous voulez dire, moman ?

— Elle est supposée être orpheline. Si elle est vue seule et qu'elle voit quelqu'un à éviter, ça portera pas à mal. En même temps, si elle y va toute seule, ça va provoquer du jacassement. En plus, on est les seuls nouveaux au village, le monde va l'associer à nous autres pareil...

Toinette n'appréciait pas qu'on parle d'elle comme si elle était absente. Elle n'appréciait pas non plus les propos tenus. Elle se savait une source potentielle de malheur pour les membres de sa famille, mais de l'entendre à voix haute était autre chose. Tout cela ne faisait que convaincre Toinette qu'il serait plus sage de partir. Dans la cuisine d'été, le ton monta, détournant la jeune fille perdue de ses considérations.

— Ça fait que vaudrait mieux qu'elle y aille toute seule ? s'impatienta Hilda.

— Je vais rester ici pendant la grand-messe et la basse-messe. J'irai ni à l'une ni à l'autre, intervint Agathe. Comme ça, tout le monde va penser qu'on est allées à la basse-messe toutes les deux, personne va vérifier ça. Les gens ont d'autres choses à faire que de nous espionner, vous pensez pas ?

— Pis inquiétez-vous pas pour son âme, elle est allée prier à la croix de chemin à tous les soirs cette semaine ! trancha Gérald.

Le silence retomba dans la cuisine d'été. Tout était si compliqué ! Pourquoi diable avait-il fallu que ce nouveau village soit si près de Saint-Édouard ?

— Si Agathe va pas à messe, moi non plus je veux pas y aller, dit David, voyant là une belle occasion de passer son tour.

— Laisse faire, toi ! tonna Héléna.

Hilda laissa le temps à sa fille de se calmer.

— Je le sais que t'aimeras pas ce que j'vais te suggérer, ma fille, mais pile sur ton orgueil un peu et écoute-moi ! Si jamais elle rencontre quelqu'un de Saint-Édouard, elle a juste à dire qu'elle a été placée à l'orphelinat avant que vous partiez pis que quand tu lui as trouvé du travail, tu l'as fait venir. Un point c'est tout ! dit la grand-mère en haussant le ton.

L'image d'une mère prête à abandonner son enfant pour aller tenter sa chance aux États, cela ne ressemblait en rien à la réalité. La réalité était bien plus laide. À cette pensée, Héléna accepta le scénario avec moins de réticences.

— Bon, finalement, qui veut aller à la basse-messe avec Toinette ? demanda Héléna, déjà épuisée en ce début de journée qui s'annonçait longue.

— J'vais y aller avec toi pis tes boudins ! dit Agathe pour faire rire sa sœur angoissée.

— Moi aussi je veux aller bouder avec Célina ! dit Mariette qui n'avait rien compris de l'échange houleux.

— TOINETTE ! Pas Célina ! cria Héléna qui en avait assez de corriger ses enfants.

Tous les membres de la famille Senécal se mirent à rire. Agathe attrapa son missel et sa sœur Toinette par la main et sortit de la cuisine d'été pour la soustraire à cette ambiance chargée. Ensemble, les deux sœurs marchèrent en silence en direction de l'église. Agathe respecta le mutisme dans lequel sa sœur s'était enfermée. Elle n'était pas loin de penser qu'elle-même avait le pouvoir d'apporter le malheur sur sa famille. La différence résidait dans le fait que ni Paule ni Jean ni Joseph et encore moins le curé Boucher ne la démasqueraient, par peur de se voir éclaboussés.

Les deux sœurs assistèrent à la basse-messe dans un état de recueillement qui n'avait rien à voir avec les Saintes Écritures. Agathe en profita pour prier pour Edmond qu'elle souhaitait heureux, même sans elle. De son côté, Toinette réfléchissait. Si elle avait bien compris, sa mère avait pu acheter une forge avec l'argent de son héritage. Sa grand-mère avait dit qu'elle avait le pouvoir de les aider avec son héritage également. La veuve Ouellet vivait de façon indépendante des autres – et des hommes en particulier. Que fallait-il comprendre de tout cela ? Une femme ne pouvait être libre que si elle était veuve ? La vie conjugale était-elle le prix à payer pour sa liberté ? Un passage obligé pour s'affranchir ?

Au même moment, dans la cuisine d'été de la famille Legrand, Edmond avait eu le temps de prendre des nouvelles des membres de sa famille et surtout d'entendre le récit de sa mère lui décrivant les trois déesses de la forge.

— Pas une ou deux, mais trois ! Pis des belles jeunes créatures en plus, mon Edmond ! s'exclama Anna qui ne voyait pas l'air maussade de sa fille Séverine.

— Avez-vous des nouvelles de mon'onc Bernard ? demanda Edmond, soucieux de changer de sujet.

— Edmond, tu m'écoutes pas… se fâcha sa mère.

Omer dut voler au secours de son fils. Il l'emmena avec lui pour atteler le cheval au boghei. Une fois arrivé à l'église pour la grand-messe, Edmond chercha son vieil oncle des yeux. Il le trouva en pleine discussion avec quelques vieillards.

— Ah ben, si c'est pas mon neveu Edmond ! s'exclama le vieil homme.

Edmond n'eut pas le temps d'engager la conversation avec son oncle qu'il fut happé par sa mère qui était bien décidée à lui présenter les « filles de la forge », comme on les appelait maintenant dans le village.

— Va, mon garçon ! Va avec ta mère avant qu'elle fasse une syncope, dit Bernard en faisant un petit clin d'œil espiègle. Tu passeras me voir à maison avant de t'en retourner chez vous. On va pouvoir parler tranquillement.

Edmond se laissa guider vers les filles de la forge.

— Vos filles sont pas icitte ? demanda Anna en arrivant près d'Héléna qui remarqua immédiatement l'homme de haute taille aux larges épaules.

— J'en ai deux à la maison, elles sont allées à la basse-messe pour pouvoir préparer le dîner. Mais il y a ma fille Josette, dit la mère de famille en la cherchant des yeux.

Héléna héla sa fille qui était en grande conversation avec Germaine Filion et son fils Arsène. Anna présenta son fils à la jeune femme.

— J'ai failli acheter votre forge, dit le jeune veuf. Mais je m'y suis pris trop tard, vous veniez de faire une offre.

Sur le banc de la famille Senécal, Héléna priait pour qu'on lui laisse ses filles encore quelques années. Entre Arsène Filion et cet Edmond, elle craignait le pire. Elle adressa quelques demandes à son défunt mari et termina en négociant avec lui la paix nécessaire à sa famille pour continuer leur vie sans scandale.

Sur le banc de la famille Legrand, Anna priait elle aussi. Elle égrena une longue liste de reproches qu'elle aurait souhaité faire à son fils. Elle en profita pour faire également sa liste de reproches à feu sa bru qu'elle tenait responsable du manque de colonne vertébrale de son fils. Elle termina en confiant ce fils à Dieu, car elle n'avait tout simplement plus la force de se mêler de sa vie.

La famille Senécal rentra chez elle à pied. La table était mise et les crêpes reposaient dans un grand plat, prêtes à être servies.

Chez les Legrand, le repas dominical se prit dans le calme. Les hommes parlaient d'élevage et des multiples travaux de la ferme. Omer constata que son fils Edmond était à jour dans ses tâches. Anna resta silencieuse, fit la vaisselle et alla faire un somme dans sa chambre. Edmond fit de même sur la paillasse placée dans le salon et attendit le bon moment pour rendre visite à son oncle Bernard. C'est avec soulagement que sa mère le vit sortir.

— Pis, la belle-mère, les filles de la forge ? demanda Lucette encore en colère contre son mari.

Pour toute réponse, Lucette dut se contenter du regard triste d'Anna.

— Pourquoi tu bardasses dans mon panier, Agathe ? demanda Héléna, assise sur le perron.

— Je cherche mes ciseaux pour couper mon fil, lui répondit la jeune femme.

— C'est ta sœur qui a tes ciseaux, y sont en dedans.

Agathe entra dans la cuisine d'été et prit les ciseaux qui se trouvaient sur la table. La jeune femme décida de préparer du thé. Pendant ce temps, Edmond se dirigeait vers la ferme de son oncle Bernard. En passant, il salua Héléna avant de disparaître dans un nuage de poussière.

— À qui vous envoyiez la main, m'man ? demanda Agathe en tendant une tasse de thé fumant à sa mère.

— Au fils de la femme qui nous a pas lâchés de la semaine à la croix de chemin. Ça se trouve que ta grand-mère avait raison, imagine-toi donc. Elle a un fils à marier. Bel homme en plus, mais pas ben ben jasant. Je comprends pourquoi il est encore célibataire à son âge...

Agathe regarda en direction de Saint-Simon et se remémora la première rencontre avec Edmond, le soir de la guignolée.

Edmond fit tourner son attelage dans la cour de son oncle Bernard qu'il trouva assis sur la galerie longeant la cuisine d'été.

— Ah ! J'suis content que t'arrives enfin. Viens t'asseoir.

Edmond ne savait par où commencer. Il fit le récit de son projet à son oncle du mieux qu'il le put. Bernard écouta avec attention les détails qui traitaient de la terre de son neveu. Après plusieurs semaines à réfléchir, le veuf s'était dit qu'il pouvait garder ses bêtes en les mettant en pension comme le faisaient les hommes qui montaient au chantier durant l'hiver. De plus, sa mère lui avait raconté que la propriétaire de la forge continuait de louer une partie de sa terre. Il pourrait en faire autant.

— Ouais, mon Edmond, ça m'a tout l'air que t'as pensé à tout ! De cette manière, si ça fait pas ton affaire, tu pourras toujours revenir. En plus, tes parents te prendront pas pour un fou d'avoir vendu ta terre. Ça c'est important, parce que des fois, faut aller loin pour s'apercevoir qu'on a déjà ce qui nous convient. C'est ça, devenir un homme, conclut le vieil oncle.

— On dirait que vous m'approuvez pas... s'inquiéta Edmond.

— C'est pas vrai ! Je t'approuve, mais c'est juste que c'est une bonne affaire que tu mettes pas tous tes œufs dans le même panier.

Edmond quitta la ferme de son oncle rassuré. Il savait maintenant ce qu'il devait faire : chez lui, il écrirait une longue lettre à Agathe pour lui annoncer son arrivée prochaine à Waterville. Ensuite, il s'appliquerait à louer sa terre et à mettre en pension ses animaux. Il ne lui restait qu'à espérer que la recherche ne prendrait pas jusqu'à l'automne.

Chapitre 12

En ce 22 juin, six semaines s'étaient écoulées depuis qu'Edmond avait envoyé une deuxième lettre à Agathe. Depuis, ses plans s'étaient précisés à la suite de la réaction de ceux avec qui il avait discuté de son projet, à commencer par la propriétaire du magasin général quand il s'y était rendu pour s'informer de la marche à suivre pour louer sa terre.

— Ben voyons, pourquoi tu voudrais faire ça ? Serais-tu malade, Edmond ? s'était enquis la commerçante, flairant la nouvelle à colporter.

Heureusement, les retraités rassemblés à l'intérieur du commerce eurent le bon sens de soustraire le jeune veuf aux attentions de l'indiscrète. Après cette expérience désagréable, Edmond avait fini par aller voir le notaire du village.

— Pour trouver quelqu'un qui veut louer ta terre, va falloir que tu voies avec un voisin. C'est souvent par du bouche à oreille que ça se fait, ces choses-là, avait conseillé le notaire.

Le jeune cultivateur n'était pas plus avancé. C'est exactement ce qu'il avait tenté de faire en allant parler de son projet au magasin général. Mais il n'avait pas eu l'impression que cette tactique fonctionnerait dans ce village. Il avait plutôt l'impression que le seul bouche à oreille qui aurait lieu serait pour déblatérer sur son compte. Finalement, la seule publicité qu'en tira Edmond fut d'attirer l'attention du curé Boucher qui, intrigué par cette demande farfelue, avait convoqué le jeune paroissien au presbytère.

— J'entends toutes sortes d'affaires par les temps qui courent... Je te cacherai pas que ça m'inquiète, avait commencé le prêtre bien assis dans son fauteuil, derrière son bureau en bois massif.

Edmond avait patiemment attendu que le curé livre son discours. Ensuite, il s'était contenté de répondre brièvement à ses questions concernant son projet de reconquérir Agathe.

— Des fois, Edmond, un silence, ça veut dire quelque chose, dit doucement le curé. Peut-être que ton Agathe n'est juste pas intéressée. Elle est peut-être même déjà mariée à l'heure qu'il est. Rappelle-toi, son père est mort l'été dernier, alors ça oblige à des unions rapides. La misère est grande aux États-Unis pour les Canadiens français.

Sans savoir pourquoi, cette petite phrase sur la misère des gens de la ville et le besoin de se marier rapidement avait encouragé le veuf. Son manque de confiance en lui le laissait espérer que, bien mal prise, la jeune femme accepterait de l'épouser sans aucune hésitation. Vu les circonstances dans lesquelles elle vivait, peut-être même que de revenir éventuellement s'installer à la campagne lui paraîtrait un sort enviable !

— Son salaire est probablement vital à la survie des siens, et sa famille ne peut sûrement pas se passer d'elle, avait continué le curé.

À cette pensée, Edmond se dit qu'il ramènerait un jour toute la famille avec lui si cela était nécessaire. Sa belle Agathe serait heureuse de vivre avec les siens, tout près de Paule et surtout loin de la misère. Et lui-même ne souffrirait plus de solitude avec autant de gens sous son toit. Son idée se précisait : il louerait sa terre pour aller à Waterville pendant quelque temps, mais reviendrait un jour vivre à Saint-Simon avec Agathe et toute sa famille.

— On est un peu avancé dans la saison pour que tu loues ta terre, à moins d'engager des hommes pour faire ton ouvrage pendant que t'es parti, avait conclu le prêtre, certain que le veuf reculerait devant la dépense que représentait l'embauche d'hommes à engager.

Edmond avait bondi de son siège. Mais oui ! Engager deux jeunes pour s'occuper des animaux ainsi que de quelques travaux sur sa terre valait aussi bien que de la louer. À la différence près que dans un cas, il gagnerait de l'argent et dans l'autre, il en perdrait. Le prêtre avait interprété l'expression ambiguë d'Edmond comme une nouvelle hésitation de sa part. Il avait alors accompagné son paroissien à la porte de son presbytère et soupiré de soulagement en le regardant monter dans son boghei.

Depuis cette rencontre avec le curé et en attendant une réponse à sa lettre, Edmond échafaudait donc mille et un plans pour pouvoir partir le plus rapidement vers les États. Durant cette fin d'après-midi du 22 juin, pendant qu'il préparait ses fraises pour la confection annuelle de confiture, il chercha qui pourrait bien être intéressé à se faire engager pour quelques semaines. Il y avait bien Hermas Masson, le jeune homme qui venait l'aider à l'époque des foins. Pour cette besogne, il lui donnait quatre dollars. Les foins pouvaient durer jusqu'à cinq jours certaines années. À ce prix, le veuf ne disposerait que de deux semaines pour convaincre Agathe de revenir avec lui. À cet instant, une pluie diluvienne vint arroser les champs. Le ciel obscurci par les lourds nuages faisait régner une noirceur lugubre digne d'un mois de novembre dans la cuisine d'été du veuf. En proie à une sévère attaque de morosité, Edmond se jura de nouveau de ne pas passer un autre hiver seul dans cette maison. Il irait dès le lendemain après-midi chez Masson afin de discuter avec lui. Avec un peu de chance, il pourrait partir d'ici quelques jours.

Le lendemain matin, de l'autre côté du chemin, Joseph était assis sur le balcon à fumer sa pipe. Le déjeuner avait été houleux chez les Roy. Les jumeaux s'étaient particulièrement amusés en se lançant des bouts de crêpes jusqu'à ce que leur mère, à bout de patience, les sorte de table sans manger. Sa bru devenait de plus en plus impatiente et sèche avec tout le monde. Le vieillard regardait la terre d'en face et il ne pouvait faire autrement que d'en vouloir à son voisin. S'il avait retenu la jeune Agathe, tout aurait pu être différent pour Paule.

— Le beau-père, Jean aurait besoin d'une hache, la sienne est brisée. Pour aujourd'hui, y a pas le temps d'aller la faire réparer. Seriez-vous assez aimable pour aller voir le voisin pour lui en emprunter une ? demanda Paule.

Joseph acquiesça. Il se leva avec difficulté et traversa la route. Il trouva le jeune veuf agenouillé dans son potager à ramasser ses haricots, un large tas de mauvaises herbes gisait à côté de son panier de légumes.

— Ah ben, Edmond, te v'là rendu à faire de l'ouvrage de femme ? dit le vieil homme en riant en approchant du jeune homme.

— Qu'est-ce que je peux faire pour vous, Joseph ? l'accueillit le cultivateur en se redressant, s'essuyant les mains sur son pantalon de travail.

— Y a Jean qui aurait besoin de t'emprunter ta hache, la sienne a besoin de réparations pis y fait un ouvrage pressant.

— J'ai ça pour vous en que'que part par icitte !

— Quand j'te vois t'échiner tout seul sur ta terre, à faire l'ouvrage de trois hommes pis d'une femme en plus, c'est pas mêlant, j'ai pitié de toi ! dit Joseph.

Edmond ne put s'empêcher de voir là une porte ouverte : se sachant apprécié du vieux voisin, il lui fit le récit de ses deux tentatives de correspondance. Devant l'intérêt de Joseph, Edmond continua en divulguant tous les détails de son projet d'aller la rejoindre pour en faire sa femme et la ramener. Il savait que cet homme ne le ridiculiserait pas.

— C'est la Thérèse qui va être ben déçue, conclut le vieil homme en faisant un clin d'œil taquin à son voisin.

— Pas vous aussi ! blagua le jeune veuf en se frappant le front de la main.

— On est plusieurs à avoir eu peur pour toi, mon jeune, mais t'as tenu tête au curé pis à la Doucet du magasin général. T'as ben fait ça. Astheure que t'as échappé à la vieille fille de Simone et d'Adélard, dépêche-toi de te caser avant que l'autre là, la… chercha le vieil homme en se grattant le crâne.

— … Marguerite, l'épeurante Marguerite.

— Va chercher Agathe, mon garçon, tu le regretteras pas ! Pars tout d'suite !

— Je peux pas ! J'ai mon jardin ! Y donne des légumes à plus savoir quoi en faire.

Joseph réfléchit quelques instants et eut un éclair de génie.

— Tes légumes… Tes légumes pourraient faire partie du salaire que tu vas offrir à ton homme engagé ! Par exemple, tu payerais ton homme juste quatre ou cinq piastres par semaine, mais il pourrait apporter tous tes légumes à sa mère. Là, tu ferais toute une affaire pis lui aussi ! s'exclama Joseph.

Il s'agissait d'une excellente idée. Le jeune Masson faisait partie d'une famille nombreuse, sa mère serait assurément heureuse de ce marché avantageux. Edmond remercia chaleureusement son vieux voisin.

Sur le chemin le ramenant sur sa terre, hache à la main, Joseph alla trouver son fils Jean dans l'étable. Par honnêteté, il décida de le mettre au courant immédiatement. Devant son air fermé, il trancha :

— T'as assez vécu pour savoir que la pauvre p'tite a pas manqué de principes. Elle a pas eu le choix, Jean, comprends donc ! La même chose est arrivée à sa p'tite sœur ! s'emporta le père. Pis moi, ce qui me dérange le plus, c'est que ce vicieux-là est libre de recommencer. C'est ça que je trouve le plus scandaleux. Et la p'tite, j'pense qu'elle a assez enduré pis qu'elle a assez payé. Ça fait que pour ma part, j'vois pas de problème avec cette union-là. Pantoute ! C'est une bonne fille, avenante, calme, vaillante. Tu peux pas dire le contraire. Ça serait ben effrayant qu'elle paye pour ça toute sa vie, tu penses pas ?

Devant les arguments du père, le fils devint songeur.

— Si c'était ta Laura ou ta Marie ? ajouta Joseph.

Jean se contenta d'un hochement de tête et retourna à son travail. Il en vint à la conclusion que la vie n'était facile pour personne. Il ne lui revenait pas à lui, Jean Roy, d'intervenir dans celle des autres.

Plus tard, pendant leur conciliabule du soir, Paule confortablement installée sur son oreiller conclut avec sagesse :

— Si Dieu veut ça, Il va ben faire les choses. C'est Lui qui va décider, pas nous autres, dit-elle simplement en éteignant la lampe.

Intérieurement, elle était folle de joie et remplie d'espoir de revoir sa jeune amie.

Edmond fut agréablement surpris de voir que le jeune Hermas Masson acceptait de s'occuper de sa terre pour trois semaines en échange de trois dollars par semaine et tous les légumes venus à maturité, les œufs ainsi que le lait disponible. Sa mère était d'autant plus reconnaissante qu'elle se voyait ainsi doubler son garde-manger gratuitement. Sur le chemin du retour, Edmond décida d'aller s'informer du prix du billet de train pour aller à Montréal. De là, il trouverait certainement un train pour le Maine. Il prit la direction de Saint-Édouard.

Le village était au plus calme. Le train arrivant de Québec venait de passer, laissant derrière lui le sac de missives à classer et un nuage de poussière qui s'estompait tranquillement.

— Je vous l'ai dit combien de fois, Pierrette, que vous avez pas à venir chercher votre poche de lettres tous les jours de même ! Ça me fait plaisir de venir vous la porter à maison, répéta Paul pour la millième fois depuis un an.

— Pis moi je te dis que ça me fait marcher un peu, pis que ça me fait du bien de venir te parler, lui répondit Pierrette Ouellet sur un ton sans appel.

— Oui. mais je vous raccompagne pareil jusque chez vous une fois sur deux parce que la poche est trop lourde pour que vous la montiez toute seule…

— Dis-le, si je te dérange ! Je vais aller jaser avec la Côté au presbytère à place ! dit la vieille femme en blaguant.

Tous les habitants du village savaient fort bien que la veuve Ouellet ne supportait pas Olivette Côté depuis que cette dernière s'était occupée d'elle pendant sa maladie. D'ailleurs, la veuve ne se souvenait plus de la dernière fois qu'elle l'avait vue. Depuis qu'elle assistait à la grand-messe et qu'elle avait renoué avec d'anciennes amitiés, elle n'avait plus revu la ménagère du curé.

Paul vit un attelage s'approcher de la gare. Il alla à la rencontre de l'homme.

— Encore un autre qui a manqué son train pis, comme de raison, ça va être de ma faute, se dit le jeune commis de gare habitué aux engueulades.

Heureusement pour lui, il se trompait. Edmond ne voulait que des renseignements à propos du billet de train pour aller à Montréal.

Edmond quitta ensuite la gare, heureux des réponses reçues. Il rentra chez lui avec une idée claire de l'organisation des prochains jours. Il ne lui restait qu'à aller rendre visite à ses parents pour leur faire part de son projet. Il craignait plus que tout la réaction de sa mère. Mais ne pas la mettre au courant ne ferait qu'envenimer les choses. Un voyage aussi important se devait d'être annoncé et expliqué. Bizarrement, cette démarche lui semblait l'étape la plus ardue de toutes.

À Saint-Barnabé, les habitantes s'occupaient aussi de leurs confitures de fraises et de désherber leur jardin. Dans la cuisine d'été d'Héléna, les femmes s'affairaient à gérer tous les légumes.

— Va falloir en planter plus pour l'année prochaine, dit Héléna.

— De quoi tu parles, ma grande ? demanda Hilda.

— Des fraises ! On est trois fois plus nombreux que les Blanchet, ça fait que ça va nous prendre plus de plants pour l'an prochain.

— C'est comme pour les animaux, dit Josette qui préparait les haricots pour le souper. On en a juste assez pour nous donner du lait pis des œufs, mais quand va venir le temps de faire boucherie, on sera pas capable de tuer un animal sans se nuire.

— T'as ben raison, Josette, dit Héléna qui n'avait pas encore eu le temps de réfléchir à cette question.

— On tuera deux cochons et on fera des échanges avec les autres paroissiens ou le boucher pour avoir du bœuf, conclut Hilda qui n'avait pas son pareil pour trouver les solutions les plus simples.

Les femmes terminèrent de préparer le repas en silence. L'heure du souper sonna lorsque les hommes arrivèrent de leur dure journée d'ouvrage à la forge familiale.

— La mère, j'ai une bonne nouvelle ! Aujourd'hui, votre Philippe a changé les fers d'un cheval à lui tout seul du début jusqu'à fin ! annonça Gérald tout en commençant à manger.

— C'est vrai, Philippe ?

— Oui m'man ! La prochaine affaire que je vais apprendre, ça va être à faire le fer, dit le jeune homme, tout fier de lui.

— Pour le fer, on va attendre un peu, mon Philippe. Une étape à fois, décréta Gérald.

— En tout cas, y a juste une chose que j'aime pas ben ben dans une forge. Il fait chaud là-dedans en été ! s'exclama le garçon, heureux d'avoir quelque chose à raconter.

— Plains-toi pas, le jeune ! dit Gérald en ébouriffant la tignasse de Philippe. Quand j'avais ton âge, j'allais bûcher dans le bois l'hiver avec le père. À choisir, je préfère crever de chaud dans une forge que de geler tout rond dans le bois au mois de janvier, raconta-t-il, une pointe de nostalgie dans la voix au souvenir de son père.

— Je crois que si une certaine personne nous coupait les cheveux un brin, on aurait probablement moins chaud en travaillant, hein Gérald ?

Josette, heureuse de pouvoir mettre ses compétences de l'avant, se dépêcha de terminer son repas. Elle fut dispensée du lavage de vaisselle pour pouvoir installer tous les outils nécessaires à sa tâche de barbière. Ensuite, la famille en entier s'immobilisa autour de l'artiste pour observer la transformation capillaire qu'elle donna à ses deux frères. La coupe était idéale pour un forgeron ou même un habitant. Il s'agissait d'un dégradé fondant libérant la nuque tout en laissant suffisamment de cheveux sur le crâne pour protéger la tête du soleil.

— Philippe ! T'as l'air d'un homme ! dit Héléna les mains jointes sur la poitrine.

— Une coupe à l'américaine… Y a personne dans la paroisse qui a des cheveux de même ! dit Oscar, jaloux.

— M'man, si on me demande de couper des cheveux, d'après vous, ça serait un bon moment pour m'ouvrir un commerce ? demanda Josette, remplie d'espoir.

Depuis son arrivée, elle ne rêvait que d'une chose, ouvrir son salon de barbière. Sa mère lui avait bien expliqué qu'à la campagne, ce métier était réservé aux hommes. Pour cette raison, il faudrait user de beaucoup de doigté pour introduire le concept parmi les paroissiens du village. Le mieux était d'étaler son talent en laissant ses frères exhiber de belles coupes de cheveux et espérer que certains hommes se laissent tenter par l'expérience.

— Laisse-les venir à toi, ma fille. Fais-leur sentir que tu leur fais une faveur, comme ça tu vas pouvoir demander ton prix, dit Héléna qui se découvrait une fibre d'entrepreneure. C'est eux autres qui doivent te supplier d'ouvrir ton commerce.

— C'est pas d'même que le monde se peigne par icitte. Oscar a raison, insista Toinette, envieuse du talent de sa sœur aînée.

— C'est parce que c'est leurs femmes qui coupent leurs cheveux. répondit Hilda. Elles ont pas le temps de voir à tout, les pauvres…

— Aimerais-tu ça essayer, Toinette ? Comme ça, si jamais j'ai trop de clients, tu pourrais me donner un coup de main, offrit l'aînée, bonne joueuse.

Toinette s'empara d'un Oscar craintif et hésitant. Sous les conseils de sa sœur, elle tenta de reproduire la coupe de cheveux. Le résultat n'était pas trop mal. Elle répéta l'expérience sur David et termina son apprentissage sur Émile.

— T'es vraiment bonne, Toinette ! dit Josette, impressionnée par le talent naturel de sa sœur. Quand j'ai commencé, ça m'a pris des semaines avant d'avoir la main aussi assurée !

Toinette devint rose de plaisir et gonflée de fierté en contemplant les têtes qui lui étaient passées entre les mains.

— Impossible que tu te trouves pas de clients dimanche, ma Josette. Avec tous les modèles qu'y va y avoir à la grand-messe, ça devrait t'attirer au moins quelques hommes ! dit Hilda, confiante.

Cette nuit-là, Josette rêva d'un atelier séparé de la maison où elle pourrait couper les cheveux. Elle imaginait ses clients venir de tous les villages des alentours pour avoir le privilège de se faire couper les cheveux par elle, la grande Josette !

Chapitre 13

Le dimanche, Agathe et Toinette quittèrent la basse messe d'un pas pressé. Pendant l'office, le curé avait annoncé le départ de sa ménagère. Il lui fallait rapidement la remplacer, c'est pourquoi il faisait appel aux habitants du village. Si quiconque connaissait une femme intéressée à occuper ce poste, il les priait de la référer au presbytère, sans quoi il devrait faire le tour des paroisses voisines afin de trouver la perle rare. Cette mention déclencha une crise d'angoisse fulgurante chez Toinette.

— Marche moins vite, tu vas attirer l'attention sur nous autres, dit calmement Agathe.

— Je vais dire à m'man que je veux aller travailler au presbytère ! déclara la jeune fille.

— M'man voudra jamais te laisser aller travailler là.

— Elle aura pas le choix ! décréta Toinette bien décidée à prendre les choses en main.

— T'as pas pensé que le curé de Saint-Édouard pourrait venir visiter notre curé ? Tu ferais quoi si ça arrivait ? Veux-tu ben me le dire ?

Toinette ralentit le pas, à bout de souffle. Il n'y avait donc pas de solution à ce damné problème ? Elle fut la proie d'une migraine carabinée qui l'envoya au lit dès son arrivée à la maison.

— Qu'est-ce qui se passe avec Toinette ? demanda Héléna, inquiéte de la pâleur de la jeune fille.

— Le curé nous a dit qu'il se cherchait une nouvelle servante et s'il trouve personne ici, ben il dit qu'il va chercher dans les autres paroisses pour s'en trouver une. Ça fait que Toinette a pris peur.

Josette soupira d'exaspération. Ce contretemps avait le potentiel de mettre tous ses projets professionnels en l'air. Hilda tapota l'épaule de sa petite-fille et l'invita à la suivre. Tous les membres de la famille Senécal prirent le chemin de l'église pour assister à la grand-messe. Sur le parvis, la nouvelle courait déjà parmi les fidèles présents : le curé se cherchait une nouvelle ménagère. En survolant les petits groupes, on pouvait entendre le même commentaire revenir en boucle. Il s'agissait d'un travail bien rémunéré pour une veuve, mais personne ne souhaitait travailler pour un curé. Ces hommes étaient souvent plein de manies et de caprices qu'aucune femme n'avait envie de combler. Le curé Viens, bien qu'homme raisonnable, allait devoir chercher longtemps une remplaçante.

— Héléna, y aurait pas une de vos filles qui serait intéressée par cet ouvrage-là ? Vous habitez quasiment à côté, avait suggéré Aline Bouchard, la propriétaire du magasin général.

— Mes filles restent dans maison, madame Bouchard ! répondit la mère de famille d'un ton catégorique.

La commerçante, en rien déstabilisée, jeta son dévolu sur Anna Legrand.

— Anna, ta Séverine aimerait pas ça aller travailler au presbytère ? Me semble que ça lui ferait quelque chose à faire de ses journées.

Le regard noir que lui adressa la vieille fille en question apprit à la commerçante qu'elle n'était pas intéressée.

Sur ce même parvis, un autre phénomène attirait l'attention des paroissiens ce dimanche-là. Les hommes Senécal arboraient des coupes de cheveux dignes des plus riches commerçants de Montréal. Leur élégance leur donnait une certaine prestance qui fut rapidement enviée par les autres hommes. Gérald et Philippe étaient plus qu'heureux de vanter le talent de Josette. Ils racontèrent aux hommes autour d'eux que leur sœur avait appris à couper les cheveux aux États, là où on autorisait les femmes à exercer ce métier. Plusieurs habitants s'informèrent du prix d'une telle folie, espérant pouvoir se la permettre.

— Je l'sais ben pas si elle va vouloir, laissa entendre Gérald, fin renard. Le mieux serait d'aller y demander…

Gérald les guida immédiatement vers sa sœur afin de battre le fer pendant qu'il était chaud.

Edmond choisit ce moment pour arriver à l'église de Saint-Barnabé. Il avait bien pris garde de ne pas arriver trop tôt, car sa mère pouvait lire en lui comme dans un livre ouvert. Il préférait aborder le sujet de son voyage aux États uniquement après le repas familial. Il entrava sa bête près des autres bogheis et se fraya un chemin à travers les paroissiens pour aller retrouver son père qui était en compagnie de son oncle Bernard. Ce dernier, peu désireux de mettre le doigt entre l'arbre et l'écorce, évita de poser des questions à son neveu à propos de son projet. Ce n'est qu'au moment où les fidèles firent leur entrée dans l'église que le fils approcha de sa mère pour lui faire la bise. Au contact des lèvres de son fils sur sa joue, Anna su instinctivement qu'un changement s'opérait, qu'un danger rôdait. Ce pressentiment hanta les pensées de la mère durant tout l'office dominical.

Sur le banc des Senécal, Héléna repensait au poste de ménagère du curé. Certes, donner ce poste à une femme du village aurait l'avantage de rassurer sa fille et éviterait probablement un scandale à la famille Senécal. Plus la mère de famille y pensait, plus il devenait clair que la solution idéale serait de se porter elle-même volontaire. L'envie lui manquait, bien évidemment. Elle n'était pas différente des autres femmes et elle avait été au service d'un homme, le sien, assez longtemps pour savoir que sa vie était de loin plus facile maintenant. Que devait-elle faire ? Attendre quelques jours afin de voir si une habitante de Saint-Barnabé se présentait avant d'aller proposer ses propres services ? D'après la rumeur qui avait circulé sur le parvis, c'était peine perdue. Aucune femme ne le ferait. Elle avait beau retourner la situation dans tous les sens, elle ne voyait qu'une façon de préserver la quiétude de Toinette. Elle devait aller au presbytère dès la fin de l'après-midi pour offrir ses services. Adieu journées occupées à faire le travail d'une seule femme. Il lui faudrait maintenant recommencer à travailler à l'extérieur. Heureusement que sa mère vivait avec eux et qu'elle verrait à ce que chacun fasse sa part. Et il y aurait également l'avantage du salaire qu'elle gagnerait. Cela libérerait peut-être un peu Gérald de toute cette pression. Où en étaient-ils dans leurs finances ? Héléna avait oublié de s'en inquiéter et Gérald n'avait jamais fait mention de quoi que ce soit. Elle avait tenu pour acquis que tout allait rondement. Il lui faudrait faire le tour de la question et pas plus tard qu'à midi. À la fin de l'office, Héléna se signa et sortit de l'église rapidement, laissant derrière elle le reste de la famille. Il lui tardait d'aller rassurer Toinette qu'elle trouva en train de mettre le couvert aux côtés d'Agathe.

— Toinette, j'ai ben réfléchi pis j'pense que j'ai trouvé une solution, annonça Héléna sans autre préambule, la porte moustiquaire claquant contre le cadre de porte derrière elle.

— De quoi vous parlez, m'man ?

— Le curé aura pas besoin d'aller ben loin pour se chercher une servante parce que je vais y aller, moi, travailler au presbytère.

Toinette dévisagea sa mère.

— Mais m'man, vous aimez pas ça travailler ailleurs que chez vous !

Les autres membres de la famille arrivèrent à ce moment-là, interrompant la conversation. Les femmes apprirent que plusieurs hommes de la paroisse avaient demandé à Josette si elle accepterait de leur couper les cheveux. La jeune femme était aux anges ! Ainsi, sa mère avait eu raison : devant la parade des Senécal, les clients avaient constaté ses talents.

Chacun changea de vêtements et tous se retrouvèrent autour de la table de la cuisine d'été.

— C'est bien, ma Josette ! Tu vois ? C'est eux autres qui demandent, t'as pu besoin de les convaincre que tu peux faire une job d'homme, ils l'ont vu que t'étais capable, avait dit Héléna véritablement heureuse pour sa fille. Mais je veux pas te voir toute seule avec un client, par exemple. Ta grand-mère ou une de tes sœurs va toujours être avec toi quand tu travailles. On est jamais trop prudent. Tu vas commencer dans la cuisine d'été pis tu travailleras les samedis. Comme ça, on se fera pas déranger n'importe quand dans la semaine.

La conversation s'orienta ensuite vers la forge. Héléna enfouit son fils Gérald sous une avalanche de questions, ce qui fit bondir le jeune homme.

— Batince, la mère, on dirait que vous me faites pas confiance ! Si y avait un problème, je vous l'aurais dit. Après tout, c'est à vous, cette forge-là !

— Bon ! On va se calmer. Gérald, c'est juste normal que ta mère se pose des questions rapport qu'y a des paiements qui sont dus bientôt. Fais juste y répondre comme du monde pour la rassurer pis tout va bien aller, trancha Hilda.

— Ta grand-mère a raison. Je veux juste savoir si on va être capable de faire notre paiement. Mais c'est pas tout, Gérald. J'vais aller travailler au presbytère et j'veux juste savoir si ça va nous aider un peu, au moins, expliqua calmement la mère de famille.

— Pourquoi vous voulez aller travailler là ? Vous êtes pas ben chez vous ? J'vous comprends pas !

— C'est pour pas que l'curé fasse venir quelqu'un d'une autre paroisse pour travailler au presbytère, expliqua Agathe.

— Ça pourrait pas nuire, c'est certain, la mère… conclut Gérald qui ne précisa pas s'il parlait des finances ou du scandale potentiel.

— Bon, ben, j'vais y aller après la sieste, dit la mère de famille sans grand enthousiasme.

— J'vais venir avec toi, ajouta Hilda. On pourrait faire cet ouvrage-là à deux ? Et quand t'aurais des grands ménages à faire, on pourrait même y aller à quatre, proposa la vieille femme, toujours prête à aider.

— M'man, quand vous serez tannée de travailler, vous penserez à vous remarier, déclara Oscar entre deux bouchées. Y a le vieux Valcourt qui arrête pas de parler d'vous avec Gérald avant la messe. Ça fait trois semaines qu'il parle de vous. Hein, Gérald ? poursuivit le garçon.

— T'es pas un peu jeune pour avoir compris ça ? s'exclama Gérald, surpris.

— Crains pas, mon Tocson, j'suis pas prête de me remarier. Pas question d'obéir à un homme qui prendrait ses caprices pour des principes. Non merci ! trancha Héléna.

À l'autre bout du rang, chez les Legrand, Edmond avait profité du repas familial pour faire son annonce. Il avait pris le temps d'expliquer les différentes solutions trouvées pour répondre à tous les besoins de sa terre pendant son absence. Tout avait été expliqué avec logique et méthode. De ce côté, personne ne pouvait l'attaquer. Mais la mère de famille flairait le danger. Après le repas, elle prit son fils par le bras et le guida vers le salon. Elle y convoqua également son mari et prit le temps de fermer la porte.

— Ça fait qu'elle t'a répondu ? commença Anna dont les mille et une questions se bousculaient dans la tête.

Omer observait Edmond. Depuis le plan exposé autour de la table, il était fier de lui. Il était fier de sa manière de tout régler afin de pouvoir s'absenter en plein été, un des pires temps pour un agriculteur. Ce plan lui démontrait que son fils était un homme réfléchi malgré ses lenteurs.

— Ta mère t'a posé une question, Edmond.

— J'ai pas encore reçu sa lettre, répondit-il en avalant sa salive.

Les parents Legrand restèrent interdits devant cette déclaration.

— Pour que j'comprenne ben, mon Edmond, elle t'a envoyé combien de lettres depuis son départ ? demanda Anna.

— Aucune…

Le jeune veuf rougit jusqu'à la racine des cheveux. De honte, mais surtout de rage. Il était un homme, après tout. Il ne demandait pas la permission d'aller aux États ! Il les informait de son projet, tout simplement.

La lueur qui illuminait les yeux du jeune homme surprit la mère. Pour une rare fois, il avait l'air bien décidé. Si elle arrivait à le faire reculer aujourd'hui, la question reviendrait sur le tapis plus tard, ou pire, il ferait son voyage dans leur dos. Après tout, si ce n'était que pour aller chercher cette fille, ou même constater qu'elle était mariée ou tout simplement pas intéressée, le voyage en valait la peine. Mais il y avait le danger qu'il aime la ville, qu'il aime les États et qu'il choisisse d'y faire sa vie et qu'il ne revienne jamais au pays. Même pas pour la revoir sur son lit de mort ! Elle respira profondément. Quelqu'un devait faire entendre raison à son fils à propos des États.

— C'est beau, on comprend, ton père pis moé ! déclara Anna sous le regard incrédule de son mari. Tu veux aller voir… c'est beau. Mais juste avant d'y aller, j'aimerais que t'ailles voir le forgeron. Lui, il en revient des États. Il va pouvoir te dire c'est comment pis t'expliquer à quoi t'attendre. Au moins, tu partiras pas innocent comme l'enfant qui vient de naître, conseilla fortement la mère.

— Ta mère a raison. On va aller voir le forgeron, décréta Omer.

Ils décidèrent de laisser passer la sieste dominicale et d'aller visiter Gérald en fin d'après-midi. Edmond était d'accord. Si consulter cet homme avait la possibilité de calmer ses parents, il était prêt à y aller. Et il était aussi vrai qu'il pourrait lui poser des questions pour encore mieux se préparer à ce qui l'attendait. Edmond savait fort bien qu'il n'était pas fou au point de tout laisser derrière lui et partir à l'aventure comme semblait le craindre sa mère. Si tel avait été le cas, il aurait vendu sa terre avant de partir. Non ! Il savait qu'il allait revenir. Avec Agathe. De cela, il était certain.

Dans la maison des Senécal, la sieste fut courte pour certaines. Hilda et Héléna n'arrivaient pas à dormir. Cette attente était trop longue.

— On va y aller tout de suite, suggéra Hilda. Ça va être une belle façon de le dompter en partant, l'curé, dit la grand-mère surprise par sa propre audace.

Les deux femmes se coiffèrent, mirent leurs robes du dimanche et quittèrent la maison. Dehors, seuls leurs pas sur le trottoir de bois résonnaient. Elles trouvèrent le curé Viens endormi sur la galerie de son presbytère, un livre pieux entre les mains. Le curé accueillit ses paroissiennes avec surprise. Il ne s'était pas imaginé qu'une propriétaire de forge ait suffisamment besoin d'argent pour se porter volontaire pour l'ouvrage qu'il proposait. Après avoir discuté avec les dames, le marché fut rapidement conclu. Héléna travaillerait en alternance avec sa mère au presbytère. Les femmes se partageraient un salaire de quatre dollars par semaine. Héléna négocia un salaire plus élevé à l'automne et au printemps, pour les semaines de grand ménage, prétextant que ses filles viendraient leur donner un coup de main. Le curé vit là une excellente occasion de pratiquer sa charité chrétienne sans froisser la fierté de la mère de famille. Il accepta sans négocier. Mère et fille quittèrent le presbytère avec une promesse d'y retourner dès le lendemain matin.

— Un jour sur deux, ça sera pas la fin du monde, rassura Hilda. On est assez de femmes à maison pour voir au ménage pis au jardin pis aux animaux avec les plus jeunes.

Les deux femmes arrivèrent devant leur maison en même temps qu'un attelage et sa poussière. Héléna reconnut le fils d'Anna Legrand, ce jeune veuf qu'elle trouvait si niais et mou. À ses côtés, le père se tenait bien droit.

— Dis-moi pas qu'y veut me prendre ma Josette, lui… murmura Héléna.

— Bonjour, madame Senécal, on voudrait parler à votre fils, le forgeron, dit Omer.

— Suivez-nous pis j'vais aller vous le chercher, dit la mère, soulagée.

Les femmes entrèrent dans la maison en invitant les visiteurs à prendre place sur les chaises disposées sur le perron. Héléna alla réveiller son fils et l'envoya dehors pour voir ce qu'on lui voulait.

— Bonjour, monsieur Senécal ! J'vous présente mon fils Edmond. Il est intéressé par les États pis comme je sais que vous en arrivez, j'me suis dit que vous pourriez peut-être en parler ensemble et répondre à ses questions, expliqua le père de famille visiblement nerveux.

— Ça va me faire plaisir. Qu'est-ce que vous voulez savoir exactement ? demanda Gérald, heureux qu'on ait pensé à lui en tant que référence en la matière.

Les voix d'hommes sur le perron réveillèrent les dormeurs à l'étage. Toinette choisit de rester dans son lit. Josette sortit de sa chambre et alla voir Agathe. Elle commençait à en avoir assez de s'occuper des états d'âmes de cette sœur qui était de plus en plus anxieuse pour tout et pour rien.

— Couche-toi ici avec les filles, j'vais aller parler à Toinette, dit Agathe qui comprenait bien l'agacement de Josette tout en étant solidaire de Toinette.

Dans la chambre voisine, Agathe trouva sa sœur couchée en position fœtale, se berçant pour s'apaiser.

— Qu'est-ce que t'as ? demanda Agathe.

— Y a du monde dehors. J'les connais pas… dit la jeune fille.

Elle savait fort bien qu'aucune autre explication n'était nécessaire.

— Bouge pas d'ici, j'vais aller voir.

Agathe descendit et se posta derrière la porte séparant la cuisine d'hiver de la cuisine d'été. Depuis cette position, elle pouvait entendre la voix de son frère. Héléna sortit de sa chambre et vint la rejoindre.

— Te v'là ben senteuse… dit la mère pour taquiner sa fille.

Les deux femmes se turent pour mieux entendre Gérald discourir à propos de son expérience américaine.

— Moi, j'étais dans une p'tite ville du Maine. J'veux dire nous autres, ma famille. Une grosse partie des Canadiens vont au Massachusetts. C'est là que ben du monde veut aller. Mais nous autres, on voulait rester proche de chez nous.

— Vous étiez dans quelle ville du Maine ? demanda Edmond.

— Nous autres on était à Waterville. Là, y a ben de l'ouvrage, mais y a aussi ben de la misère, avertit Gérald, qui comprit que ce type de commentaires plairait au père. C'est pas parce que tu travailles que tu gagnes ta vie… T'es là pour enrichir les autres pas pour t'enrichir toi-même, ajouta-t-il, mais en le regrettant immédiatement.

Il se devait maintenant d'expliquer de quelle manière il se retrouvait aujourd'hui propriétaire d'une forge.

— Si on a pu revenir au pays pour s'établir, c'est parce qu'on n'est pas partis les mains complètement vides de chez nous. Une fois aux États, on a habité dans un p'tit logement, ben trop p'tit pour nous autres, pis tout l'monde travaillait sauf les plus jeunes. On a épargné et ma grand-mère nous a aussi aidés.

À cet instant, Hilda sortit à son tour de la chambre des mères et s'esclaffa devant le spectacle de la mère et la fille, surprises en plein délit d'écorniflage.

— J'vais aller leur offrir du thé. Moi aussi, j'en ai long à dire sur Waterville, dit Héléna en laissant Hilda et Agathe derrière la porte communicante.

— C'est justement à Waterville que j'veux aller, annonça Edmond.

À l'intérieur de la cuisine d'hiver, le sang d'Agathe se glaça pour se réchauffer immédiatement. Cette voix, elle croyait l'avoir déjà entendue. Elle entrouvrit légèrement la porte communicante pour mieux l'entendre.

— Qu'est-ce que tu veux aller faire là ? demanda Gérald, curieux. As-tu des contacts ? As-tu une job en vue ?

— Non, j'ai pas de job qui m'attend ni de contacts. J'veux aller rejoindre une fille, dit le veuf, le regard embrumé. Elle est partie rejoindre sa famille l'été passé pis j'ai eu beau y écrire, j'en ai pas de nouvelles.

Tout à coup, Gérald se douta qu'il pouvait s'agir d'une de ses sœurs. Il choisit ses mots afin d'encourager le jeune veuf à poursuivre ses confidences.

— On allait à l'église des Canadiens français. Si c'est une fille de chez nous, ça se peut qu'on la connaisse. Ma mère pis mes sœurs travaillaient dans une manufacture de chemises pour hommes. C'est là que ben des filles travaillaient.

— La fille que j'veux aller voir aidait une cousine à sa mère qui avait une grosse famille dans le village où j'habite. Elle a fini par aller rejoindre sa famille, pis me semble qu'elle aussi devait aller travailler dans une usine de couture…

Gérald venait d'en obtenir la confirmation par ces quelques détails : cet homme cherchait bel et bien sa sœur Agathe. Il poussa donc son interrogatoire un peu plus loin avant de décider s'il aiderait ce jeune homme naïf qui était assis à quelques pas de l'objet de sa convoitise.

— Pis, qu'est-ce que tu lui veux à cette fille-là ?

Arrivée dans la cuisine d'été, Héléna aussi avait compris. Ce jeune homme qu'elle trouvait niais était cet Edmond dont Agathe leur avait parlé. Celui qu'elle aurait pu épouser s'il s'était décidé. La mère s'angoissait: que convenait-il de faire? C'est Dieu Lui-même qui avait ramené cet homme sur le chemin de sa fille. Mais pour le bien de toute la famille, que fallait-il faire? Il ne s'agissait pas seulement d'Agathe, mais bien de tous les Senécal! Que voulait Dieu au juste?

Agathe avait définitivement reconnu la voix de son cavalier. Le souffle coupé, elle s'appuyait contre la porte comme elle l'aurait fait contre le jeune homme. Ainsi, Edmond l'aimait. Il l'aimait au point d'essayer d'aller la retrouver dans une grande ville américaine qu'il ne connaissait même pas. Il avait mis du temps avant de se décider, mais il la cherchait enfin. La jeune femme pleurait de joie. Maintenant, tout en elle souhaitait aller rejoindre cet homme doux et bon qu'elle avait appris à aimer à force de se laisser apprivoiser par lui, mais elle n'était plus seule au monde. Elle devait penser aux autres membres de sa famille. Que devait-elle faire?

— J'veux lui dire que je l'aime, pis que j'veux qu'on se marie. Pis j'veux y dire aussi que j'veux qu'elle revienne avec moi sur ma terre, dit Edmond en se cramponnant à son chapeau.

Cette déclaration scella le sort d'Edmond Legrand. Devant cet amour exprimé si purement, devant le sacrifice qu'il s'apprêtait à faire pour aller rejoindre Agathe, Héléna prit une décision. Elle prit son plateau et se dirigea vers la porte communicante qu'elle ouvrit. Le regard implorant d'Hilda termina de la convaincre de la conduite à adopter. D'un seul regard, elle apprit que sa fille partageait les sentiments du jeune veuf. Cela conforta la mère de famille dans sa décision. Elle lui remit le plateau contenant les tasses de thé.

— Va donner le thé à nos visiteurs, Agathe… dit Héléna d'une voix étouffée par l'émotion. Dépêche ! On fait pas attendre d'la visite rare.

La mère regarda la jeune femme gravement, une larme perlant sur sa joue. Elle hochait la tête pour bien confirmer son approbation à sa fille qui ne semblait pas croire en sa chance.

— Mais m'man… balbutia Agathe qui n'était pas certaine que sa mère avait bien compris ce qu'elle s'apprêtait à déclencher.

— Va vers ton destin, ma belle… Vas-y vite avant que je change d'idée !

Sans prendre le temps de sécher ses larmes, Agathe ouvrit la porte, regarda Edmond droit dans les yeux et lui offrit une tasse de thé le plus naturellement du monde.

— Agathe ? souffla Edmond abasourdi par la surprise, persuadé d'être victime d'une hallucination.

Héléna apparut derrière Agathe.

— C'est elle ? C'est de ma fille que tu parles depuis tantôt ? demanda Héléna d'un ton bourru.

Devant le couple d'amoureux, Héléna eut un bref moment d'attendrissement qu'elle décida de combattre pour poursuivre :

— T'as l'air de bien la connaître et avec ce sourire que j'y ai rarement vu, je dirais qu'elle te connaît bien aussi. Mais moi, mon p'tit gars… J'te connais pas pantoute ! Ça fait qu'avant de sortir les grands mots pis les grandes déclarations, tu vas faire les choses dans l'ordre. Tu vas commencer par demander à son frère si tu peux la fréquenter et après, tu vas lui demander, à elle, son avis !

Edmond s'exécuta auprès de Gérald. Ce dernier n'eut qu'un regard pour sa sœur, et sans hésiter, il accepta que le jeune veuf vienne accrocher son fanal les bons soirs. Agathe lui simplifia les choses et l'invita à venir veiller au salon un de ces soirs. Reconnaissant de son aide, Edmond la présenta à son père. Il en profita pour se remettre les idées en place et tenta de faire bonne figure devant la matrone qui servait de mère à son Agathe.

— C'est un vrai miracle, viarge ! J'vais aller chercher ta mère... dit Omer qui sentait que sa femme profiterait grandement de ce spectacle.

— C'est pour ça que tu me répondais pas ? T'étais pus là ! comprit le jeune veuf.

Peu à peu, le perron se vida, laissant Agathe seule avec Edmond, sous l'œil attentif d'Héléna qui choisit ce moment précis pour faire son raccommodage. À quelques mètres du jeune couple, elle les voyait sans les entendre.

— Tantôt... t'as dit quelque chose à mon frère, t'en rappelles-tu ? demanda Agathe.

Elle savait qu'il lui faudrait saisir la balle au bond. Edmond fouilla dans sa mémoire et revit la scène au ralenti dans une espèce de brume amoureuse.

— J'ai rien contre... mais va falloir que tu t'arranges avec elle, dit Agathe en pointant en direction de sa mère.

Devant cet aveu, Edmond n'osait embrasser sa fiancée de peur de se faire jeter hors du balcon tête première. Il préféra lui emprisonner les mains dans les siennes. Ses paumes étaient aussi douces et chaudes que dans les souvenirs de la jeune femme.

Un peu plus tard, Anna arriva et se présenta à la belle de son fils. Une petite soirée improvisée s'organisa rapidement chez les Senécal. On mangea ensemble à la bonne franquette. La soirée s'écoula dans l'allégresse. Héléna avait l'impression de se faire envahir par cette belle-famille d'adoption. Elle mit tout le monde dehors vers neuf heures, prétextant qu'elle commençait son travail au presbytère le lendemain. Avant le départ d'Edmond, Héléna dicta les conditions à respecter pour avoir le privilège de fréquenter sa fille.

— Tu peux venir visiter ma fille le dimanche en fin d'après-midi. Et tu diras à ma cousine que j'vais venir la visiter pas plus tard que cette semaine, déclara Héléna qui avait grande envie de rencontrer cette Paule.

Elle était consciente que la suite des choses dépendait de sa bonne entente avec elle et le reste de la famille Roy. Il lui faudrait aussi prendre soin de maintenir une bonne relation avec le curé Boucher.

Chapitre 14

Edmond était rentré chez lui, flottant sur un nuage. Il avait retrouvé la femme de sa vie. Tout se mettait en œuvre pour lui faciliter la tâche, cela voulait certainement dire que Dieu approuvait son plan. Et cela ne pouvait qu'être bon si Dieu approuvait. À partir de ce moment, Edmond n'eut plus de doutes quant à l'union qu'il souhaitait former avec Agathe. La jeune femme elle-même avait confirmé son intérêt pour un projet de vie commune. Il ne restait qu'à conquérir la mère de sa dulcinée. Le veuf n'était pas naïf au point de croire la chose facile. La bonne nouvelle était qu'une belle-mère ne se côtoyait que quelques fois par année. D'ailleurs, il lui fallait absolument avertir Paule que sa cousine avait l'intention de la visiter dans le courant de la semaine. Devant l'heure tardive, le jeune homme décida d'attendre au lendemain pour communiquer cette information. Il alla se mettre au lit et s'endormit sans trop tarder, rêvant au dimanche suivant et préparant ses sujets de conversations afin d'éviter de n'avoir rien à dire.

Dès son lever, Edmond se vit dans l'obligation d'aller rendre visite à la famille Masson dont les services ne seraient plus requis pour l'entretien de sa ferme. La mère du jeune Hermas fut la plus déçue d'entre tous. Après cette visite désagréable, Edmond se rendit chez les Roy pour leur annoncer la bonne nouvelle ainsi que la venue de leur cousine dans le courant de la semaine. Il guetterait sa venue, se trouvant des petits travaux à faire autour de la maison et des bâtiments, le plus près possible de la route. Avec un peu de chance, Agathe serait du voyage. Il entreprit donc un grand ménage de sa maison, question d'impressionner sa future belle-mère si elle acceptait de venir visiter son logis.

Dans le presbytère de Saint-Barnabé, Héléna Senécal entamait son règne. Elle avait fait le tour de la maison cossue pour constater tout le travail qu'il y avait à faire. L'ancienne ménagère du curé Viens devait savoir depuis quelque temps qu'elle quitterait son poste et, apparemment, elle n'avait rien à faire de ce qui serait colporté sur son compte après son départ. Héléna lui enviait cette insouciance, mais l'état dans lequel était le presbytère la décourageait. La nouvelle employée commença par faire une liste des tâches les plus pressantes. Comme elle allait partager le travail avec sa mère, elle se devait d'être méthodique. Elle se garda les tâches les plus difficiles afin d'épargner Hilda. Tout d'abord, Héléna décida d'attaquer le lavage. Il y avait tout un tas de vêtements sans compter les draps du curé qui avaient connu des jours meilleurs. Elle décida de laisser le ménage de la cuisine à sa mère. Le reste de la semaine, elle remettrait à niveau les autres pièces.

De l'autre côté de la rue principale, Hilda distribuait les corvées aux enfants Senécal. Toinette serait à la lessive sur le perron arrière de la maison et les autres femmes au ménage de l'intérieur. Les plus jeunes se virent confier l'entretien des bâtiments. Hilda qui avait eu l'occasion de voir l'état de déprime dans lequel se trouvait Josette depuis la veille décida de la convoquer au potager afin de faire le désherbage hebdomadaire. Les confidences se faisaient plus facilement lorsque les mains étaient occupées.

— Tu dis rien depuis que t'es levée, Josette… Y a-tu que'que chose qui te tracasse ? demanda la grand-mère en s'agenouillant devant les plans de patates.

Devant le silence buté de la jeune femme, Hilda soupira. Les confidences seraient longues à venir. Les deux femmes travaillèrent côte à côte pendant une bonne partie de la matinée. Par la fenêtre de la chambre des garçons, on pouvait entendre Agathe qui fredonnait le *Minuit, chrétiens*.

— Eh ben… Y en a une qui est mêlée dans ses saisons ! dit la grand-mère, amusée.

Le regard noir que Josette jeta vers la fenêtre d'où provenait la chanson en dit long sur la nature du trouble de la jeune femme.

— C'est à cause de ta sœur pis de son cavalier ?

Déjà au souper de la veille, elle avait arboré un visage fermé que tous avaient fait semblant d'ignorer.

Josette laissa passer un long moment pendant lequel elle cherchait les bons mots pour exprimer sa frustration. Elle aimait sa sœur et ne lui souhaitait que du bonheur. Mais elle ne pouvait s'empêcher de penser que la jeune femme avait eu toutes les chances du monde, mis à part sa grossesse honteuse. Elle avait eu la chance de rencontrer cette Paule qui avait eu une influence plus que positive sur elle. Elle était revenue dans le giron familial transformée en adulte mature alors que Toinette avait vraisemblablement été traumatisée par son expérience de la maternité et ses conséquences. On aurait dit que ses frères et sœurs avaient vécu dans la honte et le rejet, mais pas Agathe. En plus, tout le monde s'entendait pour la consulter dès qu'un problème survenait, signe que tous les membres de la famille avaient confiance en elle. Quelle était la cause de cette crédibilité auprès des siens ? Josette n'aurait su le dire, mais elle la lui enviait.

— C'est fou, grand-maman, mais j'peux pas m'empêcher de penser qu'elle a eu toutes les chances dans vie ! déclara la jeune femme, très consciente de l'injustice de la déclaration.

Elle s'en excusa immédiatement auprès de sa grand-mère.

— Excuse-toi pas, Josette, tu peux pas t'empêcher de ressentir ce que tu ressens. Tu penses à Jacques ? Tu le sais que ta vie est pas finie, hein Josette ? T'es belle, t'es jeune… Icitte, personne vous connaît, ni toi ni tes sœurs. Personne te regarde croche. Y reste encore ben des choses qui sont possibles pour toi. Ce serait bête de te priver.

Le haussement d'épaules termina de convaincre la vieille femme que le drame de sa petite-fille résidait là. Josette se croyait condamnée à rester vieille fille… Depuis la veille, elle se sentait définitivement seule et punie.

— Y a d'autres hommes dans l'monde, Josette, pis avec ton métier de barbière, tu vas en rencontrer un pis un autre ! Tu vas pouvoir le choisir en l'examinant de proche, en plus, taquina la grand-mère.

Hilda aperçut un début de sourire au coin des lèvres de la jeune femme. Josette ne disait toujours rien, mais le discours semblait faire son chemin.

— En plus, si tu choisis de continuer de vivre dans le passé, y va te rester juste à être triste et amère. Oublie le passé, c'est fini, ça reviendra pas. Mais il te reste un avenir… Et te punir indéfiniment à cause que t'as rien dit à propos du vieux Lemoyne, ça te servira à rien. À moins que ce soit ça ton plus grand rêve : devenir vieille fille, ajouta la grand-mère, pour alléger l'atmosphère.

Finalement, c'est apaisée que Josette alla rejoindre sa sœur dans la cuisine pour commencer à transformer les légumes fraîchement cueillis en un copieux repas.

Le mardi matin, Héléna accompagna sa mère au presbytère. Elle partagea avec elle la longue liste de tâches à effectuer dans l'immédiat.

— Faites rien que ce qui vous tente là-dedans, moi j'vais faire le reste, avait assuré Héléna avant de quitter le presbytère, impatiente de partir à la rencontre de Paule Roy.

Une fois arrivée à la maison, elle demanda à Philippe d'atteler le boghei. Elle quitta la forge accompagnée de sa fille Agathe. Le chemin se fit en silence. Héléna ressentait des émotions mitigées. Elle était curieuse de rencontrer ces gens qui avaient accueilli sa fille, mais elle craignait leur réaction, leur jugement. Après tout, à leurs yeux, elle était la mère fautive qui avait manqué de vigilance. Peut-être croyaient-ils qu'elle avait même été d'accord. Allez savoir ce que ces bonnes gens s'étaient imaginé à propos d'elle et de sa famille. Elle n'avait fait qu'obéir à son mari – bien à contrecœur. Toute femme mariée comprendrait qu'elle n'avait pas le choix. Elle savait que cette Paule comprendrait cela si elle était la femme qu'elle s'était imaginée. Mais les hommes de la maison, eux… Une flopée de papillons se disputaient une place dans ses entrailles à cette pensée. N'eût été de la nécessité de la démarche, elle ne se serait pas infligé cette rencontre bien pénible. C'était comme retourner dans son village et subir le regard rempli de jugement des autres paroissiens.

À Saint-Simon, Paule avait eu la bonne nouvelle : Agathe n'était pas très loin. Le bon Dieu avait répondu à ses prières en la ramenant sur sa route. Ainsi, elle allait retrouver sa tendre amie et leur complicité qui lui avait fait tant de bien. La mère de famille n'en croyait pas sa chance. Depuis son départ, en plus d'avoir ressenti une immense solitude, elle n'avait cessé de s'inquiéter du sort d'Agathe. Savoir sa protégée en sécurité auprès des siens et dans son pays était rassurant. Surtout, Agathe n'était plus dans le besoin ni dans l'urgence. Elle n'avait pas d'obligation d'aimer Edmond ni de le fréquenter. Si elle avait accepté de le faire, cela voulait dire qu'elle aimait véritablement le jeune homme. Dans ce cas, elle allait tout faire pour soutenir cette union sans aucune arrière-pensée.

— Elle a pas dit quel jour à Edmond ? demanda Joseph qui avait hâte de revoir Agathe.

— Ben non, le beau-père ! Mais si j'ai ben compris, c'est parce qu'elle va travailler au presbytère. On va les prendre quand ils vont venir, décida Paule aussi fébrile que son beau-père.

— Pis elle a pas dit combien y seraient ?

— Elle l'a peut-être dit à Edmond, mais j'ai l'impression qu'y a pas entendu grand-chose, notre voisin. Y devait avoir les deux yeux dans graisse de bines !

La famille Roy n'eut pas à attendre longtemps, car juste à cet instant un attelage fit son entrée dans la cour de la ferme familiale. Une main en visière pour l'aider à identifier ses visiteurs, Paule sortit sur le balcon. Elle ne mit que quelques secondes pour reconnaître Agathe. La jeune femme regardait sa bienfaitrice avec un mélange d'hésitation et de joie. Cette hésitation attrista son amie. Doutait-elle de son accueil ? La maîtresse de maison décida donc de faire les premiers pas. Elle descendit très rapidement les quelques marches du balcon pendant qu'Agathe sautait en bas de son siège, encouragée par la réaction de Paule. Les deux femmes coururent l'une vers l'autre. Paule serra la jeune femme dans ses bras plusieurs minutes. Elzéar sortit de l'étable et emmena l'attelage de ses visiteurs vers l'écurie après avoir aidé Héléna à descendre du véhicule.

— Paule, j'vous présente Héléna Senécal, ma mère, dit la jeune femme, émue.

Un long regard fut échangé entre les deux mères. L'une examinait celle qui était derrière la perte de sa fille et son abandon, alors que l'autre regardait avec reconnaissance celle qui lui avait permis de rester dans le droit chemin. Une poignée de main chaleureuse s'échangea dans un silence chargé d'émotion.

— Venez en dedans, j'ai de la limonade, dit Paule en guise d'invitation.

À l'intérieur de la cuisine d'été, Agathe retrouva les enfants avec bonheur.

— Sophie ! Thomas ! Ça s'peut pas ! s'exclama Agathe.

Comme le temps avait passé ! Elle qui avait quitté des bébés se retrouvait devant de jeunes bambins capables de marcher. Elle se présenta à eux et leur fit la bise. Les retrouvailles furent interrompues par un Joseph survolté qui entra en trombe dans la pièce. Il était suivi de peu par Jean qui tenait à être présent à cette réunion. On discuta pendant une bonne heure de la vie aux États, de l'installation des Senécal à Saint-Barnabé et de l'exploitation de la forge. Héléna aborda le décès de son époux et accepta les sympathies offertes autour de la table. Le temps des vraies conversations arriva.

— Agathe, ça serait une bonne idée que tu t'en ailles prendre l'air avec les enfants, dit Héléna en consultant Paule du regard.

Agathe prépara les jumeaux rapidement et entreprit d'aller marcher sur la route, accompagnée de Marie, Laura et Elzéar. Depuis sa ferme, Edmond avait vu sa belle arriver et avait choisi d'attendre le bon moment avant de s'imposer chez ses voisins. Il profita du fait que son Agathe était sur la route pour aller la rejoindre.

— Une chance qu'on y avait dit juste le dimanche en fin d'après-midi, à lui ! dit Héléna qui regardait la scène, impuissante et inquiète.

— Agathe risque pas grand-chose avec les enfants, la rassura Paule. Ils vont l'occuper, craignez pas.

Héléna se racla la gorge et décida d'aborder le sujet qui l'amenait à Saint-Simon.

— J'voulais vous remercier du fond du cœur d'avoir pris ma fille chez vous. Ma fille, c'est une bonne fille, ajouta la mère qui s'apprêtait à plaider pour l'avenir d'Agathe.

— On l'sait, dit Jean qui avait à cœur d'en venir aux faits rapidement.

— Je le sais que vous l'savez, vous avez vécu avec elle pendant des mois pis vous avez ben vu qu'elle a pas de malice. J'voulais vous dire que nous autres aussi on est du bon monde, monsieur Roy. Même si on n'a pas toute surveillé comme y faut… Y faut comprendre que quand on vit pas dans le péché, on s'imagine pas ce qui peut exister partout autour de nous autres…

Voilà, elle l'avait dit. Elle n'était pas une mauvaise mère, elle n'avait pas idée de l'ampleur du mal qui rôdait autour d'elle, tout simplement. Le silence à la table était difficile à interpréter. Elle décida de ne rien ajouter et d'attendre le verdict, stoïque.

— Vous avez raison, dit Paule. Moi-même, avant de rencontrer votre fille, j'avais pas idée à quel point faut se méfier. Un soir, mon beau-père s'est blessé dans l'bois. J'ai voulu envoyer une de mes filles chercher Edmond. Vous l'avez vu. Vous savez ben que c'est un homme respectable. Ben votre fille est venue tellement en colère que j'ai tout compris ce qui s'était passé. Elle m'a expliqué que j'étais imprudente d'envoyer ma fille chez un homme. J'ai voulu y expliquer qu'elle était p'tite pis qu'y avait pas de danger. Dans ses yeux, j'ai vu que le mal, on le soupçonne pas assez. On en a pas idée quand on est du bon monde. Là-dessus, faut que j'vous donne raison. J'ai appris à me méfier à partir de ce moment-là, conclut Paule.

— Votre fille a une belle âme. Personne dans maison pense qu'est malveillante ou qu'elle manque de principes. Elle méritait pas ce qu'y est arrivé, on s'entend là-dessus, conclut Joseph en tapotant la main de la mère Senécal.

Jean restait silencieux. Après le récit de sa femme, il venait de se rendre compte que la même chose aurait très bien pu arriver à l'une de ses filles si le hasard avait voulu mettre un pervers sur leur route.

— Ça fait que votre voisin, Edmond, y a demandé à fréquenter Agathe, pis j'ai dit oui sous condition. J'me suis laissée de la place pour changer d'idée. Ça va dépendre de vous autres… Vous l'saviez qu'y s'en allait aux États pour la chercher ? demanda la mère, incrédule.

— Oui, y en avait parlé à mon beau-père, dit Paule.

— Moi je l'ai encouragé, madame, confirma Joseph pour bien faire sentir son appui au jeune couple.

Héléna se tourna vers Jean, curieuse d'entendre son avis. Un long moment passa, mais Jean ne disait rien, dépassé par les événements. La mère Senécal tenta le tout pour le tout :

— J'vous jure qu'elle dira jamais rien, même sur son lit de mort…

Jean joua un peu avec son verre de limonade, le but d'un trait et alla le déposer dans l'évier de pierre.

— Faites comme vous voulez, madame Senécal, dit-il en quittant la cuisine d'été, pressé de retourner à ses bâtiments où la vie était simple et prévisible.

Ces quelques mots résonnèrent comme une promesse, une absolution. Le corps entier d'Héléna sembla atterrir confortablement sur le siège qu'elle occupait depuis son arrivée. Elle avait réussi. Elle avait obtenu le silence de ce Jean, seule ombre au tableau pour sa fille Agathe qui semblait beaucoup aimer ce fade veuf. Joseph suivit son fils et laissa les deux femmes en tête à tête. Elles bavardèrent à propos de l'éducation des jumeaux et se racontèrent des anecdotes amusantes sur leur compte. Héléna se sentait bien auprès de cette femme et, sans trop comprendre pourquoi, elle confessa tout ce qu'elle avait dû manigancer pour pouvoir faire revenir ses filles auprès d'elle. Elle raconta comment elle avait dû mettre son mari devant le fait accompli pour le faire fléchir. Comment elle avait été inquiète pour Agathe et Célina chaque jour de leur absence. Elle parla longuement de la maladie de Léon et de la culpabilité qu'elle avait éprouvée d'avoir choisi ses filles au détriment de la santé de son mari. Mais elle ne le regrettait pas.

— Je l'sais que nos enfants nous sont juste prêtés, mais mes enfants, c'est ce que j'ai de plus précieux au monde et c'est pas comme ça que je voulais que mes filles quittent leur nid.

Pour toute réponse, Paule tapota la main d'Héléna. Elle n'était pas responsable de la mort de son mari. La jeune mère était soulagée de voir qu'Agathe avait retrouvé un foyer accueillant et aimant.

Dehors, les jeunes étaient revenus et Agathe animait un jeu de course sur le côté de la maison sous le regard admiratif d'Edmond. Les jumeaux couraient et criaient à en perdre haleine.

— Y vont bien dormir ! déclara Paule.

Au moment du départ, Edmond insista pour qu'Héléna visite sa ferme et ses bâtiments. Il tenait à montrer à cette femme revêche que ses intentions étaient pures et qu'il était un homme sérieux. Il ne cherchait pas une esclave pour entretenir sa maison, il savait très bien le faire tout seul. Il répéta abondamment que son bien lui appartenait en entier, sa fille ne risquait donc pas de manger de la misère à ses côtés.

L'arrêt suivant était une visite de courtoisie. Héléna décida, malgré l'heure tardive, de passer chez le curé Boucher avant de rentrer à Saint-Barnabé. Le vieil ecclésiastique fut surpris par cette visite.

— Edmond t'a ramenée à ce que je vois ? Depuis l'temps qu'il en parle ! dit le curé qui se demandait comment avait pu faire le cultivateur pour aller aux États-Unis et en revenir en si peu de temps.

Héléna raconta au prêtre les émouvantes retrouvailles et se crut obligée de lui expliquer qu'il s'agissait là d'une intervention divine.

— Vous pensez pas, monsieur l'curé ? demanda-t-elle.

Nul ne pouvait mettre en doute que ce hasard ne pouvait être autre que l'œuvre de Dieu Lui-même.

— Je le pense aussi, répondit le curé Boucher en regardant Agathe.

Héléna parla ensuite de Célina qu'on appelait maintenant Toinette. Elle expliqua au curé comment la jeune femme dépérissait à vue d'œil. Elle aurait bien voulu savoir pourquoi un statut d'orpheline lui avait été attribué. Un statut qui leur pourrissait tant la vie aujourd'hui. Évidemment, elle n'aurait jamais eu l'audace de le demander directement au curé. Le vieil homme le comprit bien. Et le curé partagea généreusement l'explication sans attendre que la mère formule la question. Devant les embûches d'Agathe pour fréquenter Edmond, le curé et sa cousine avaient décidé de faire de Célina une orpheline pour qu'elle puisse se marier plus facilement si tel était son choix. L'homme d'Église se garda bien de dire ouvertement à Héléna que sa fille Célina, à ce moment-là, était bel et bien orpheline puisque ses parents l'avaient abandonnée. Nul besoin d'enfoncer le clou. À la place, il eut des paroles réconfortantes pour la mère de famille et l'assura qu'elle avait bien fait les choses en rentrant au pays et en venant le voir. Avant de laisser partir les deux femmes, il les bénit.

— Vous saluerez votre cousine pour moi, dit Agathe.

— À ce propos, elle a changé de congrégation. Elle est maintenant dans un couvent à Québec.

Le prêtre ne raconta pas à Agathe que le sort de sa cousine avait aussi été bouleversé par la mésaventure des filles Senécal : à la suite de leur passage à l'orphelinat, la mère supérieure avait décidé de se départir de cette consœur intrigante. Nul besoin d'accabler Agathe avec ce malheureux dénouement, d'autant plus que sœur Saint-Irénée semblait se plaire dans ce nouveau couvent.

Les deux femmes rentrèrent à Saint-Barnabé soulagées d'un grand poids. Agathe savait son rêve maintenant possible.

Chapitre 15

Le salon de barbier de Josette connaissait un certain achalandage en cette fin du mois de juillet. Après les commerçants de Saint-Barnabé, beaucoup de cultivateurs voyant les foins arriver avaient décidé de se faire couper les cheveux à la manière des notables de leur village ; la coupe étant parfaite pour un habitant. La nuque dégagée, ils auraient moins chaud. Aussi, l'épaisseur de cheveux laissée sur le dessus de la tête les protégerait du soleil. Chaque dimanche, Josette remplissait de rendez-vous le petit carnet qu'elle transportait dans son sac à main. La jeune femme travaillait très fort et avait fini par convaincre Toinette de venir lui donner un coup de main.

— J'te laisse les p'tits. C'est plus facile pis c'est moins grave si t'es manques. Quand tu seras meilleure, on verra, avait décrété la patronne.

Cet arrangement convenait parfaitement à la jeune femme qui n'avait pas de grandes ambitions personnelles en matière de coiffure, mais qui cherchait toutefois des distractions.

— Si ça continue comme ça, ma Josette, va falloir que t'acceptes de recevoir des clients le vendredi aussi, avança Hilda.

La vieille femme voyait bien que sa petite-fille travaillait à un rythme effréné pour arriver à servir tous ses clients en une seule journée. Elle prit sur elle d'en parler à sa fille Héléna. Cette dernière accepta.

— Ça va finir par finir, Josette, t'as quasiment coupé les cheveux à tous les hommes d'la paroisse, dit Héléna.

— Vous oubliez que les cheveux, ça repousse, m'man !

Héléna s'était esclaffée. Il s'agissait là d'un beau problème, mais surtout d'une source intarissable de revenus pour ses filles. Bientôt, elles gagneraient autant qu'elle et sa mère en seulement deux jours de travail.

En ce samedi soir, Héléna remercia le ciel que le curé Viens lui ait accordé le dimanche de congé. Son corps fatigué lui rappelait que ses vingt ans étaient bel et bien derrière elle. Afin de profiter de ce congé, elle décida de laisser la vaisselle à ses grandes filles et alla s'asseoir sur le perron, un tricot à la main. La petite brise du soir arrivait à peine à la rafraîchir.

— Pourquoi tu fais du sucre à crème encore à soir, Agathe ? C'est même pas Noël ! demanda Émile.

— C'est parce qu'Edmond va venir demain après-midi, expliqua pour la millième fois la grande sœur en découpant les petits carrés.

— As-tu hâte que l'école recommence ? demanda Toinette.

Cette question exaspérait son petit frère qui préférait sortir de la pièce dès qu'il était question d'école. Une stratégie dont elle abusait régulièrement.

Le lendemain, Agathe accepta à regret d'aller à la basse-messe avec Toinette, laissant son cavalier seul.

— Sinon y va pousser pour venir s'asseoir à côté de toi sur notre banc pis ça va faire jaser, avait expliqué la mère de famille.

Hilda se promit d'avoir une petite discussion avec sa fille à propos de ses restrictions. Elle s'expliquait mal pourquoi

Héléna réagissait de cette façon. Certes, la mère de famille avait été échaudée dans le passé, mais le jeune veuf semblait tout à fait sérieux et ses intentions étaient plus que claires. Décidément, sa fille allait devoir s'expliquer.

À la grand-messe, Josette fut assaillie par un groupe de cultivateurs qui désiraient prendre leur rendez-vous. Elle avait sorti son carnet et avait ajouté la journée du vendredi pour le plus grand bonheur de sa clientèle. La nouvelle fit le tour du parvis en un rien de temps et les mères de famille approchèrent pour prendre des rendez-vous pour leurs plus jeunes.

— Avec ça, ta sœur va avoir de quoi se pratiquer, dit Héléna à sa fille.

— Oui, mais j'pense pas qu'elle soit prête pour couper les cheveux des adultes, répondit la jeune femme.

Anna Legrand arriva avec bruit et sparages auprès de cette nouvelle famille qu'elle considérait déjà comme la sienne.

— Agathe est toujours pas là ? demanda-t-elle, accompagnée de son fils.

— Non, Anna, on va attendre un peu avant de les pavaner devant toute la paroisse. Hein, Edmond ?

Le jeune homme déçu acquiesça pour éviter de se fâcher avec sa future belle-mère. Cette retenue, loin de paraître suspecte à la mère d'Edmond, conféra à Héléna une aura d'irréprochabilité. À ses yeux, c'était une garantie absolue que ses filles étaient de bonnes chrétiennes. Les deux femmes se saluèrent et firent leur entrée dans le temple.

Plus tard en après-midi, Edmond arriva chez les Senécal avec son attelage. Il accompagna Oscar à l'écurie. Il aimait bien ce jeune homme. Émile vint les rejoindre.

— Edmond, arrive, sinon on pourra pas manger de sucre à crème ! Agathe surveille le plat, dit le garçon gourmand.

Edmond fit mine de se scandaliser et accourut dans la cuisine d'été. Il salua les adultes présents et garda son plus beau sourire pour Agathe, qu'il ne se lassait pas de regarder.

— À chaque fois que je rentre ici, j'en reviens pas de te retrouver. Toute la semaine, quand j'pense à toi, c'est comme si j'avais rêvé ça. Pis là, je pousse la porte, pis je te trouve là, encore plus belle que dans mes souvenirs, dit le jeune veuf une fois assis dans le salon de la famille Senécal.

Devant l'air enchanté de sa fille, Héléna se crispa et toussa.

— Y est beau parleur en plus !

Héléna décida d'inviter le jeune homme à jouer aux cartes. Ainsi se passa la fin de l'après-midi. La mère se mit en équipe avec Edmond contre Agathe et Josette sous l'œil attentif d'Hilda qui se proposait de faire l'arbitre, connaissant le penchant pour la triche de Josette. Le jeune homme, totalement déconcentré, se laissait battre à plates coutures et s'en trouvait heureux.

— Réveille, Edmond, on perd ! s'impatienta Héléna qui prenait les cartes très au sérieux.

— Oui, mais ça la rend heureuse et elle est belle quand est heureuse, dit le veuf sans aucune pudeur.

Héléna mit fin à la partie de cartes et invita les jeunes à aller sur le perron passer la fin de la soirée. Dans la cuisine, Josette préparait un dessert.

— T'as l'air songeuse, ma Josette, débuta Hilda. Tu penses à ton Jacques ?

— Oui, mais c'est pas ce que vous pensez, grand-maman.

Elle avait bien entendu le message de sa grand-mère l'autre jour et elle avait compris qu'il lui fallait passer au prochain chapitre de sa vie, qu'elle aussi y avait droit.

— C'est quoi, d'abord ?

— C'est juste que Jacques y m'a jamais regardée comme ça, dit la jeune femme en pointant la galerie. Y m'a jamais dit des belles affaires de même…

— Et t'aimes ce que tu vois ? demanda Hilda.

— Disons que le prochain va avoir affaire à être ben fin avec moi, grand-maman. C'est pas tout de se marier…

— T'as l'air de savoir ce que tu veux, en tout cas !

— Mettons que je comprends plus la vie maintenant.

— On parle pour parler, là. T'as quelqu'un en vue ?

— Celui que j'regarde… y est pas aussi grand ni aussi beau que Jacques, mais y partage des qualités avec Edmond, consentit-elle à dire à sa grand-mère.

— Quand tu dis qu'il partage, tu veux dire qu'il te regarde avec les yeux dans graisse de bines ?

— C'est en plein ça ! Moi, je trouve ça agréable de me faire regarder avec des yeux dans graisse de bines, dit la jeune femme en riant.

— Tu parles d'Arsène en face ou du plus vieux chez les Richard ? Al… tenta de se rappeler la vieille femme.

— Alfred ! dit la jeune femme de façon trop prompte.

— Tu connais son nom, en plus. Ta mère te dirait de te méfier des hommes pas grands… Elle pense qu'ils sont plus agressifs que les autres rapport qu'ils ont besoin de se prouver plus que les autres. Regarde-moi pas de même ! C'est ta mère qui dit ça ! Est-ce qu'il t'a parlé ?

— Pas directement. Il est venu avec sa mère pour prendre un rendez-vous pour se faire couper les cheveux. Il va venir vendredi avec ses frères et sa mère.

— Tu le laisseras à Toinette, proposa Hilda pour taquiner sa petite-fille.

— Pas de saint danger !

Elle était bien décidée à le « regarder de proche », comme avait dit sa grand-mère lors de leur tête-à-tête dans le potager.

Dehors, la conversation allait bon train. Edmond avait fait une liste de questions et de sujets à aborder pendant la semaine. Il avait à cœur de ne pas ennuyer la jeune femme.

— Paule me disait qu'elle aimerait ça que tu y retournes pour l'automne l'aider à vider son jardin. Sinon, Laura va arrêter l'école jusqu'en novembre pour y donner un coup d'main. Paule aimerait mieux qu'elle aille à l'école, raconta le jeune veuf qui tentait de ramener sa belle plus près de chez lui.

Comme il aurait été heureux de pouvoir voir Agathe tous les jours ! Il savait bien que les Roy ne lui permettraient pas d'accrocher son fanal tous les soirs, mais au moins, un soir de plus dans la semaine, cela aurait fait son bonheur. Après tout, il n'était plus un blanc-bec. Il savait ce qu'il voulait.

— Paule a juste à venir nous rendre visite pis nous en parler elle-même, répondit Héléna avec impatience.

— Je manquerai pas d'y dire, madame Senécal.

Josette arriva en sauveuse avec son dessert. Tout le monde s'attabla et mangea avec appétit.

— Qui fait ton train quand t'es ici, Edmond ? demanda Héléna avec subtilité afin de sonner l'heure de la fin de la visite.

— Le p'tit voisin d'en face, ben votre cousin, le p'tit Elzéar Roy, répondit Edmond en se levant.

Il avait bien compris le message et se prépara à partir après sa promesse de revenir le dimanche suivant.

— J'suis pas inquiète, dit Héléna.

Ce commentaire fit grimacer Agathe. La mère comprit qu'elle y était allée un peu fort ce soir et choisit de s'éclipser, laissant la fin du chaperonnage aux bons soins de sa propre mère. Plus tard, dans leur chambre, Hilda questionna sa fille à propos de ses réelles intentions.

— On dirait que tu veux pas qu'y revienne. Je te comprends pas, Héléna. Si tu voulais pas qu'y fréquente ta fille, t'avais juste à le dire au début.

Héléna se questionnait elle-même. Pourquoi ce veuf l'énervait-il à ce point ? Il était mou, c'était un fait, mais cela ne représentait pas un motif suffisant pour justifier qu'elle le renvoie. Au contraire, pour Agathe, il valait mieux un homme mou et doux. Non, il y avait quelque chose d'autre.

— Je le sais pas, moman. On dirait que j'ai pas envie qu'on m'enlève mes enfants dit Héléna.

— Tu sais ben que tes enfants te sont juste prêtés, ils t'appartiennent pas. Tôt ou tard, ils vont tous partir, Héléna, prépare-toi à ça. Moi aussi, j'ai vu tous mes enfants partir les uns après les autres. C'est ça qu'on veut pour eux, leur bonheur. On veut qu'y se fassent une vie avec des enfants. C'est ça qui s'en vient dans ton avenir. Pis Agathe sera pas la seule, c'est juste la première, conclut Hilda.

— Je voudrais qu'on reste ensemble tout l'temps. Je le sais que c'est pas normal de vouloir ça, mais c'est d'même.

— Penses-tu que c'est parce que tes deux grandes filles sont parties pendant un bout ?

— Sont pas parties, moman, Léon les a sacrées dehors. C'est loin d'être pareil ! s'enflamma la mère de famille.

— C'est vrai que c'est pas pareil, t'as raison. Est-ce que c'est pour te faire pardonner que tu veux les garder près de toi ? demanda Hilda, intuitive.

— Ça doit être ça… répondit Héléna après un petit moment de réflexion.

— Quand Léon a décidé de quitter Saint-Rémy, c'était pas pour punir tes enfants. Y voulait que les enfants qui vous restaient puissent se faire une vie convenable. Si y avait voulu les punir, vous seriez restés à Saint-Rémy. Et là, vous seriez restés entre vous autres pas à peu près, conclut la vieille dame, soudainement très fatiguée.

Sa mère avait raison. Sa réaction possessive n'était ni saine ni nécessaire. Ils avaient fait tout ce chemin exactement pour que les enfants puissent faire leur vie. Il lui faudrait se faire violence. Elle ne souhaitait pas garder tous ses enfants en prison comme sa Toinette qui dépérissait à vue d'œil malgré le plaisir qu'elle semblait éprouver lorsqu'elle coupait les cheveux des enfants.

— Tout ce qui te reste à faire, c'est de t'arranger pour que tes enfants aient envie de venir te rendre visite, conclut Hilda avec sagesse.

— Elle a dit quoi, ma cousine? demanda Paule en entendant le récit d'Edmond.

— Elle a dit d'aller la visiter pis d'en parler avec elle, répondit le plus simplement du monde un Edmond rempli d'espoir que ce projet se concrétise.

Le jeune veuf rentra chez lui et laissa Paule à ses rêveries. Ravoir Agathe chez elle était son plus grand souhait. Comme le travail de la ferme lui semblerait plus agréable avec cette fille qui était comme une petite sœur pour elle.

— Si tu t'imagines qu'elle va revenir ici pis que ça va être comme avant, ben j'pense que tu te trompes. Elle viendra pas travailler pour toi gratis, souligna Jean.

— On la payera, bout d'ciarge! trancha Joseph qui partageait l'enthousiasme de sa bru. Regarde ta femme comme il faut, Jean. Ça fait des mois que je l'ai pas vue heureuse de même. Tu penses pas qu'elle mérite qu'on essaye d'y faire plaisir un peu? On la payera, si y faut, mais moi j'pense pas que sa mère va demander ça. Je le sais qu'est reconnaissante envers nous autres. Paule, si tu veux qu'Agathe revienne icitte, ben on va aller parler avec Héléna. On verra ce qu'elle veut et si on peut s'entendre.

Dans le coin de la cuisine, la petite Laura se mit à prier fort pour qu'Agathe puisse venir la remplacer dans ce rôle trop lourd pour elle. L'école lui semblait toute une récréation en comparaison de la surveillance des jumeaux.

Chapitre 16

À la fin du mois d'août, Paule et Joseph allèrent directement à Saint-Barnabé pour rendre visite à Agathe afin de négocier son retour.

— Coudonc, y ont rien à faire à Saint-Simon ! Tout le monde est sur les chemins tout l'temps, un vrai village de rêve, ça ! dit Héléna avec mauvaise humeur en regardant l'attelage des Roy s'approcher de sa maison.

Paule était heureuse de revoir Agathe, mais surtout de voir où elle habitait et de rencontrer le reste de la famille Senécal. Malgré tout, elle se sentait encore responsable du bonheur de sa protégée. Elle trouva, par contraste, Toinette bien pâle.

— Elle sort pas souvent, expliqua Héléna.

Paule comprit pourquoi sans qu'on ait à lui faire un dessin. Joseph alla inspecter la forge et passa du temps avec Gérald et Philippe. Il découvrit deux jeunes hommes vaillants et dévoués. De retour dans la cuisine d'été des Senécal, la discussion se fit plus sérieuse, Joseph demanda de pouvoir ramener Agathe avec eux jusqu'à la fin de l'automne, et cela, le jour même.

— On le sait que c'est un gros sacrifice qu'on vous demande, mais ma bru en a plein les bras, pis c'est loin d'être une paresseuse en plus. On est prêts à payer Agathe pour son travail, madame Senécal. Je le sais que c'est pas vraiment d'la famille, ça fait que dites-moi votre prix, dit Joseph en mettant cartes sur table.

— Vous êtes pas sérieux ? Après toute ce que vous avez fait pour elle ? Y est pas question qu'on vous demande de l'argent, oubliez ça tout de suite, on est pas des quêteux ! décréta Héléna.

— Alors qu'est-ce que ça va prendre pour qu'on la ramène avec nous autres aujourd'hui, d'abord ? demanda Joseph.

— Votre voisin d'en face… Je veux pas qu'y en profite pour l'approcher quand elle est chez vous.

— C'est tout ? C'est juste ça que vous voulez ? demanda Paule, incrédule.

— Oui ! J'ai manqué mon coup une fois et j'aurai pas deux chances, donc son frère Philippe va aller la mener le lundi matin et y va aller la chercher le vendredi soir. Pis dans la semaine, pas d'accrochage de fanal. C'est juste ça que je vous demande, conclut Héléna.

— Sa mère, vous pourriez peut-être demander l'avis d'Agathe avant de décider pour elle ? intervint Josette qui se voyait prise avec tout le travail que représentait la gestion d'un potager à l'automne.

Devant l'expression d'Agathe, il était clair qu'elle souhaitait retourner à Saint-Simon.

— Tu m'entends, ma fille ? Pas d'Edmond dans le salon ailleurs qu'icitte, insista Héléna.

C'était à prendre ou à laisser. Agathe accepta les conditions et se retrouva le jour même dans la chambre qu'elle avait occupée pendant ce long hiver. En ouvrant la porte, elle éprouva des sentiments partagés. Le désespoir qu'elle avait ressenti lors de son premier séjour semblait avoir imprégné les murs de la pièce et la ramener à un moment particulièrement désagréable de sa vie. Était-ce la vue du lit, de la commode ou du petit miroir qui lui servait jadis à se préparer pour la messe et y attirer le regard d'Edmond? Elle n'aurait su le dire. Elle n'aurait su dire pourquoi non plus la fenêtre d'où elle regardait la terre de son cavalier lui renvoyait une impression bien différente. Auparavant, elle y voyait les enfants qu'elle souhaitait donner à Edmond. Elle se souvenait comment, dans son imagination, ils étaient assis sagement sur la galerie, du plus grand au plus petit, mais en ce jour de grand retour, elle ne les voyait plus. Elle voyait plutôt la réalité. Une terre et une maison qui seraient siennes dans quelque temps. Tout à coup, une angoisse lourde et grise s'empara d'elle sans qu'elle comprenne pourquoi. Cette étrange sensation inquiéta la jeune femme. Elle aimait Edmond, de ça elle était certaine. Avec le recul et l'éloignement, elle avait su apprécier le veuf pour toutes ses qualités et aimer véritablement sa nature naïve et bienveillante. Le fait de ne plus se trouver dans un état d'urgence et de besoin n'avait fait qu'accroître l'amour qu'elle éprouvait pour lui. Non, il s'agissait d'autre chose. Il lui semblait que sa famille lui manquait…

À Saint-Barnabé, une autre fille Senécal ressentait un accablement. Toinette avait regardé sa sœur partir pour Saint-Simon et l'avait presque enviée. Elle s'était même mise à rêver d'un retour à Saint-Édouard. Pierrette avait déjà dit vouloir l'adopter, mais cette option n'était plus possible puisqu'elle était maintenant connue à Saint-Barnabé comme « Toinette, la coupeuse de cheveux pour enfants », comme l'avaient surnommée les femmes du village. Elle avait véritablement l'impression de s'enfoncer dans un long tunnel sans issue. Elle s'imaginait de plus en plus souvent quitter sa famille. Où irait-elle ? Seule, terrée dans son coin, elle avait eu le temps d'y penser longuement. Elle irait dans une grande ville pour travailler dans une usine. Elle avait l'expérience de ce type de travail et elle savait que sans que ce soit la vie dont elle rêvait, elle arriverait à s'y faire. D'un autre côté, lorsque ses idées de départ l'assaillaient, la jeune femme pensait à sa mère et à la réaction qu'elle aurait. Elle se forçait alors à ne plus y songer et s'engageait pour une autre semaine où le temps semblait s'arrêter. À force de ne pas aller dehors souvent, elle n'avait ni appétit ni sommeil. À part la vie en communauté, rien ne pouvait lui sembler plus ennuyant que ce qu'elle vivait en ce moment. Et dire qu'elle avait été l'instigatrice de ce projet… C'était elle qui avait ouvert la discussion à Waterville. À l'époque, elle s'imaginait qu'une fois loin de Waterville et de Saint-Rémy, tout serait facile. Aujourd'hui, elle aurait donné n'importe quoi pour se retrouver de nouveau aux États-Unis. Là, au moins, elle était complètement anonyme et tout lui aurait été possible. Comme elle avait été naïve ! Et maintenant, même si personne ne lui en parlait ouvertement, il lui semblait qu'elle était devant un choix à faire.

— Est-ce que j'peux te parler ? avait-elle demandé à son frère Gérald, une fois arrivée dans la forge. C'est quand la prochaine fois que tu vas aller à Saint-Ludger ?

De là, elle savait qu'il y avait un train qui pourrait l'emmener à Québec. Gérald la contempla longuement. Ce qu'elle lui demandait, ni plus ni moins, c'était de la conduire à Saint-Ludger pour fuir. Il ne fallait pas être grand clerc pour entrevoir tout ce qu'impliquait sa question. Il la comprenait d'avoir envie de quitter leur village, mais il souhaitait ne pas être mêlé à tout ça. Sa mère le haïrait pour toujours s'il l'aidait dans ce projet, et cela, il ne pouvait se le permettre.

— On va se dire les vraies affaires, Toinette… Qu'est-ce que tu veux aller faire à Saint-Ludger exactement ?

Devant la question formulée si directement, la jeune femme manqua de courage et choisit de rentrer à la maison, laissant son frère perplexe. Elle retourna à ses activités de ménage à l'étage des chambres. Le soir à l'heure du souper, Gérald savait qu'il risquait la colère de sa mère s'il ne l'avisait pas du projet inavoué de sa sœur. Il attendit la fin du repas pour agir. Il entraîna Toinette et Héléna dans le salon et ferma la porte derrière lui.

— M'man, aujourd'hui Toinette est venue dans forge pour me demander que'que chose. Toinette ? dit le jeune homme en se retournant vers sa sœur.

L'air misérable de la jeune femme lui brisa le cœur, mais il n'avait d'autre choix que de faire cette intervention.

— Qu'est-ce que tu voulais à ton frère ? demanda Héléna.

Devant le silence buté de sa fille, l'anxiété gagna la mère.

— Parle, Toinette… Qu'est-ce que tu voulais à ton frère ? répéta-t-elle en haussant le ton.

— Depuis un boutte, j'pense à m'en aller travailler en ville, dit la jeune femme d'une voix à peine audible.

Héléna encaissa le choc et s'assit avec précaution sur le sofa de crin. Elle regardait sa fille qui s'obstinait à examiner ses pieds avec attention.

— Qu'est-ce que tu penses que tu vas gagner en allant en ville, Toinette ? demanda la mère qui connaissait déjà la réponse.

— La liberté pis la paix.

Sans un mot, la mère se leva et se dirigea vers la porte de sa chambre. Avant d'y entrer, elle se retourna vers ses enfants.

— Je suis fatiguée tout d'un coup. J'vais aller me coucher, déclara-t-elle d'un ton las.

Une fois dans sa chambre, elle se changea pour la nuit et s'étendit. Elle fixa longuement le plafond. Ainsi, sa fille souhaitait quitter sa propre famille. Après tout ce qu'elle avait dû faire pour obtenir son retour auprès d'elle, Toinette souhaitait les quitter de son propre chef. Quelle déception ! D'un autre côté, elle ne pouvait faire autrement que de la comprendre. Quelle vie avait-elle depuis leur arrivée à Saint-Barnabé ? Elle s'enlisait dans l'angoisse pour tout et pour rien. Force était d'admettre qu'il ne s'agissait pas d'une vie pour une fille de presque dix-sept ans. Contrairement à ses sœurs, elle n'avait aucun avenir devant elle, aucun espoir. Héléna ne voulait pas se l'avouer, mais elle s'y attendait depuis leur arrivée au village et souhaitait secrètement son départ, elle aussi. À cette pensée, elle se mit à pleurer de culpabilité et de tristesse.

— T'éclaires pas, Héléna ? demanda Hilda en entrant dans leur chambre. Tes jeunes sont venus m'avertir... Paraît que Toinette veut s'en aller en ville ? Faut dire qu'elle a presque dix-sept ans.

— Pourquoi mes enfants veulent tous s'en aller ? demanda Héléna.

— J'pense pas qu'elle a vraiment envie de partir. J'pense plutôt qu'elle est tannée de sa vie. En plus, elle a peur de nous porter malheur. D'après moi, c'est plus pour nous autres qu'elle veut partir. C'est un sacrifice qu'elle est prête à faire pour sa famille, c'est différent. C'est par amour, Héléna.

— J'avais compris, moman ! dit Héléna, enragée.

Hilda tapota la main de sa fille et se releva. Elle laissa Héléna broyer du noir seule dans sa chambre.

Le lendemain à Saint-Simon, Agathe avait pris les choses en main, fidèle à son habitude. Elle avait entrepris d'apprendre la propreté aux jumeaux.

— Paule, ça va vraiment changer la vie de toute la famille quand y aura pu de couches à laver, avait déclaré la jeune femme.

— Si tu savais comment j'ai essayé, mais j'ai pas juste ça à faire les regarder sur leur pot, avait répondu Paule, tout de même reconnaissante.

Agathe entraîna les jumeaux avec elle dans le potager avec deux pots de chambre. Elle les y installa, dos à dos, afin qu'ils ne puissent communiquer entre eux. Elle s'agenouilla et invita Laura et Marie à se mettre au travail à ses côtés. Ensemble elles commencèrent à cueillir les tomates que Paule avait l'intention de mettre en conserve pendant la journée.

— Sont-tu en punition ? demanda Joseph en voyant ses petits-enfants assis dos à dos.

— J'suis en train de les mettre propre.

Le vieil homme s'éloigna, laissant Agathe à sa tâche. Paule la rejoignit peu de temps après.

— J'ai jamais vu les jumeaux rester assis longtemps d'même !

Agathe alla regarder dans les pots des petits, toujours vides. Elle les rassit et retourna à sa tâche en déclarant qu'il valait mieux commencer à les séparer avant qu'ils ne deviennent trop malcommodes.

— Tu fais ben ça, Agathe, t'es bonne avec les enfants. Tu vas faire une bonne mère, dit Edmond en s'approchant du potager malgré l'interdiction formelle de sa future belle-mère.

La jeune femme ferma les yeux et revit pendant une fraction de seconde le petit pied du nouveau-né qu'elle avait mis au monde. Pourquoi n'y avait-il qu'à Saint-Simon où cette vision revenait la hanter ? Paule, qui avait vu sa réaction, fit diversion auprès du voisin.

— Edmond, t'es pas supposé de l'approcher quand elle est ici, c'est sa mère qui l'a dit.

— Elle a dit que j'avais pas le droit d'accrocher mon fanal… On est en plein jour, argua le voisin. J'ai pas de fanal dans les mains.

Paule et Agathe pouffèrent de rire, mais le chassèrent quand même. L'après-midi se termina sur une mise en conserve des nombreuses tomates cueillies dans la journée. Les jumeaux n'avaient pas eu le droit de quitter leur poste plus de quelques minutes après avoir fait leurs besoins. À ce rythme, ils seraient propres avant son départ, à la fin de l'automne.

À Saint-Barnabé, Toinette ne mentionna plus son projet de quitter le village. Elle se faisait discrète et aidait aux différentes tâches de la maison. Elle avait pris de l'expérience auprès des clients, et selon Josette, elle était désormais prête à couper les cheveux des adultes. Mais elle n'était pas intéressée. C'est avec soulagement qu'elle était allée donner un coup de main à sa mère au presbytère pour le grand ménage d'automne. À la maison, Hilda et Josette se chargeaient de commencer à vider leur potager.

— Quand on a planté au printemps, on était cinq femmes capables de s'en charger pis on a planté en conséquence. Mais à matin, on est juste deux. J'ai pas l'impression qu'on va en venir à boutte, dit Josette.

— T'as raison… Mais on est plus que tu penses. Oscar, David, Murielle pis même Émile et Mariette peuvent venir nous aider. On va leur montrer comment faire, dit la grand-mère en se relevant pour aller les chercher.

Avec la main-d'œuvre supplémentaire, les plants de tomates furent vidés en un rien de temps. On transporta les paniers à l'intérieur. Mariette et Émile lavaient les tomates dans la grande cuve sur le balcon pendant que Hilda et Josette préparaient les bocaux. À la fin de la journée, tout était de l'histoire ancienne.

— On va faire le ketchup vert demain, avait déclaré Hilda à l'heure du souper.

— Vous ferez ça, moi j'vais retourner au presbytère avec Toinette. On a des fenêtres et des murs à laver, annonça Héléna qui avait décidé de distraire sa fille en la faisant travailler. Cela lui permettait de garder un œil sur elle par la même occasion.

La première semaine d'Agathe à Saint-Simon se passa sans heurts. Le vendredi soir, lorsque Philippe arriva pour ramener sa sœur à la maison, il trouva un petit groupe d'enfants bien déçus qu'Agathe ne reste pas avec eux à temps plein. La jeune femme avait promis de revenir le lundi suivant. En chemin vers Saint-Barnabé, plus l'attelage s'éloignait de Saint-Simon, plus l'enthousiasme de la jeune femme grandissait, malgré la fatigue accumulée durant la semaine. On aurait dit que le ciel révélait avec plus de clarté le paysage sur son passage. Cette constatation fit réfléchir la jeune femme. Pourquoi sentait-elle que le soleil et le beau temps avaient déserté le foyer des Roy ? Sa relation avec Paule s'était bonifiée, l'utilisation du tutoiement était devenue réciproque. Les enfants étaient toujours aussi sages et affectueux envers elle et elle s'amusait avec ce bon vieux Joseph. Non, rien n'avait changé chez les Roy. En fait, il n'y avait qu'en présence de Jean qu'elle sentait un certain malaise. Son regard semblait lui renvoyer sans cesse l'image d'une fille perdue. Cette sensation, elle ne l'avait plus ressentie depuis son retour dans sa famille à Waterville. Même son rapport à Edmond s'en trouvait teinté lorsqu'elle était à Saint-Simon. Jean lui faisait perdre ses moyens, la rendant gauche et la faisant se sentir fautive. En s'éloignant de lui, elle se sentait revivre. Arrivée dans la cour de la forge des Senécal, la jeune femme chassa ses pensées en se disant qu'une fois dans sa maison, celle d'Edmond, elle limiterait les contacts avec cet homme et elle arriverait à trouver son bonheur quoi qu'il en soit.

— Une revenante ! s'exclama Josette, heureuse de revoir sa sœur.

Le teint rosé de l'aînée des Senécal n'échappa pas à Agathe qui se fit mettre au parfum une fois montée à l'étage des chambres pour se changer. Selon Murielle, un jeune homme, Alfred Richard, était venu se faire couper les cheveux dans la journée, et il avait promis de revenir avec ses frères le lendemain. Aux dires de la jeune fille, depuis ce moment, Josette était joyeuse et méconnaissable. Au repas, les enfants taquinèrent leur sœur jusqu'à provoquer sa colère.

— M'man, dites de quoi ! Y vont me faire honte demain !

Héléna fit dévier la conversation vers Agathe qui subit un interrogatoire en règle.

— Pis, ton veuf s'est approché combien de fois ?

— Y est venu une fois pendant qu'on était dehors dans le jardin avec Paule et les p'tits, pis aussi jeudi soir, mais y est resté sur le chemin pour parler avec Jean, confessa la jeune femme, sachant qu'il ne servait à rien de cacher ces informations à sa mère.

Cela plut à Héléna qui n'était finalement pas surprise : Anna Legrand avait élevé un gentil garçon.

Le samedi matin arriva et le déjeuner fut servi par une Josette énervée au plus haut point.

— Dépêchez-vous de finir, faut que j'installe mon salon de barbier ! houspilla l'aînée préoccupée par l'arrivée du jeune Alfred Richard.

— Moi, à matin, j'pense que j'vais paresser un peu et reprendre du thé, taquina Philippe.

— T'as raison, le jeune... Le samedi matin dans forge c'est toujours tranquille, je pense que j'vais faire comme toi, ajouta Gérald.

— Mes deux malcommodes vous autres, vous allez vous grouiller sinon je vous attends pour la vaisselle, décréta Agathe, bien consciente de l'excitation de sa sœur aînée.

— J'vois pas pourquoi tu t'énerves, Josette. C'est des enfants ! C'est même pas toi qui vas leur couper les cheveux, c'est Toinette. En plus, ça veut dire que t'es libre de venir avec moi au presbytère, en rajouta Héléna pour excéder sa fille et participer à la blague.

Le regard de la barbière indiqua clairement à sa mère que son presbytère attendrait. La jeune femme décida de ne pas mordre à l'hameçon et prépara son espace en desservant la table sous les protestations de ses frères et sœurs qui n'avaient pas tout à fait terminé leur repas.

Agathe accompagna sa grand-mère dans le potager pour finir de vider les plants de concombres avec les plus jeunes.

— C'est lui le gars qui énerve Josette ? demanda Mariette en pointant dans la direction d'Alfred.

— Mariette, on pointe pas du doigt quand on est polie, la semonça sa grand-mère.

Le jeune homme descendit de son boghei et aida ses frères à faire de même. Il tenait son chapeau contre lui en avançant vers la maison. Quelque chose dans ce geste lui rappela Edmond.

— Y a l'air fin, dit Agathe en s'adressant à sa grand-mère.

— C'est un p'tit gars ben poli. Y est pas aussi beau ni aussi grand que ton Edmond, mais y a l'air fin.

Au moment du départ des enfants Richard, la grand-mère se redressa, se frotta les reins pour calmer ses douleurs et respira profondément afin de faire ralentir les battements de son cœur.

— Bon, on a fini ! On va aller laver ça en arrière et les faire tremper, dit Hilda en invitant ses petits-enfants à la suivre avec les paniers.

Plus tard dans l'après-midi, Héléna revint du presbytère, totalement épuisée.

— Ah, non, les co'combres, astheure ! s'exclama-t-elle.

— C'est quoi qui vous choque de même avec les co'combres, m'man ? demanda Agathe.

— On n'a pas d'alun, va falloir aller en chercher au magasin général, répondit-elle comme s'il s'agissait d'une tâche insurmontable.

— Je vais y aller, si vous êtes fatiguée, dit Agathe.

— Emmène Mariette avec toi, dit la mère en s'asseyant sur un banc à l'ombre.

Quelques minutes après le départ de la jeune femme, l'attelage d'Edmond entra dans la cour des Senécal.

— Agathe est au magasin général… dirent en cœur Toinette et Josette sans lever les yeux de leur ouvrage.

Le jeune homme laissa son attelage sur place et se dirigea vers le magasin de son vieil ami Alphonse Bouchard. Il intercepta sa fiancée et sortit quelques sous de sa poche.

— Va donc acheter des bonbons pour tout l'monde, Mariette, dit-il en tendant des sous à la fillette.

Il entraîna Agathe à l'extérieur avec un air de conspirateur.

— Agathe, le temps est venu… J'suis venu pour demander ta main à ta mère. Je me suis levé à matin pis t'étais pas à côté. Ça m'a fait drôle. Je me rends compte que ma vie est beaucoup plus belle quand t'es pas loin. Ça fait que je pensais à l'automne qui arrive… On pourrait se marier avant les fêtes, ça va laisser le temps à ta mère de se faire à l'idée. Qu'est-ce que t'en penses ?

La jeune femme resta interdite même si elle s'était attendue à cette demande, même si elle l'avait déjà acceptée, en quelque sorte. Comment réagirait sa mère ? Nul ne pouvait le prédire. Tout devenait réel tout d'un coup et, bien qu'heureuse d'épouser le veuf Agathe redoutait le moment où elle irait habiter à Saint-Simon et se rappellerait son ancienne vie à chaque fois qu'elle croiserait Jean Roy.

— T'étais d'accord, me semble, Agathe ? demanda le jeune homme qui interprétait l'hésitation de sa douce comme un refus non formulé.

— Pis je le suis encore, Edmond. Va pas t'imaginer rien d'autre ! C'est juste que… je sais pas comment ma mère va réagir… Si elle dit que c'est trop tôt ?

— Ben, j'y redemanderai en novembre, c'est tout ! Faut me comprendre, Agathe, ça fait déjà longtemps que je t'attends, ben plus longtemps que tu penses, dit Edmond en prenant le visage de sa douce dans ses mains.

— Je veux juste pas de chicane…

— Elle va pas dire non.

Edmond n'avait pas prévu qu'on puisse lui refuser la main d'Agathe, mais la jeune fille avait raison. La mère avait bien dit que tout devait se faire dans l'ordre. Peut-être devait-il d'abord s'adresser au frère de sa fiancée. Celui-ci pourrait lui indiquer la bonne marche à suivre.

— J'vais commencer par aller voir ton frère…

— Agathe ! R'garde les bonbons que j'ai eus ! dit la petite fille en sortant du magasin général en trombe, obligeant le veuf à retirer prestement ses mains du visage d'Agathe.

Les deux sœurs Senécal rentrèrent à la maison tandis qu'Edmond entra dans le magasin général. La mère de sa douce ne verrait pas d'un bon œil qu'ils se promènent ensemble, même avec un chaperon. Edmond prit la peine de bavarder un peu avec les vieux habitués du magasin général avant d'aller trouver les Senécal. Il alla même dans la cuisine d'été pour une coupe de cheveux.

Pendant ce temps, Agathe s'impatientait. Que faisait Edmond ? Pourquoi étirait-il cette corvée indûment ? Sa mère n'était pourtant pas un monstre. Elle était sèche, certes, mais elle était également une femme raisonnable. La coupe de cheveux prit tout au plus une dizaine de minutes. D'un pas lent, le jeune homme se dirigea vers la forge.

— Qu'est-ce que t'as à écornifler de même par la fenêtre ? demanda Héléna.

Agathe décida de parler à sa mère afin d'atténuer le choc et d'éviter un mauvais quart d'heure à son fiancé.

— M'man, Edmond est ici… Y est venu pour vous parler sérieusement.

Héléna ferma les yeux et soupira. Déjà ? À peine l'été passé à fréquenter sa fille et il était prêt à faire sa demande.

— Pis toi… tu veux que j'y dise quoi ? demanda la mère.

— Ben voyons, c'est sûr que je veux que vous y disiez oui ! dit Agathe en implorant du regard sa grand-mère qui venait d'entrer.

— Héléna, j'pense que ta fille est assez grande pour savoir ce qu'elle veut. Pis j'ai l'impression que tu le sais aussi très bien ce qu'elle veut, même si ça fait pas ton affaire, dit la vieille femme.

— Alors pourquoi tu fais cette face-là? demanda Héléna qui avait bien perçu une lueur de tristesse dans le regard d'Agathe.

— C'est parce que j'vais m'ennuyer de vous autres... dit la jeune femme, quelques larmes s'échappant des yeux.

Pour toute réponse, la mère s'enferma dans un mutisme buté. Agathe allait se marier, Toinette voulait s'en aller et Josette se pâmait sur le jeune Alfred Richard. Bientôt elle serait seule avec ses plus jeunes. Bientôt, Gérald finirait par trouver la perle rare et il la ferait rentrer dans sa cuisine. Déjà, une grande quantité de jeunes filles se pavanaient devant lui, certaines d'avoir affaire à un riche commerçant.

Au loin, Agathe vit Edmond sortir de la forge et partir avec son boghei. Sur le coup de l'émotion, elle ferma les yeux. Ensuite, n'y tenant plus, elle se dirigea vers la forge d'un pas décidé.

— Qu'est-ce que tu y as dit? demanda la jeune femme à Gérald sur un ton qui n'endurerait pas la réplique.

— Inquiète-toi pas, Agathe, j'y ai rien dit pantoute. Y m'a demandé ta main et j'y ai dit que j'avais rien contre, mais que c'est m'man qui aurait le dernier mot.

— Pourquoi y est parti d'abord? demanda-t-elle, bien plus enragée après son fiancé qu'après son frère.

— Y doit avoir un train à faire...

Agathe broya du noir tout le reste de la journée. Elle claquait les portes d'armoires. Devant cette démonstration d'agressivité si éloignée de sa vraie nature, personne ne lui posa de questions. Elle dut attendre jusqu'à la fin du repas du soir pour comprendre ce qui arrivait. Un attelage approcha de la forge sur lequel trônait trois personnes:

Anna, Omer et Edmond Legrand. Les hommes enlevèrent leur chapeau avant de frapper contre la porte-moustiquaire.

— Bonsoir Héléna ! dit Anna sur un ton enjoué.

Agathe s'empressa d'aller vers eux. Devant l'air peu commode de la future belle-mère de leur fils, Omer mit fin le plus rapidement possible à ce moment désagréable en encourageant Edmond du regard. Celui-ci demanda officiellement la main d'Agathe.

— Je sais que vous allez peut-être trouver ça rapide, mais faut pas oublier que j'ai fréquenté Agathe pendant des mois à Saint-Simon pis le temps qu'on a passé séparés m'a juste convaincu qu'elle est faite pour moi, Héléna. Là, je vois l'hiver arriver pis je veux pas en passer un autre sans elle. Je vous demande humblement de m'accorder la main de votre fille.

— Pis vous voudriez faire ça quand ? donna pour toute réponse Héléna, résignée à la vue du jeune homme qui tenait fermement la main de sa fille.

— Avant les fêtes, déclara Edmond.

Le regard heureux d'Agathe poussa Héléna à abdiquer.

— Ça va être le premier samedi de décembre. D'ici là tu viendras le samedi soir pis le dimanche après-midi comme astheure.

— Y aurait autre chose, intervint Anna. On aimerait ça qu'Agathe aille à la grand-messe à partir de demain. Comme ça, on pourrait la présenter à notre monde.

Héléna accepta. Les Legrand quittèrent la maison des Senécal et Edmond resta une petite heure de plus afin de pouvoir profiter d'un moment d'intimité avec sa fiancée. Il ne lâcha pas sa main de tout le reste de la soirée.

— Qui va accompagner Toinette à basse-messe, m'man ? Pas moi, toujours ? demanda Josette.

— Ben non, Josette. Murielle va y aller, dit la mère de famille pressée d'aller se coucher.

Dans sa chambre, Héléna s'étendit tout habillée. Elle écouta les pas de ses enfants montant l'escalier menant aux chambres. Lorsqu'elle fut certaine d'être seule avec sa mère, elle sortit de sa chambre.

— Je sais que c'est pas Noël, mais j'ai trouvé du vin de cerise ! Viens donc t'asseoir avec moi, l'invita Hilda.

— J'me comprends pas, moman, dit Héléna en prenant une première gorgée.

— Laisse-moi te poser une question. Si y s'était jamais rien passé de tout ça, dit la vieille femme en balayant l'air devant elle. Comment t'aurais réagi à la demande de ton futur gendre ? demanda Hilda avec sagesse.

Héléna prit quelques instants pour s'imaginer la scène. Si à Saint-Rémy, un jeune homme tel qu'Edmond Legrand était venu demander la main de sa fille Agathe, elle aurait été très heureuse. Cet Edmond était un prétendant sérieux et bien établi. De plus, il habitait assez près pour qu'elle puisse voir sa fille souvent et voir grandir ses petits-enfants. Alors pourquoi cette tristesse et cette agressivité ?

— Vous avez raison ! C'est exactement ce qu'une mère peut souhaiter à sa fille, conclut Héléna en prenant sa deuxième gorgée.

— Je suis contente de te l'entendre dire, approuva Hilda en terminant son verre.

Les deux femmes décidèrent d'aller se coucher après cette journée éreintante et chargée en émotion.

« Je suis trop vieille pour tout ça… » se dit Hilda en s'asseyant sur le lit afin de calmer les battements irréguliers de son cœur. Une inquiétude commençait à grandir en elle : ces épisodes où s'emballait son vieux cœur arrivaient de plus en plus souvent. Il lui faudrait en parler au médecin après la boucherie.

Chapitre 17

— Josette, veux-tu ben me dire ce que t'avais à tourner ta tête comme une girouette à messe ? questionna Héléna en faisant sa vaisselle du repas de midi.

— Je vérifiais la longueur des cheveux de mes clients, c'est tout !

— Ben tu feras ça ailleurs qu'à messe ! T'as eu l'air d'une vraie Jézabel !

— Ah ben ça c'est l'boutte ! s'exclama Josette.

Embêtée par la réaction de sa fille, Héléna alla rejoindre sa mère pour la sieste dominicale. La mère de famille ne trouva pas le sommeil cet après-midi-là. Elle revoyait en boucle sa matinée. Agathe était venue à la grand-messe pour rencontrer ses futurs beaux-frères et belles-sœurs, laissant sa mère derrière elle.

— Tu devrais être contente, Héléna. Ta fille va être heureuse, pis c'est pas trop tôt, avait murmuré Hilda à son oreille.

Ainsi elle avait regardé son futur gendre prendre la main de sa fiancée et la présenter à tous ses amis, parents et voisins. Même à ses anciens beaux-parents. Héléna avait pu remarquer le malaise de sa fille devant ces spectres de l'ancienne vie de son futur mari, mais la gentillesse des Joannette avait calmé la jeune femme. En présence de toute la paroisse, Héléna avait dû consentir à laisser Edmond s'asseoir sur leur banc familial. C'était officiel : une des filles de la forge était casée. Et il en restait deux, aux dires de la patronne du magasin général. Josette était donc maintenant le centre d'attraction. Voilà pourquoi il avait été bien inconvenant de sa part de dévisager tous les hommes en plein sermon.

— Tu l'as entendue ? Moi, une Jézabel !

Agathe tenta de calmer sa sœur pour laisser dormir les autres membres de la famille. Rien n'y faisait, la jeune femme était très en colère. C'était la goutte qui faisait déborder le vase.

— Viens, on va aller se promener, Josette, invita la nouvelle fiancée.

Agathe eut du mal à accorder son pas à celui de sa sœur.

— T'es ben lente ! s'énerva Josette.

Agathe ne répliqua pas. Elle écouta plutôt les lamentations de sa sœur avec patience, lui intimant de baisser le ton à quelques reprises.

— Pis à force d'avoir l'air bête, le monde va finir par penser que notre sœur est pas toute là, en plus… conclut Josette.

— Je comprends ce que tu dis, mais mets-toi à sa place un peu. Ça doit pas être facile pour elle, tenta d'expliquer la jeune femme.

Josette en avait assez de comprendre. On lui avait fait perdre un avenir prometteur, pas une, mais deux fois. Aujourd'hui, elle avait l'opportunité d'avoir de la clientèle en provenance de Saint-Simon et de Saint-Ludger et voilà qu'elle avait hésité à accepter d'étendre son offre de services à cause d'une potentielle conséquence.

— En plus, si j'ai plus de clients, ben j'aurai pas le choix, va falloir que j'ouvre le jeudi aussi, et la mère sera pas contente !

— C'est des beaux problèmes, ça, Josette, tenta Agathe pour encourager sa sœur. Et pour Toinette, t'as juste à faire un jour pour Saint-Simon et un jour pour Saint-Ludger. De toute façon, elle connaît personne dans ces paroisses-là.

— Tu y as pas vu l'air, à Toinette, quand j'y ai dit. C'est comme rien ! Si y a du monde qui vient de ces villages-là, alors dans pas long, y va y en avoir de Saint-Édouard aussi ! s'impatienta l'aînée.

— N'empêche qu'y a pas si longtemps, m'man disait que ça se pouvait pas une femme qui coupe des cheveux d'homme à la campagne et aujourd'hui, tu débordes de clients. Je suis contente pour toi.

Cette déclaration eut l'effet recherché. La jeune femme se calma et commença à réfléchir. Arrivées au bout du village, les deux sœurs firent demi-tour pour rentrer chez elles.

— Pis là, je t'ai fait manquer ta sieste en plus, s'énerva Josette.

Agathe laissa sa sœur à ses pensées et monta à l'étage. Son fiancé allait venir faire un tour en fin d'après-midi et il lui fallait se préparer. Il était question d'aller manger chez les Legrand. Anna l'avait invitée après l'office.

— Inquiète-toi pas, Héléna, c'est pas un souper de fiançailles qu'on leur fait. On veut juste apprendre à mieux la connaître, avait dit Anna.

Mais Héléna avait pris la précaution d'exiger que Gérald aille chercher sa sœur en fin de soirée pour éviter de laisser les deux fiancés seuls dans un boghei en pleine noirceur.

— Faut que j'passe par icitte pour m'en retourner à Saint-Simon ! avait tenté de négocier le fiancé.

— Tu les suivras de proche ! avait tranché la nouvelle belle-mère sous le regard admiratif d'Anna.

Voilà une jeune femme honorable, que cette Agathe Senécal. Sa mère ne lésinait pas sur les efforts pour conserver intact l'honneur de ses filles.

Toinette regarda sa sœur partir avec envie. Le peu qu'elle connaissait de cette famille lui donnait l'impression qu'il s'agissait de gens agréables. Il n'y avait pas à dire, il faisait bon être Agathe Senécal. À chaque fois qu'elle essayait de s'imaginer un avenir pour elle-même, la pauvre fille perdue se retrouvait devant un vide rapidement rempli d'idées noires.

— Si tu pouvais imaginer un avenir parfait pour toi, Toinette, y aurait quoi dedans ? lui avait demandé Agathe, un soir.

La jeune fille n'avait su quoi répondre, et aujourd'hui encore elle se posait la question. Un avenir parfait, cela n'existait probablement pas, et pour Toinette Senécal, cela existait encore moins. Une chose était certaine, pour avoir un avenir, il lui faudrait faire des choix difficiles. Sa mère n'arrangeait pas les choses en la surveillant sans arrêt. Elle avait entrepris de l'occuper et de l'entourer de ses attentions et cela empirait son mal-être. Toinette avait l'impression d'être en prison. Plus elle y pensait, plus l'idée de fuir en ville lui paraissait une solution enviable. Elle attendrait le bon moment, mais sa décision était prise : elle partirait, que cela plaise à sa mère ou non.

Dans la cuisine des Legrand, le repas avait été festif et la table bien garnie. Anna avait vu à tout. Albert, l'aîné des Legrand, avait partagé toutes sortes d'anecdotes à propos d'Edmond, confirmant à la jeune femme ce qu'elle savait déjà : son fiancé était un homme lent et indécis, mais avec une bonne âme. D'ailleurs, le simple fait qu'il puisse rire de lui-même prouvait qu'il était un homme bon. Agathe s'intégra sans mal à ce groupe chaleureux. Elle participa à la corvée de vaisselle malgré les protestations de la maîtresse de maison, suivie du coin de l'œil par un Edmond émerveillé qui ne pouvait s'empêcher de comparer avantageusement sa fiancée à son ex-épouse.

Mais au moment de lui dire bonsoir, alors qu'il la raccompagnait jusqu'au boghei de Gérald, il aperçut une expression de tristesse sur son visage.

— Je me disais juste que c'est d'valeur qu'on habite loin. Imagines-tu comment ça serait agréable de vivre au village avec eux autres pis ma famille ? avait dit la jeune femme sans savoir ce que cela déclencherait.

Edmond regarda le boghei s'éloigner sur le chemin, une inquiétude naissante dans le regard. Ainsi, tout comme son ex-femme, Agathe n'aimait pas l'idée de s'installer à Saint-Simon. Serait-ce là une bonne excuse pour s'enfermer dans la maladie et la paresse ? Qu'est-ce qu'elles avaient toutes, ces femmes, à ne pas pouvoir être raisonnables ? À son retour dans la cuisine, Anna remarqua le regard frustré qu'arborait son fils.

— C'était normal que sa mère envoie son frère la chercher, Edmond. J'aurais fait pareil pis tu l'sais, gronda la mère.

Edmond ne prit pas le temps de s'expliquer avec sa mère. Toutes ces émotions l'avaient lessivé. Il remercia tout le monde pour l'accueil réservé à sa fiancée et prit congé. Arrivée à la forge, Agathe avait eu le temps de se retrouver dans de bonnes dispositions. Sa belle-famille était simple, généreuse et agréable.

— M'man, c'est-tu possible ? Est-ce que je mérite ça ? avait-elle demandé à sa mère.

— Avais-tu mérité Lemoyne, Agathe ? Non, mais tu l'as eu pareil… Alors perds pas ton temps avec le mérite, ma p'tite fille, avait répondu Héléna avec bon sens, mais brusquerie.

— Ce que ta mère veut dire, ajouta Hilda, c'est que c'est pas important de mériter. C'est ce que tu vas en faire de toute cette belle chance-là à partir d'astheure qui compte, rectifia la grand-mère en lançant un regard de désapprobation à sa fille.

Agathe ravala sa salive, encore sous le choc de la déclaration de sa mère. Elle s'estima heureuse que cette grand-mère bienveillante soit venue les rejoindre. Un bruit venant de la route interrompit le fil de ses pensées.

— Mais qu'est-ce qu'Edmond fait là ? questionna Héléna.

Le jeune veuf passa tout droit, absorbé par de vieux souvenirs malheureux. La jeune femme ne comprit pas.

— Y s'est-tu passé de quoi avec Edmond ? demanda Hilda.

— Non, j'vois pas, répondit Agathe qui fouillait dans sa mémoire à la vitesse de l'éclair. Tout a bien été, j'vous le jure.

— C'est quoi la dernière affaire que tu y as dit ? demanda Héléna.

— J'ai juste dit que c'était d'valeur qu'on reste pas plus proche de sa famille parce que ça avait l'air du bon monde… dit Agathe au bout d'un petit moment d'introspection.

— Alors je vois pas le problème non plus, conclut Héléna qui consulta Hilda du regard. S'il est du genre à babouner pour rien, t'es peut-être mieux de le savoir tout suite…

Pour toute réponse, Agathe monta dans sa chambre pour aller se coucher. Elle repassa au peigne fin toutes les paroles qu'elle avait dites sans comprendre comment l'une d'elles aurait pu créer un froid entre son fiancé et elle. Elle finit par s'endormir d'épuisement. Le lendemain matin, une autre grosse semaine l'attendait chez les Roy.

Le déjeuner se prit en silence chez les Senécal en ce lundi matin. Agathe, qui avait les traits tirés, descendit sa petite malle et attendit avec impatience que Philippe termine son thé pour l'emmener chez les Roy. Elle n'échangea aucune parole avec sa mère avant de partir.

— Qu'est-ce qu'elle a, elle, à matin ? demanda Héléna.

Hilda préféra annoncer qu'elle irait travailler au presbytère pour la journée.

— Ça va me faire du bien de sortir de la maison, dit la vieille dame en quittant la cuisine.

Héléna fut heureuse de pouvoir se soustraire à ce travail éreintant pour au moins une journée. Elle termina son thé et sonna l'heure de la vaisselle.

— Aujourd'hui, on déménage dans cuisine d'hiver ! décréta la mère de famille.

À Saint-Simon, sur la route, Agathe croisa Elzéar, Laura et Marie qui partaient pour l'école. Elle regarda en direction de la maison d'Edmond. Elle n'y vit âme qui vive. Habituellement, le veuf l'accueillait ou lui faisait un signe de la main depuis la porte d'un de ses bâtiments, mais pas ce matin. La jeune femme en frissonna. Elle descendit du boghei, prit sa malle et monta l'escalier menant à la cuisine d'été des Roy en saluant son frère.

— Ça serait-tu le temps de déménager dans la cuisine d'hiver, Paule ? demanda Agathe pressée de se mettre à l'ouvrage pour vider sa tête de toutes les idées noires qui s'y trouvaient.

Les deux femmes rangèrent la cuisine et se mirent à laver les armoires pour finir par déménager la vaisselle et les chaudrons de l'autre côté. Paule remarqua que sa protégée regardait souvent en direction de la ferme qui serait bientôt la sienne.

— Edmond est venu nous annoncer la bonne nouvelle dimanche matin avant de partir… dit Paule qui ne comprenait pas pourquoi la jeune femme n'avait encore rien dit. Il paraît que ta mère a accepté pis que c'est pour décembre ?

Devant le mutisme d'Agathe, Paule était pensive. La jeune femme avait bel et bien démontré un grand amour pour le fade veuf d'en face. Alors pourquoi avait-elle les traits tirés et cet air d'endeuillée ? Avait-elle peur de sa réaction ou de celle de Jean ?

— Jean dira rien, tu sais… Y me l'a promis. Il va se mêler de ses affaires. T'as rien à craindre de mon mari si c'est ça qui te fait peur, tenta la maîtresse de maison.

— C'est pas ça… Ben, c'est pas juste ça. Je m'imagine des affaires, c'est tout, avança Agathe.

— Tu t'imagines quoi, ma belle fille ? s'enquit Paule.

Un flot de larmes accompagna le récit que la jeune femme fit des deux derniers jours. Devant l'air perplexe de Paule, Agathe se mit à pleurer de plus belle.

— Ah ben, si toi non plus tu comprends pas… Mes affaires vont mal ! conclut-elle.

À l'heure du dîner, Joseph vint féliciter chaleureusement la jeune fiancée alors que Jean s'en tint à de sobres félicitations. Agathe attendit toute la journée dans l'espoir de voir Edmond, mais il ne se montra pas. Enfermé dans ses bâtiments, il passa la journée du lundi à ressasser de pénibles souvenirs de sa première vie conjugale. Il revit en détail chaque moment où la déception et la surprise étaient venues façonner son quotidien auprès de sa défunte. Une chose était claire, il n'avait pas l'intention de répéter son expérience. Mais comment faire pour ne pas se laisser manger la laine sur le dos ? Il n'en avait aucune idée. Il passa les jours suivants à éviter la maison des Roy dans l'espoir qu'une révélation lui serait faite par intervention divine.

— Non, y se sont pas chicanés, Jean, dit Paule avant d'éteindre la lampe de chevet.

— Ben, y est arrivé que'que chose ! C'est pas normal, d'habitude y rôde autour de la maison du lundi au vendredi. Je suis convaincu qu'y a dû arriver de quoi, insista Jean.

— Je sais pas quoi te dire, finit par répondre la mère de famille à bout d'arguments.

— Penses-tu qu'Edmond aurait pu… consommer avant l'temps ? demanda Jean qui ne voyait que cette explication logique.

— Ben non, Jean, exagère pas ! S'y en a une qui sait qu'y vaut mieux pas faire ça, c'est elle !

— C'est toi qui l'sais, conclut son mari avant de s'endormir.

Paule eut du mal à trouver le sommeil cette nuit-là. Si Jean croyait possible une telle chose, alors bientôt tout le monde en viendrait à cette conclusion. Agathe n'avait pas mérité ça. Il lui fallait arranger les choses avec le veuf, mais comment ?

Dans sa chambre, Agathe était assise sur la petite chaise près de la fenêtre. Elle n'arrivait pas à dormir depuis deux nuits déjà. Elle fixait sa future maison, espérant y lire ou y trouver une réponse au désintérêt de son fiancé.

— Mon Dieu, faites qu'y ait pas changé d'idée ! suppliat-elle, les mains jointes sur son cœur.

La nuit suivante fut encore plus tumultueuse. Agathe avait résisté à l'envie de se relever pour prendre son poste d'observation, mais elle tournait et se retournait dans son lit.

— Si y est pour babouner pour rien, ben y va se ramasser tout seul, lui, pis pas à peu près ! avait décidé la jeune femme épuisée.

La journée qui suivit fut interminable. La fatigue accumulée commençait à se faire cruellement sentir. Les cernes sous ses yeux étaient de plus en plus creusés.

— Est-ce que ça va, Agathe ? demanda Paule, aux premières loges de ce drame muet qui envahissait toute sa cuisine.

— J'comprends pas ! fut la seule réponse que donna la jeune fille.

Elle accomplit ses tâches comme une automate avec des mouvements brusques, laissant échapper à peu près tout ce qui lui passait dans les mains.

— Bon ! Viens t'asseoir, on va boire du thé, décida Paule après la vaisselle.

— Edmond boude, c'est certain. Sinon, pourquoi y vient pas me voir ?

— J'avoue que c'est pas dans ses habitudes de pas venir quand t'es ici. En plus, vous allez ben vous marier ? s'assura Paule, qui pensait de plus en plus avoir mal compris.

La jeune femme acquiesça et reprit son récit des deux derniers jours passés en compagnie d'Edmond.

— Y est peut-être malade ? avait avancé Jean ce soir-là en mettant son pyjama.

— T'as ben raison ! Comment ça se fait qu'on y a pas pensé personne ? s'exclama Paule en se redressant.

Dans la chambre du haut, Agathe s'était endormie d'épuisement, mais elle fut en proie à toutes sortes de cauchemars dont un particulièrement réaliste dans lequel quelqu'un dans la famille Legrand avait reconnu Toinette.

Le vendredi matin, Joseph décida d'intervenir personnellement. Du peu qu'il connaissait du veuf, il n'était pas homme à séduire une fille qui n'était pas encore sa femme. Il était plutôt homme à changer d'idée. « Branler dans l'manche », comme il se plaisait à dire. Ou, comme semblait le croire sa bru, le jeune veuf était malade. Joseph avait passé la semaine à observer Agathe dépérir et regarder par les fenêtres sans jamais apercevoir son fiancé. Après avoir discuté avec Paule, il avait compris qu'il était le seul capable d'arranger les choses.

Après sa nuit peuplée de cauchemars, Agathe en était rapidement venue à la conclusion que quelqu'un dans la maison Legrand devait connaître son secret. Ou bien quelqu'un avait reconnu Célina. D'une façon ou d'une autre, sa famille serait perdue et ses projets de vie aussi.

Dans la cuisine, Joseph se leva de table.

— Je m'en vais de l'autre bord tout de suite, dit le vieil homme à sa bru.

— Vous allez faire quoi ? s'enquit la mère de famille en déposant son fer à repasser sur le poêle.

— J'vais y secouer les puces à ce maudit-là ! Voir si ç'a de l'allure de faire sa grande demande pis de l'ignorer tout de suite après ! Ça fait trop longtemps qu'y en parle pour que ça finisse de même.

— L'beau-père, je me retiens moi-même d'y aller avec mon rouleau à pâte depuis mardi soir. Mais on ferait peut-être mieux de pas s'en mêler ? Je doute, tout d'un coup. Si ça se trouve, y va aller la visiter chez eux ben convenablement samedi pis dimanche pis on va s'être énervés pour rien.

— Penses-y deux minutes, Paule. Tu préfères-tu que j'y brasse moi-même les poux ou ben que ce soit sa future belle-mère ?

— Faites comme vous pensez.

Mais en secret, elle aurait souhaité qu'Héléna lui passe effectivement sur le corps. Elle aurait laissé un souvenir impérissable au jeune veuf…

Le vieil homme endossa son manteau et traversa la route. Il trouva Edmond en train de nettoyer méticuleusement son étable. Une longue conversation apprit enfin à Joseph ce qui minait le jeune fiancé.

— C'est vrai que ça prend du courage pour recommencer… À mon âge, le problème se pose pus. Mais à ton âge, ça serait dommage que tu décides de rester vieux garçon. Agathe est fine pis vaillante. Patiente pis agréable. Tu te trompes pas avec elle. En plus, si elle te dit que c'est de valeur de pas vivre proche de ta famille, ça veut peut-être juste dire qu'elle les aime. As-tu pensé à ça, le jeune ? Là, de la manière que j'vois ça, y te reste quelques heures pour te racheter sinon j'voudrais pas être toé demain soir quand ta belle-mère va t'ouvrir la porte…

Edmond entra changer ses vêtements avec empressement et alla frapper à la porte de ses voisins avec l'air penaud de l'enfant qui sait avoir mal agi. L'accueil que lui réserva Agathe le bouleversa. Malgré les mille et une résolutions et l'envie d'éclater, elle se jeta sur lui et l'étreignit avec urgence et soulagement.

— J'pensais que t'étais malade ! expliqua Agathe en se détachant de son fiancé.

— J'avais juste ben de l'ouvrage cette semaine, répondit Edmond, rongé par les remords de lui avoir causé tant d'inquiétude.

Il lui emprisonna les mains dans ses paumes chaudes et rassurantes.

À Saint-Barnabé, Hilda avait décidé d'aller au presbytère tous les jours de la semaine afin d'accorder une pause à Héléna dont l'humeur était de plus en plus insupportable. Elle avait trouvé apaisant de travailler dans le silence et le recueillement du presbytère. Cela valait largement mieux que la tension constante qui régnait dans la maison des Senécal.

Longtemps, Hilda avait attribué cette tension à sa fille Héléna et à sa mauvaise humeur, mais en y pensant bien, Josette n'était pas étrangère au phénomène. En effet, l'aînée passait son temps à surveiller Toinette et à l'abreuver de conseils dont celle-ci n'avait que faire.

— Va falloir qu'y se passe que'que chose parce que c'est juste pus possible, se dit la vieille femme.

Hilda ouvrit la porte de côté qui donnait sur l'étable du presbytère. Elle s'y assit pour prendre l'air, car elle étouffait. Elle avait répété ce geste à plusieurs reprises durant la semaine. Et la chaleur n'était pas en cause. Encore une fois, elle se dit qu'il lui faudrait consulter un médecin. L'heure du souper du curé approchait, elle dut rentrer et se mettre à ses chaudrons. À nouveau, une bouffée étouffante l'assaillit. La pauvre femme dut se rasseoir et respirer profondément.

— Vous allez bien, madame Boudrias ? s'enquit le prêtre en entrant dans la cuisine.

Hilda ne put lui répondre immédiatement. Elle tenta de se relever pour terminer sa tâche, mais la main du prêtre la fit se rasseoir immédiatement. Le teint pâle de la vieille dame avait alerté l'homme d'Église.

— Je vais demander à mon bedeau de vous ramener chez vous. Après, il va vous envoyer le docteur Desgagné, dit le curé en levant la main pour faire cesser les protestations. En même temps, je vais aller parler avec votre fille, ajouta le curé.

Une fois Hilda couchée dans son lit, Héléna se fit convoquer dans le salon par le curé de Saint-Barnabé.

— Madame Senécal, j'irai pas par quatre chemins : je pense que votre mère est un peu vieille pour travailler comme elle le fait. Un peu sur votre terre, un peu au presbytère. Je pense que le temps est venu pour elle de se ménager. Et je pense que le temps est venu pour vous de rester à la maison pour vous en occuper.

Héléna se révéla agréablement surprise par la tournure des événements. Il lui convenait parfaitement de quitter cet emploi qui lui prenait tout son temps et l'épuisait.

— Vous allez faire quoi, monsieur l'curé ? Avez-vous déjà une autre servante pour me remplacer ? demanda-t-elle dans le but de pouvoir rassurer Toinette.

— Non, mais ne vous inquiétez pas pour moi, je vais m'enquérir auprès du diocèse. On ne sait jamais, une ménagère malheureuse dans sa paroisse… Ça arrive, ces choses-là, dit le prêtre avec peu d'enthousiasme.

Il était de notoriété publique qu'une servante malheureuse voulait dire une servante malcommode.

Héléna le raccompagna jusqu'à la porte. Le curé croisa Agathe qui revenait de Saint-Simon. Il parla avec la jeune femme pendant quelques instants et l'invita à venir avec son fiancé au presbytère pour convenir des détails.

— Ta belle-mère a dû se dépêcher d'aller y parler, c'est comme rien ! dit Héléna à sa fille en la laissant entrer.

Le reste de la journée se passa dans la chambre des mères. Chacun apporta une chaise autour du lit pour bavarder avec la vieille femme. On réorganisa le travail pour les semaines à venir et on attendit le docteur qui fit son apparition en soirée.

— C'est son cœur, madame Senécal. Va falloir qu'elle se ménage, dit le médecin.

Avant de partir, il laissa quelques instructions pour les soins à donner. Héléna resta songeuse. Sa mère, cette force de la nature, cette incarnation de la sagesse, cette femme qui ne s'énervait jamais, était prise du cœur. Savoir que sa mère pouvait être fragile et vulnérable ébranla Héléna qui se sentit toute petite, un peu comme une enfant qui se voit devenir orpheline. Ce choc eut pour effet de calmer les humeurs changeantes de la mère de famille. Dorénavant, elle ferait tout pour que sa mère puisse avoir une fin de vie paisible. Elle s'en fit la promesse et le jura devant Dieu.

Chapitre 18

Le mois d'octobre avait filé à une vitesse folle. Agathe avait travaillé d'arrache-pied chez les Roy et les récoltes d'automne avaient été gérées avec efficacité. Avec l'aide de Paule, elle s'était même occupée des légumes provenant de la terre d'Edmond. C'était sa façon de faire sienne cette maison et de s'assurer d'une variété d'aliments disponibles pour l'hiver.

De retour chez elle, à Saint-Barnabé, elle avait pu souffler un peu en ce début du mois de novembre.

— As-tu eu le temps de commencer ton trousseau, ma belle ? avait demandé Hilda qui commençait à s'ennuyer avec tout ce repos imposé par le médecin.

— Edmond a déjà tout, grand-maman. J'ai pas besoin de rien.

— Peut-être, mais des draps ? T'aimerais pas ça avoir au moins tes draps à toi dans ton lit ? Ça va me faire plaisir de te broder tes taies d'oreillers.

Devant la joie de sa grand-mère, Agathe accepta le cadeau. Il est vrai qu'elle n'avait pas eu le temps de se poser ces questions et encore moins de se mettre à la tâche pour se constituer un trousseau.

— Après le déjeuner, Agathe pis moi on va aller au magasin général pour acheter du coton. Je vais y faire un beau set de drap pour sa chambre, annonça la grand-mère ravie de pouvoir quitter la maison.

— C'est une sacrée bonne idée, ça ! Et moi je pourrais y broder une nappe, j'ai toujours aimé ça la broderie, dit Héléna qui devenait de plus en plus enthousiaste à l'approche du grand jour.

— Fatiguez-vous pas, Edmond a déjà tout ça de sa défunte, dit Agathe qui n'aimait pas déranger.

— Ben justement, c'est le trousseau de sa défunte. Les vieux draps peuvent aller dans les chambres du haut, mais pour ton lit… Tu vas vouloir avoir tes affaires. Oublie pas que t'es pas là pour remplacer personne, ma fille. T'es là pour te faire une vie. T'as le droit d'avoir tes affaires à toi, l'encouragea Héléna.

— Moi, quand j'ai marié ton père, Héléna, je suis allée vivre chez ma belle-mère. Ah ! une sainte femme. Mais y avait rien à moi dans cette maison-là pis j'me suis jamais sentie chez nous, confessa Hilda.

— Aussi, faudrait commencer ta robe de mariée, ajouta Josette qui trouvait que sa sœur se traînait les pieds.

— C'est pas nécessaire. Je vais ajouter un collet à ma robe du dimanche.

— Ah ben non par exemple ! s'écrièrent Héléna, Hilda et Josette en chœur.

— Y en est pas question pantoute ! Tu vas te marier et devenir une femme d'habitant, va falloir que tu t'habilles pour ton rang pis ton âge. On va te faire une belle robe de mariée que tu vas pouvoir reporter le dimanche. On va faire le contraire, décréta Héléna qui voyait là une belle occasion de se racheter pour son humeur maussade de la dernière année.

Tentée, la fiancée accepta. Les femmes de la maison se dépêchèrent de ramasser le déjeuner et de ranger les chambres. Les prochaines semaines seraient remplies de travaux d'aiguilles pour le plus grand bonheur de la maîtresse de maison et celui d'Hilda qui aurait enfin l'autorisation de participer à cette tâche.

Les talons des femmes de la forge claquèrent en rythme sur le trottoir de bois menant au magasin général. Plus elles s'approchaient, plus elles remarquaient un attroupement anormal sur le perron du commerce.

— Y a eu un vol au magasin, madame Senécal ! leur apprit Aline Bouchard, la propriétaire.

Devant tous ces habitants venus leur prêter main-forte, Héléna décida d'aller chercher Gérald.

— En campagne, quand un commerçant a un problème, tous les autres viennent y donner un coup d'main, avait dit la mère de famille pour persuader son fils.

— Vous avez raison, m'man, j'arrive. Philippe, je te laisse en charge, t'es capable de servir les clients aussi bien que moi, dit Gérald, remplissant ainsi de fierté le cœur de son jeune frère.

Le fils avait escorté la mère vers le magasin général en apportant avec lui un coffre à outils et une pelle pour aider à ramasser les éclats de verre. Les bénévoles nettoyèrent le dégât en un rien de temps et furent conviés dans la résidence du commerçant pour un petit remontant.

— J'comprends pas… Y ont rien pris dans le magasin ! Y ont juste cassé la vitre de la porte pis y ont reviré des boîtes de clous à l'envers, mais on dirait qu'y ont rien pris. C'est-tu possible une affaire de même, madame Senécal ? demanda Aline, encore sous le choc.

— Ils cherchaient probablement de l'argent, madame Bouchard.

— Ben oui, mais l'argent on garde pas ça dans l'magasin ! Pas plus que votre fils dans sa forge, se défendit la commerçante.

— C'est ben certain, répondit Héléna.

Elle devait admettre qu'elle ignorait complètement où son fils cachait l'argent gagné grâce à la forge. Pour ce qui était des recettes de barbier de sa fille Josette, elle avait vu un pot de verre trôner sur la commode de la chambre de la jeune femme. Il leur faudrait en discuter tous ensemble.

— Avec toute ça, j'vous ai même pas demandé ce que je pouvais faire pour vous autres, se ressaisit Aline.

— On est venues voir vos tissus pour une robe de mariée pis un trousseau, déclara Agathe.

— Vous êtes pas en avance, vous là ! Je pensais que vous m'aviez fait l'affront d'aller acheter votre tissu ailleurs…

— On vous aurait jamais fait ça, Aline, rassura Héléna.

Les femmes furent dirigées vers les ballots de tissus et les patrons situés à l'arrière du magasin. De l'autre côté de la pièce, les hommes sortaient de la demeure des propriétaires du commerce et s'apprêtaient à s'en aller, légèrement réchauffés par l'alcool.

— Ma mère est pas déjà partie ? s'enquit Gérald.

— Non, sont juste là, lui répondit Alfred Richard venu aider.

Le jeune homme guida Gérald vers les femmes qui inspectaient les tissus comme de véritables connaisseuses.

— Y est beau, ce tissu-là. C'est pour vous faire une robe, mademoiselle Josette ? demanda le jeune cultivateur de sa voix rauque.

— Oui, c'est pour les noces de ma sœur, répondit Josette, rose de plaisir.

— Celui qui va vous accompagner à cette noce-là est ben chanceux, déclara le jeune amoureux.

— Personne m'accompagne, dit Josette.

— D'abord, si ça vous dérange pas, je pourrais p't'être vous accompagner ? demanda le jeune homme, l'air faussement détaché.

— Ça me ferait plaisir, Alfred, répondit la jeune femme consciente d'être épiée par sa mère et sa grand-mère.

Alfred recula, heureux de la tournure des événements. Il se tourna et se frappa contre Gérald qui le fixait de son regard dur habituel, bras croisés. Les deux hommes sortirent du commerce ensemble, laissant Josette craintive pour ses amours naissantes.

— Bon, ben, ç'a l'air qu'une deuxième fille de la forge va se caser ! déclara l'indiscrète commerçante en étalant le tissu sur sa table à découper.

Josette se cacha parmi les patrons de robes pour pouvoir vivre sa joie en toute intimité.

— Ah, pis on a une nouvelle servante au presbytère depuis hier au soir, madame Senécal ! Elle est pas aussi accommodante que vous deux, mais elle a le physique de l'emploi, si vous voyez ce que j'veux dire… dit Aline dont le choc matinal semblait s'atténuer au fur et à mesure que l'addition des Senécal s'allongeait.

— C'est qui ? Est-ce qu'on la connaît ? demanda Hilda, affable.

— J'pense pas. Elle vient d'une autre paroisse pas loin d'ici.

— Est-ce qu'elle a un nom ? demanda Agathe.

— Elle s'appelle Olivette Côté.

Les quatre femmes retinrent leur souffle. Il leur semblait que Toinette avait déjà mentionné ce nom.

— De quelle paroisse vous avez dit ? demanda Josette en déposant un patron sur le comptoir de la commerçante.

— Pas loin ! Le nom de la paroisse m'échappe… Voyons ! Je l'ai sur le bout de la langue… C'est là où y a le train pis la malle, dit Aline en alignant les chiffres sur son registre.

Pressées de quitter l'établissement, les femmes aidèrent Aline à plier les morceaux de tissus et furent bientôt de retour sur le trottoir. Le chemin menant vers la forge semblait s'allonger à chaque pas. C'est en nage et à bout de souffle qu'Héléna entra chez elle. Elle trouva Toinette assise à son poste à la lessive. La mère de famille avança lentement et prit le soin de s'asseoir en face de sa fille avant de lui prendre les mains.

— Olivette Côté, ça te dit quelque chose ? débuta calmement Héléna.

Un choc électrique traversa le corps de la jeune femme, suivi d'un calme absolu qu'elle ne s'expliqua pas. Ainsi, elle allait devoir partir, elle allait pouvoir partir. L'attente était terminée, le ciel venait de lui tomber sur la tête. Et puis après ? C'était exactement ce qu'il lui fallait pour enfin la libérer de cette prison, de cette maison qui ressemblait de plus en plus à un tombeau. Elle soupira et réalisa que sa vie n'était pas finie, qu'elle respirait encore. Elle respirait même mieux. À son tour, elle se pencha vers sa mère pour lui parler calmement.

— J'vais m'en aller. Dites rien, vous l'savez aussi ben que moi qu'on a plus le choix, là. Soyez raisonnable et laissez-moi partir. C'est pas ce que j'aurais voulu quand on est arrivés ici, mais j'ai pus le choix… Laissez Agathe se marier en paix. Laissez Josette agrandir son commerce. Pis laissez grand-maman finir ses jours sereinement. Vous avez toute faite pour moi et je vous en remercie ben gros. Mais là, on est allées au bout de notre histoire ensemble. Soyez raisonnable, implora la jeune femme en s'agenouillant devant sa mère, attendant sa bénédiction.

— On est en novembre, tu peux pas partir de même ! déclara Héléna dans une dernière tentative pour retenir sa fille. Y fait frette sans bon sens dehors. Tu vas aller où ?

Comment faire pour laisser partir son enfant, son bébé, vers l'inconnu, vers de multiples dangers ? Il n'y avait rien dans la Bible pour ça, aucun mode d'emploi.

— M'man, vous pis moi, on va aller voir le curé Boucher, déclara Agathe.

Elle remit son manteau et alla atteler leur bête au boghei.

Sur le chemin menant vers Saint-Simon, le vent s'était levé et des volées de feuilles mortes soulevées par les bourrasques couraient le long des fossés tel un cortège funèbre. Le corps d'Héléna était glacé et un bourdonnement désagréable envahissait sa tête.

— Ensuite, on va arrêter chez Paule pis on va proposer de l'aider à faire boucherie. Ça va expliquer ce qu'on fait sur les chemins par un temps pareil, dit Agathe qui menait l'attelage avec calme.

Dans son presbytère bien chauffé, le curé Boucher vit arriver les visiteuses et frémit d'appréhension. Seul un drame pouvait amener ces femmes jusqu'à lui. Il les accueillit lui-même, prétextant qu'il attendait cette visite.

— Qu'est-ce qui se passe ? demanda-t-il en ouvrant la porte.

Une fois le problème exposé, il devint également clair pour l'homme d'Église qu'il était impératif de trouver un nouvel endroit pour la jeune Toinette. Il eut une idée : sœur Saint-Irénée, dans son nouveau couvent, pourrait leur venir en aide.

— Votre fille a-t-elle du talent pour les études, madame Senécal ?

— Elle s'est jamais plainte pour aller à l'école, en tout cas, répondit Héléna.

Le prêtre se mit à chercher dans ses papiers et en sortit un feuillet informatif à propos du couvent à Québec où venait d'être transférée sa cousine.

— Ma fille veut pas aller au couvent ! Elle a pas la vocation, si c'est ça votre idée, déclara Héléna.

Elle se rappelait trop bien les récits horribles de Toinette sur son séjour à l'orphelinat, entourée de religieuses hostiles.

— Non, c'est pas pour en faire une sœur. Je pense plutôt qu'elle ferait une bonne institutrice. Avec ça, elle pourrait aller enseigner dans un village et s'y faire une vraie vie à elle. Ça serait mieux que de lui trouver un travail dans une usine, vous pensez pas ? demanda le curé. Ça aurait le mérite de la garder en sécurité, en tout cas.

Devant cette perspective, Héléna se radoucit. Il fallait admettre que ce sort était plus enviable que le travail d'usine. Elle accepta l'offre du curé avec gratitude.

— Je vais contacter ma cousine et faire tout le nécessaire. Sœur Saint-Irénée va l'attendre lundi au parloir.

— Vous êtes ben aimable, dut reconnaître Héléna devant la tournure des événements.

Savoir sa fille à l'abri pour l'hiver, nourrie, logée et instruite était inespéré.

— Vous êtes certain que c'est une bonne idée, monsieur l'curé ? s'enquit Agathe qui craignait que d'autres consœurs de l'orphelinat aient suivi sœur Saint-Irénée à sa nouvelle affectation.

— Oui, Agathe, c'est une bonne idée. Crains rien, ma cousine va prendre bien soin de ta sœur.

— Pis si jamais elle aime pas ça, ben en été, y sera toujours temps d'aller se trouver du travail dans une usine, dit la mère une fois assise dans le boghei.

— Vous avez raison m'man… Pis en plus, sœur Saint-Irénée connaît déjà Célina. C'est elle qui nous a aidées Elle va être entre bonnes mains et vous allez pouvoir la visiter. Elle va pouvoir vous écrire. Et si jamais un jour la servante s'en va…

— Non, Agathe, pas d'espoir ! C'est fini, c'est ben fini, pis je l'sais, dit Héléna, émue.

— Vous avez tout fait pour elle, tout ce que vous pouviez en tout cas. J'vous admire et j'vous remercie pour tout, dit Agathe qui sentait que sa mère avait surtout besoin qu'on allège sa culpabilité.

— Maîtresse d'école ? C'est ça son idée ? demanda Toinette, très surprise. Le curé Boucher me laisserait faire l'école à des enfants même s'il sait ce qui m'est arrivé ?

— C'est sœur Saint-Irénée qui va t'accueillir… compléta Agathe.

Cette information sembla calmer les doutes de sa sœur.

— C'est-tu un métier qui te tente ? demanda Gérald.

Il aurait aimé qu'on s'adresse à lui avant d'aller consulter le curé Boucher. D'autant plus que, le matin même, selon sa mère, il était indispensable au propriétaire du magasin général. Mais quand il était question de sa sœur, c'était comme s'il n'existait pas.

De l'autre côté de la table, Toinette réfléchissait. Sœur Saint-Irénée veillerait sur elle. Cela la rassurait. Et ce métier d'enseignante était un travail bien payé dans un coin de pays éloigné de leur village, de Saint-Édouard et de Saint-Rémy. Un travail qu'elle pourrait faire toute sa vie. N'était-ce pas au moins aussi enviable que le tri du courrier ? La vieille

Pierrette avait réussi à vivre sans se remarier, sans dépendre des autres.

— Oui, Gérald, j'pense que ça pourrait me plaire, répondit-elle avec un sourire sincère que les membres de sa famille lui avaient rarement vu.

— Bon, ben, si tout est décidé, j'vais aller la mener au couvent lundi. Je vais m'occuper de toute ! dit le jeune homme en bombant le torse. Laissez faire son linge et faites la robe à Agathe, moi je vais acheter du neuf pour Toinette. Son costume pis ses livres. C'est la moindre des choses, vous pensez pas ? Elle va rentrer par la grande porte, pas en pauvresse.

Josette revint de sa chambre avec son pot rempli de monnaie. Cette petite cagnotte, elles l'avaient amassée ensemble, après tout.

— Prends ça, Toinette, au cas où t'en aurais besoin un jour, dit Josette en tendant son précieux pot.

Ce soir-là, l'émotion étant trop forte, chaque membre de la famille se coucha tôt. Seule Héléna resta dans la cuisine. Elle intercepta son fils Gérald.

— J'te remercie pour tantôt C'est vrai que d'arriver au couvent greyée dans du neuf, ça va l'aider à se mélanger aux autres. J'aimerais mieux qu'elle attire pas l'attention sur elle. On y doit ben ça à ma pauvre p'tite fille, dit la mère les yeux pleins d'eau. Pis t'es un bon frère et un bon fils.

— C'est rien, répondit Gérald, mal à l'aise devant ce trop-plein d'émotions.

— J'avais presque oublié de te le demander tantôt, mais Josette me l'a rappelé avec son pot de cennes. Notre argent de la forge, on le garde où ? demanda la mère en séchant ses larmes avec son mouchoir de poche.

Gérald emmena sa mère dans le caveau à légumes. Il lui montra un coffre en fer muni d'un cadenas sans clef.

— Philippe est responsable de la clef. On met l'argent là-dedans à chaque soir, dit-il pour rassurer sa mère.

— Je vous ai jamais vu faire ça ! se surprit Héléna qui se croyait d'une grande vigilance.

— C'est parce qu'on est bons ! On fait attention de pas se faire pogner pour pas se faire voler, dit fièrement Gérald en aidant sa mère à sortir du caveau.

— Ça vaudrait peut-être la peine que t'essayes d'en faire un pour le vieux Bouchard. Ce serait un bon cadeau… Comme j'connais sa femme, elle va le dire à tout le monde pis après, plein de gens vont t'en commander un. Tu sais-tu faire ça, toi ? demanda la mère.

— Crée m'man ! répondit Gérald qui avait fabriqué le coffre.

Pendant la semaine qui suivit, la famille mit les bouchées doubles pour créer de réconfortants souvenirs. On multiplia les journées de travaux d'aiguilles au cours desquelles on chanta des cantiques et autres chansons chères aux Senécal. Les soirées se terminaient sur d'interminables parties de cartes. Toinette était la moins affectée par son départ imminent. Enfin, elle semblait sereine. Elle emmagasinait les images de bonheur de cette famille qui s'était ralliée autour d'elle au dernier moment, cherchant à conserver ces images qu'elle savait précieuses. La nuit, elle dormait paisiblement, ne se retournant que très rarement. De l'autre côté du lit, Josette n'osait pas bouger de peur de perturber le sommeil de sa petite sœur qu'elle découvrait si grande, finalement.

Le dimanche matin, d'un commun accord, il fut décidé que Toinette n'assisterait pas à l'office dominical.

— De toute façon, où tu t'en vas, tu vas en faire assez, des bondieuseries, comme disait ton père, avait dit Héléna.

Toinette était donc restée seule à la maison pour préparer le repas et vérifier une nouvelle fois son sac de voyage. Elle était allée dans toutes les pièces, soucieuse d'en mémoriser chaque détail.

Sur le parvis de l'église, Héléna cherchait la nouvelle ménagère du curé. Elle avait bien l'intention de rencontrer cette personne qui venait troubler son ménage. Elle n'eut pas à la chercher longtemps : la femme était en compagnie de la propriétaire du magasin général.

— C'est ben comme dans toutes les paroisses, hein, Héléna ? dit Hilda qui avait suivi le regard de sa fille. La servante du curé va être la première à casser du sucre sur le dos des habitants.

Héléna se dirigea d'un pas décidé, tête haute, vers le petit attroupement de femmes. Autour de la nouvelle venue, en plus d'Aline Bouchard, il y avait Germaine Filion, la femme du boucher, Anna Legrand et sa Séverine.

— Vous v'là, Héléna ! s'exclama la propriétaire du magasin général. Héléna et sa mère s'occupaient du presbytère avant vous, apprit la commère à sa nouvelle amie.

Un regard peu amène de la part d'Olivette Côté apprit à Héléna qu'elle avait affaire à une ménagère de carrière. Ce type de femme revêche avait la réputation de ne voir que le mauvais côté des choses.

— On vous souhaite la bienvenue, madame. Ma mère et moi on s'est bel et bien partagé la tâche au presbytère en attendant une femme capable comme vous. Mais vous savez, on rajeunit pas ni l'une ni l'autre, ça fait qu'on a laissé notre place. On a fait ce qu'on a pu avec toute notre cœur, mais c'est certain que ça prenait une femme comme vous, tenta d'amadouer la propriétaire de la forge.

Devant le manque de chaleur de la nouvelle ménagère qui ne changeait pas d'attitude, Héléna tenta une nouvelle approche.

— En tout cas, vous êtes ben tombée icitte ! Le curé Viens est un saint homme. Jamais un mot plus haut que l'autre. Pis vous êtes dans une belle paroisse. Tout le monde est accueillant pis y a de l'entraide en masse, aussi. Quand on est arrivés, ma famille pis moé, Aline nous a bien reçus, c'est une femme aimable, conclut Héléna en enveloppant la commerçante d'un regard admirateur.

Le visage toujours fermé, Olivette avait écouté sans trop croire ce qu'elle entendait. Mais Aline Bouchard s'en trouva fort aise. Le compliment qu'elle venait de recevoir valait de l'or à ses yeux. Anna, quant à elle, était amusée par l'aplomb de la future belle-mère de son fils.

— C'est ben beau tout ça, mesdames, mais j'vous dis que ça commence raide ! Déjà, le 4 décembre, on va avoir des noces en plus d'organiser la guignolée pour le lendemain, se plaignit la nouvelle paroissienne.

— On l'sait ! répondirent en chœur les deux mères.

— C'est nos enfants qui se marient ! ajouta Anna.

Devant le mur qu'elle venait de frapper, la nouvelle ménagère du curé suggéra d'entrer dans l'église pour se recueillir avant l'office.

— T'as ben faite ça, Héléna, dit Hilda sur le chemin du retour. Tu t'es mis la Bouchard de ton bord encore une fois, pis avec Anna Legrand vous y avez cloué l'bec à cette vieille malcommode.

— C'est l'curé qui est le plus mal pris là-dedans si vous voulez savoir ce que j'en pense, conclut Héléna en ouvrant la porte de sa cuisine d'été.

La mère dut se l'avouer, cette Olivette Côté ne possédait pas les qualités de cœur nécessaires pour comprendre l'explication qu'elle aurait voulu lui donner à propos de sa Célina. Non, cette femme n'aurait jamais été attendrie par l'histoire de la famille qui place ses enfants à l'orphelinat en attendant de les faire venir aux États. Sa fille allait vraiment partir.

Toute la semaine, Héléna s'était accrochée à l'espoir de pouvoir arranger les choses avec la mégère et ainsi de pouvoir garder son enfant auprès d'elle. Mais force était d'admettre qu'Olivette n'était pas de nature à se laisser attendrir. Tant pis ! Elle aurait tout tenté. Maintenant, elle était prête à confier sa fille à cette sœur Saint-Irénée dont on lui avait dit tant de bien. Cela avait l'avantage de la réconforter un peu.

Incroyablement lasse, elle s'attabla auprès des siens pour le dîner. Elle trouva la journée longue et courte à la fois. La visite de son gendre s'éternisait en même temps que la soirée semblait filer à vive allure. Elle fixait Toinette, tentant d'imprimer chaque détail de son visage de jeune femme. Qui sait quel âge aurait cette petite la prochaine fois qu'elle la verrait… Car elle la reverrait, elle en était certaine. Rien ni personne ne l'en empêcherait. Ce ne serait plus jamais comme avant, mais au moins elle en aurait des nouvelles régulièrement.

Vers dix heures, Edmond quitta la maison des Senécal en souhaitant bonne chance à sa jeune belle-sœur qui s'excusa abondamment de ne pas attendre après les noces pour rejoindre son couvent. Edmond lui pardonna facilement devant son regard si serein et décidé alors qu'il l'avait connue malheureuse et angoissée. Il lui prédit un brillant avenir dans une école de rang qu'il souhaitait pas trop loin des siens.

La porte se referma derrière lui, laissant la famille Senécal à elle-même. Un lourd silence semblait rappeler aux occupants de la forge la séparation à venir. On mit les plus jeunes au lit et on se retrouva dans la cuisine d'hiver pour une dernière prière silencieuse. On se souhaita une bonne nuit, sachant parfaitement que personne ne dormirait.

Dans son lit, Héléna avait du mal à réprimer ses sanglots. Sa mère lui prit la main et la laissa pleurer une bonne partie de la nuit. En haut, dans sa chambre, Toinette savait qu'elle ne trouverait pas le sommeil. Plutôt que de mettre sa robe de nuit, elle s'endimancha et descendit l'escalier sans bruit avec sa petite valise. Elle prit place sur la chaise berçante et y sommeilla. Vers cinq heures du matin, Gérald descendit, surpris de la voir déjà parée.

— J'vais atteler, va au moins saluer la mère, lui conseilla son frère.

Dans la chambre, elle retrouva sa mère et sa grand-mère prêtes à se lever. Héléna alla dans la cuisine avec Toinette et lui remit un petit panier avec des victuailles pour le voyage. Gérald revint pour prendre la valise de sa sœur et lui signifier qu'il était temps de se mettre en route pour Saint-Ludger. Philippe vint les rejoindre dehors. Il avait été convenu qu'il les accompagnerait jusqu'à la gare puis qu'il ouvrirait et s'occuperait de la forge tout seul en attendant le retour de son grand frère prévu pour le lundi soir. Philippe irait le chercher à la gare de Saint-Ludger.

Héléna sortit sur le balcon, suivie d'Hilda. Toinette monta dans le boghei et ajusta son foulard en tricot autour de son cou, cachant partiellement son visage. D'un dernier signe de la main, Toinette fit ses adieux aux siens, courageuse, sereine. Héléna laissa le boghei s'éloigner, une douleur déchirante lui coupant la respiration. Lorsque sa fille fut assez loin, elle alla se réfugier dans sa chambre, sa mère sur les talons. Hilda laissa pleurer sa fille tout son soûl. Elle n'essaya pas de la consoler, elle la laissa déverser son chagrin. Lorsque la vieille mère vit que la colère et la peine commençaient à s'essouffler, elle dit simplement :

— Parle-moi.

Tant de choses se précipitaient dans l'esprit d'Héléna qu'elle ne savait par où commencer. Elle avait de la peine en même temps qu'elle était envahie d'une grande honte.

— Le pire, moman… Vous allez me prendre pour un monstre ! J'ai honte !

— Si par là tu veux dire qu'il y a une partie de toi qui est soulagée d'la voir partir… Non, Héléna, je te prends pas pour un monstre. Pis j'ai pas honte de toi pantoute parce que pour ça, faudrait que j'comprenne pas comment tu te sens. Mais j'comprends… Pis j'comprends ben, à part ça.

La pauvre Hilda reprit son souffle. Devant l'incrédulité de sa fille, elle poursuivit :

— Quand vous êtes partis aux États, imagine-toi que j'ai aussi senti ça, le soulagement. Le soulagement pour vous autres, mais pour moi également. Mais j'ai jamais arrêté de vous aimer, par exemple. Pis quand t'as eu besoin d'moi, j'ai pas hésité une seconde à venir t'aider. Tu vas faire pareil pour ta fille, si l'occasion se présente. Pis sur ton chemin, plus tu vas t'approcher d'elle, plus tu vas te sentir libérée de ce sentiment-là. À ce moment-là seulement tu vas te pardonner de t'être sentie soulagée quand elle est partie. C'est pas ton cœur à toi qui est noir comme le poêle, c'est ceux qui jugent parce qu'y pensent qu'y ont la vérité d'leur bord. C'est ça qui nous salit pis qui nous empêche de vivre notre vie. C'est le maudit jugement des autres ! Crois-moi, Héléna, je sais de quoi j'parle, dit la vieille femme sage en laissant sa fille à ses pensées.

Dans l'ancienne chambre de Toinette, Josette pleurait à fendre l'âme. Elle n'allait pas prétendre qu'elle n'avait pas voulu ce départ, car elle l'avait souhaité à de nombreuses reprises. Pour Toinette, mais pour toute la famille aussi. Pour elle-même surtout. Agathe, qui entendait sa sœur, vint la rejoindre. Sans un mot, elle s'étendit et l'enlaça. La jeune femme eut un mouvement de recul.

— Quoi que t'aies pu prier ou penser ou souhaiter, Josette, y a rien de ça qui est de ta faute. C'est le destin… Ça existe le destin, tu sauras, conclut sa sœur cadette en la retenant dans ses bras.

Chapitre 19

Edmond avait très mal dormi durant sa dernière nuit en tant que veuf. Il faisait sans cesse le tour de la liste des travaux à terminer avant de pouvoir ramener sa nouvelle épouse sur sa terre. Il avait fait un grand ménage de toute la maison, fait boucherie avec les Roy, Agathe et sa mère. Le garde-manger était rempli et le coffre à viande regorgeait de morceaux variés. En ce matin de noces, il ne lui restait qu'à attendre Joseph pour faire une dernière tâche. Sans qu'il comprenne pourquoi, Paule insistait pour déménager le vieux coffre dans lequel se trouvait le trousseau de sa défunte afin de laisser la place à celui de la nouvelle mariée. Après plusieurs discussions avec sa généreuse voisine, c'est Jean qui avait fini par trancher.

— C'est des tracasseries de créatures, mais ma Paule comprend ben des affaires qui échappent au reste du monde. T'es mieux de faire comme elle dit, mon Edmond, avait sagement conseillé le voisin en fumant sa pipe.

Il n'eut pas à attendre longtemps. Joseph et sa bru arrivèrent très tôt.

— Bon, t'es debout! constata Paule avec satisfaction. Elzéar est en train de faire ton train. Montre-moi ce coffre-là, dit la voisine en se dirigeant vers la chambre d'Edmond.

En quelques minutes, le coffre en question fut déplacé dans l'une des chambres du haut. Paule ramassa la poussière qui s'était accumulée pendant les années. Satisfaite de son travail, elle quitta les lieux en informant Edmond qu'Elzéar attelait son boghei.

— Y a pas l'air de vouloir neiger aujourd'hui, décréta-t-elle en regardant le ciel.

Joseph resta quelques minutes supplémentaires avec son ami afin de le rassurer une dernière fois. Heureux comme un père, il quitta la ferme pour finir sa toilette. Edmond ramassa son costume du dimanche et le mit dans une petite valise. Il venait de décider qu'il irait se préparer chez ses parents. Le pauvre homme ne tenait plus en place.

Chez les Senécal, Josette se contemplait dans le petit miroir de sa chambre. Cette nouvelle robe qu'elle s'était confectionnée pour le mariage de sa sœur, elle espérait s'en resservir pour elle-même un jour. Le bel Alfred avait clarifié ses intentions de façon assez nette en se présentant chez elle le samedi précédant les noces.

— J'espère que j'vous dérange pas trop, madame Senécal, mais j'aurais voulu parler à Josette. J'sais pas pantoute à quelle heure sont les noces samedi prochain. Si j'veux l'accompagner, ça va me prendre cette information-là, avait dit le jeune cultivateur endimanché qui se tenait sur le perron des propriétaires de la forge.

— Pis après tu t'en vas où habillé d'même, mon jeune ? avait demandé Héléna, un rien taquine.

— Pour vous dire vrai, j'ai l'pressentiment que vous allez m'inviter à veiller, s'était aventuré le jeune homme en triturant son chapeau qu'il tenait contre son torse, telle une bouée de sauvetage.

Héléna s'était fait toute une réputation de belle-mère dans le village. Mais en voilà un qui savait où il allait dans la vie.

— J't'aime ben, toé ! avait dit la mère de famille en s'écartant pour le laisser entrer.

Josette se rappelait comment elle avait été charmée par le courage et l'aplomb du jeune homme. C'est sans hésitation qu'elle l'avait invité à venir accrocher son fanal les samedis. Sa mère avait bien rechigné un peu pour la forme, mais Gérald avait proposé de se partager les tours de chaperonnage avec Hilda, ce qui avait eu le don de calmer la mère de famille qui souhaitait avoir un peu de répit avant de recommencer à user sa chaise berçante.

Héléna s'en remettait de plus en plus à Gérald pour gérer les affaires de famille, surtout depuis qu'il avait accompagné Toinette au couvent. Il avait bien su arranger les choses avec la sœur qui l'avait accueilli. Il avait tout payé : les habits et les livres de Toinette ainsi qu'une petite donation pour les bonnes œuvres de la congrégation. Cette petite touche supplémentaire vaudrait des égards à sa petite sœur, il en était certain.

— Dis à m'man que j'vais y écrire souvent, avait assuré Toinette en renvoyant son grand frère à ses occupations.

Il avait semblé à Gérald qu'elle était heureuse de quitter le nid, qu'il était le seul à souffrir de cette séparation. Faisait-elle un effort pour le ménager ? Il n'avait pas eu cette impression. Elle semblait vraiment en paix avec ce départ et paraissait accueillir cette future vocation avec optimisme. Sœur Saint-Irénée avait longuement parlé avec lui afin de le rassurer : personne ne ferait de misère à mademoiselle Senécal tant qu'elle serait là. Finalement, c'est rassuré qu'il avait laissé aller sa sœur en l'observant disparaître derrière une lourde porte en bois. Mais ce matin, elle lui manquait.

Dans la chambre des deux mères régnait une fébrilité inhabituelle. Les toilettes étaient sorties et accrochées contre le mur du fond et les occupantes jacassaient à s'en étourdir.

— Va me la chercher ! Faut qu'on y parle ! avait décidé Hilda.

Elle ne comptait pas sur sa fille pour initier cette conversation ô combien importante. Il ne fallait pas oublier qu'Agathe avait subi un traumatisme. Il leur revenait de l'encourager à embrasser sa vie de femme et à oublier le passé.

— Entre, ma belle ! avait invité la grand-mère.

Agathe, devant l'air embarrassé de sa mère et la fausse assurance d'Hilda, attendait que ce moment de malaise passe.

— Ta grand-mère pis moé… ben on voulait juste te dire que… Ce qui se passe entre un homme pis une femme… le soir de leurs noces…

— Pis beaucoup d'autres soirs de ta vie si tu veux un ménage heureux, ajouta Hilda.

— Ben, ça peut être… Héléna cherchait le mot sans y parvenir.

— … Agréable ! compléta Hilda en se moquant de la pudeur de sa fille.

— Moman ! se scandalisa Héléna qui ne voulait surtout pas savoir ce que la vie intime entre ses parents avait été.

Agathe, rouge jusqu'à la racine des cheveux, quitta la chambre. Oui, elle savait que la chose pouvait être agréable. Elle avait longtemps eu peur de ce moment jusqu'au jour où elle avait fait boucherie avec la famille Roy, Edmond et sa mère. Edmond avait insisté pour montrer à sa belle-mère et sa future femme qu'il était avancé dans son grand ménage. Il avait entraîné sa fiancée dans la remise pour lui montrer les provisions bien classées. Le jeune veuf avait profité de l'absence d'Héléna pour encercler la taille de sa fiancée et l'embrasser fougueusement. Depuis ce moment, Agathe ne craignait plus cette nuit de noces. Elle avait confiance en Edmond et en son amour pour lui.

La jeune fiancée réveilla ses petites sœurs avant d'aller rejoindre Josette dans sa chambre.

— T'es belle dans ta robe, Josette ! s'exclama Agathe.

Josette installa la future mariée sur une chaise et commença à lui monter un chignon digne d'une mariée de son rang. Agathe s'admirait dans la glace et n'en revenait tout simplement pas. Josette aperçut tout de même une pointe d'inquiétude dans son regard.

— À ses yeux et aux yeux des autres, y est jamais rien arrivé, Agathe… Alors t'as le droit de faire comme si rien était arrivé, toi aussi, conseilla l'aînée.

Sa sœur avait raison. Devant cette chance que lui offrait la vie, elle avait le devoir d'en profiter et de saisir le bonheur qui s'offrait à elle. Pendant les dernières semaines, elle avait eu tant de peine de quitter sa famille sans s'autoriser à avoir hâte à son mariage et à cette nouvelle vie. Pourtant, cette vie, elle en avait envie depuis longtemps. Elle était à moins d'une heure de devenir madame Edmond Legrand et de concrétiser son rêve le plus fou : fonder une bonne famille chrétienne avec lui. Toutes ces images qu'elle s'imaginait en regardant par la fenêtre du haut de l'escalier des Roy… Aujourd'hui, elle allait être madame Edmond Legrand aux yeux de tous. Oui, elle allait en profiter en commençant par prendre bien soin de cet homme si bon et si doux. Il ne regretterait jamais de l'avoir épousée. Elle s'en faisait la promesse.

Lorsqu'Agathe descendit, habillée de sa robe neuve, elle créa tout un émoi. La robe lui allait comme un gant et lui conférait une aura de femme mature et confiante. Le bonheur rendait ses pas légers. Elle était l'image même de l'oiseau qui s'élance hors du nid avec bonheur.

— On dirait une princesse ! s'exclama la petite Mariette.

Héléna regardait sa fille, émue. Agathe avait l'air d'une femme solide et sereine en ce matin de noce. Prête à être à la tête d'une famille nombreuse bien à elle.

— Est-ce que tout le monde est prêt ? s'enquit Gérald qui ne tenait plus en place.

— Ça m'a ben l'air, mon Gérald, confirma Héléna, émue.

Comme par magie, Alfred apparut à la porte, endimanché d'un costume qu'il étrennait. Il avait fière allure. À le regarder, il donnait l'impression d'être le marié.

— Me semble que c'est pas le même habit que la semaine passée, ça, mon jeune… demanda Héléna qui n'en ratait pas une.

— Oui, l'autre commençait à être usé. En plus, vous savez, on sait jamais quand on pourrait avoir besoin d'un costume neuf ! Vaut mieux être prêt.

Héléna approuva et le mena auprès de Josette.

— J'vais aller atteler, décida Gérald.

— Ben voyons donc, on reste juste à côté de l'église ! s'opposa Philippe, peu désireux de salir son costume du dimanche en attelant.

— As-tu déjà vu ça, toé, une mariée qui marche jusqu'à l'église ? demanda Gérald.

Il fut donc décidé qu'Agathe et son témoin, Gérald, iraient à l'église en boghei alors que le reste de la famille irait à pied.

— Salissez-vous pas pis prenez l'mien, offrit Alfred, s'octroyant ainsi un rôle de héros.

On laissa les piétons prendre de l'avance. Il fallait que la mariée arrive en dernier. Sur le parvis de l'église de Saint-Barnabé, les villageois s'étaient rassemblés pour la voir arriver. Agathe, confuse et timide, s'en serait bien passée. Elle n'avait qu'une hâte, aller retrouver Edmond et en finir avec toute la cérémonie et l'attention qu'on lui réservait. Elle salua poliment les gens et descendit du boghei, aidée par son frère Gérald. À la porte de l'église, le curé Boucher les attendait.

— Gérald, est-ce que ça te dérangerait si je vous accompagnais jusqu'en avant ? demanda le curé de Saint-Simon.

Gérald n'osa pas refuser. C'est donc entourée du prêtre et de son frère qu'Agathe avança dans l'église vers celui qu'elle aimait plus que tout au monde. Les familles Senécal et Roy étaient déjà assises sur leurs bancs. Paule ne put s'empêcher de se lever pour venir étreindre la jeune femme avant d'être rappelée à son banc par son mari.

— Joseph est pas venu ? demanda Agathe qui ne voyait le vieil homme nul part.

— Regarde en avant, lui conseilla Paule.

Le patriarche était nul autre que le témoin d'Edmond.

— Vas-y, ma belle fille, fais-le pas attendre ton futur mari.

Agathe fut interrompue dans sa progression une seconde fois par sa belle-mère qui voulait la complimenter et lui souhaiter la bienvenue dans la famille. Gérald laissa l'honneur au curé Boucher de donner la main de sa sœur à Edmond. Ce geste symbolique procura beaucoup de réconfort à Agathe. C'est avec confiance qu'elle plongea son regard dans celui d'Edmond. Dieu avait certainement voulu tout ça, car Il les avait réunis dans des circonstances inespérées. La jeune femme n'avait besoin de rien de plus. Le vieux prêtre alla s'asseoir auprès des Roy qui lui firent une place avec grande joie, laissant le curé Viens s'occuper du reste de la cérémonie qui fut courte et émouvante. Edmond regardait sa fiancée avec émerveillement. C'est sans se faire prier qu'il embrassa sa femme à la fin de la cérémonie, s'attirant un commentaire de la part de son frère :

— Gardez-en pour votre nuit d'noces ! s'exclama Albert Legrand, légèrement réchauffé.

Cette intrusion lui attira un coup de coude de la part de sa femme Lucette.

Les deux familles se regroupèrent sur le parvis. Héléna invita la famille Legrand, les Roy ainsi que le curé Boucher à venir fêter chez elle. Le curé déclina l'offre, apercevant son bedeau juché sur le boghei qui devait le ramener à Saint-Simon.

— Je vous revois donc à la grand-messe demain matin ainsi qu'à la guignolée, les jeunes ? demanda le prêtre pour taquiner Edmond.

La fête chez les Senécal fut animée. La nourriture avait été disposée sur la table dans la salle à manger. Des tables avaient été installées dans la cuisine d'hiver et dans le salon.

Anna et Séverine se levèrent pour venir en aide aux hôtesses. Agathe aussi voulut participer.

— Y en est pas question ! Toi, tu t'assois à côté de ton mari ! Depuis le temps qu'y attend ça, lui dit Paule qui saisit un linge à vaisselle et congédia Héléna, Hilda et Anna.

Avec l'aide de Séverine, Lucette et Josette, elles étaient assez pour faire le service. Marie et Laura se joignirent à elles pour offrir leur aide.

— Gérald, où est-ce que tu gardes ton p'tit boire ? s'enquit Joseph.

— J'vous sers ça tout de suite ! Excusez-moé, j'sais pus où donner d'la tête, dit le jeune homme dépassé par la tâche.

— On va te donner un coup de main, ajouta Jean.

Il s'empara du flacon d'alcool que Gérald lui désignait et alla servir les hommes assis aux tables alors que Joseph le suivait de près pour être servi au plus vite. Les invités firent honneur au copieux repas. On enleva les tables et on disposa les chaises le long des murs afin de créer un espace pour la danse.

— Avant… un discours ! réclama Albert Legrand, bien décidé à taquiner son frère jusqu'à la fin de la noce.

C'est Agathe qui prit les devants en remerciant tous les invités d'être venus partager ce moment avec eux. Elle n'oublia pas de leur dire merci pour les cadeaux. Avec émotion, elle remercia également sa mère et sa grand-mère pour tout ce qu'elles avaient fait pour elle. Devant le trouble évident de la jeune mariée, le discours fut écourté par des applaudissements nourris. Héléna attira sa fille dans la cuisine d'été pour lui remettre un cadeau bien spécial. Il s'agissait d'une vieille broche qui lui avait été donnée par son défunt Léon, le jour de leurs noces.

— C'était à ta grand-mère Senécal, maintenant c'est à toé ! Tu la donneras à ta première qui se mariera.

Agathe remercia sa mère et sécha ses larmes. Comme cette femme allait lui manquer ! Elle se promit de lui rendre visite le plus souvent possible. Jean, qui venait chercher d'autres bouteilles d'alcool pour la distribution, interrompit bien malgré lui ce touchant moment.

— J'savais pas qu'y avait du monde icitte, s'excusa le nouveau voisin d'Agathe.

— On avait fini, le rassura Héléna en essuyant quelques larmes sur ses joues.

— C'est aussi ben que je vous trouve ici, toutes les deux, dit Jean. J'voulais vous assurer, madame Senécal, que votre fille peut compter sur notre aide si jamais elle en a besoin. On va lui donner notre soutien, pis je lui promets de l'entraide à elle pis à Edmond. Vous pouvez compter sur la famille Roy, madame Senécal, conclut Jean en regardant Agathe dans les yeux.

Cette dernière appréciait à sa juste valeur la promesse qu'elle venait d'entendre.

— J'vous remercie ben gros, Jean ! Vous êtes un homme bon, dit Héléna qui n'en avait jamais douté.

Albert Legrand jouait du violon afin d'animer la fête avec quelques danses. Tous les convives se mélangèrent, ce qui donna lieu à d'improbables couples tels Hilda et Elzéar ou Gérald et Séverine. Edmond empoigna fermement sa femme par la taille pour la faire danser. Les larges paumes chaudes glissaient le long du dos de la mariée pour son plus grand plaisir. Ces mains si rassurantes étaient désormais en charge de son destin.

La famille Roy sonna l'heure du départ. Comme ils avaient de la route à faire et que la nuit commençait à tomber, ils décidèrent de partir.

— On va t'embarquer ton coffre pis on va aller le mettre dans ta chambre. Pis on va mettre une grosse bûche dans ton poêle, ça fait que tardez pas trop, sinon y va faire frette dans maison… conseilla le vieil homme en adressant un clin d'œil à son voisin.

— Vous pensez à tout, Joseph ! s'étonna Edmond touché par le geste.

Gérald aida les hommes Roy à sortir le coffre de sa sœur et à le mettre dans le boghei.

— Veux-tu ben me dire ce qu'y a là-dedans ? C'est ben lourd, pour l'amour du bon Dieu ! s'exclama Joseph.

— Y a l'espoir de toute une vie, le beau-père ! Rien que ça, répondit Paule, qui pensait à celui qui se trouvait au pied de son lit.

D'ailleurs, elle ne l'avait jamais ouvert, craignant de déplaire à sa belle-mère. Ensuite, elle avait craint de peiner son beau-père en remplaçant tout ce qui avait appartenu à Berthe Roy.

— Ça peut ben être lourd… En avais-tu un ? demanda-t-il à sa bru assise derrière avec les enfants.

— Oui, répondit-elle sans ajouter quoi que ce soit.

— Si ça te dit de t'en servir un jour, gêne-toi pas pour moi !

Joseph prenait maintenant conscience de l'importance que devait y accorder les jeunes épousées. Émue, Paule remercia son beau-père, mais décida de garder ses draps et serviettes pour ses filles le moment venu. Sa vie à elle était trop avancée.

À l'intérieur de la maison des propriétaires de la forge, Gérald aidait Philippe à replacer les meubles alors que les femmes faisaient la vaisselle. Alfred alla atteler le boghei du marié ainsi que le sien.

— Le temps est à la neige, annonça Alfred.

Héléna décida de mettre son nouveau gendre dehors.

— Allez-y avant de vous retrouver mal pris sur les chemins. Vous êtes en boghei… dit la mère de famille émue.

Elle prit sa fille dans ses bras une dernière fois et l'habilla chaudement comme si elle avait été une enfant.

Tel que l'avait prédit Alfred, il neigea dès que le boghei des Legrand se mit en route pour Saint-Simon. Un petit vent frisquet balayait la neige en travers de la route rendant la chaussée glissante et dangereuse pour le cheval d'Edmond.

— As-tu froid ? s'enquit Edmond en attirant Agathe à lui pour la réchauffer.

Le nouveau marié ne put faire autrement que de se rappeler son dernier hiver seul. Nul besoin d'emmener sa paillasse dans la cuisine pour ne pas mourir de froid cette année, il aurait Agathe pour le tenir au chaud.

La jeune femme posa sa tête contre le bras de son mari, heureuse de son sort. Elle eut cependant une pensée pour sa sœur Toinette. Elle lui souhaitait de trouver son bonheur, elle aussi.

— D'après moi, demain matin, on va être trop embourbés dans la neige pour aller à la messe, déclara Edmond en regardant sa femme dans les yeux.

— T'as raison, Edmond, d'après moi, on va être trop occupés pour aller à la messe demain matin, dit la jeune mariée en redéposant sa tête sur l'épaule de son homme.